光文社文庫

長編時代小説

# 城をとる話

司馬遼太郎



光 文 社

## 目次

# 若松

梅にはまだ早い。

大内峠をこえて会津《あいづ》盆地におりてきたこの男が、若松城下にはいったのは、慶長五年正月の四日である。

馬に乗っている。

あみ笠で顔をかくし、青貝ずりの槍を一本かつぎ、三尺はあるかとおもわれる大刀を背にし、鞍壺《くらつぼ》には具足をふりわけにして積んでいる。

城下天寧寺町《てんねいじまち》口まできたとき、町関所の番士が、

「お前様は、どこのどなたじゃ」

と、棒を鳴らして声高にたずねた。

馬上の牢人《ろうにん》ていの男は、その質問には答えず、

「当上杉家では、男の入用が多いそうな」

といった。

「その御入用の男よ」

風が、あみ笠を吹きぬけてゆく。男はその風になぶられながら、雑踏する町筋を興ありげにながめている。

若松は、会津上杉家百二十万余石の城下町で、奥州の大鎮《だいちん》である。

その上杉家が、世間のうわさでは、上方《かみがた》の石田三成と呼応して豊臣家五大老の筆頭徳川家康を討つという。

「景勝《かげかつ》は男じゃな」

と牢人は町をながめながらいった。景勝とは、故謙信の養い子でいまは会津百二十万余石のぬしである。秀吉なきあと、家康は横暴をきわめて天下を簒奪《さんだつ》しようとしている。それを阻止して義戦の旗をあげようとする上杉景勝の小気味いいいくさ支度を、この男はよほど気に入っているらしい。

「なにしろ、家康は関東二百五十五万石の大大名じゃ。与党の大名も多い。それを北からおこって噛みついてみせようというのだから、景勝はなみなみな度胸の男ではない」

と、この牢人はいう。

柵のむこうは町である。諸国から入りこんだ商人が、家々の軒さきを借り、むしろの上に古槍、具足、太刀、馬具などをならべて売り立てている。

上杉家では、領内の四境に城をきずき、軍用道路をつくり、諸家の牢人をかりあつめていることは、天下にかくれもない。

この牢人も、牢人招集のうわさをきいてやってきたひとりであろう。

と、番士はおもい、

「仕官のお望みをおもちならば、千坂対馬守《ちさかつしまのかみ》殿のお屋敷に参られるがよかろう」

といった。

が、牢人はその好意を無視し、うなずきもせず、中条左内《ちゅうじょうさない》の屋敷はどこか、と別なことをたずねた。

「中条左内殿？」

馬回役《うままわりやく》五百石である。屋敷は、角馬出《すみのうまだし》の郭内《くるわ》にたまわっている。

「左内殿とは、どういうご縁故か」

「まあ、友垣《ともがき》じゃな」

「それはそうと、お手前のお名前をまだうかがっておらぬ。馬をおりて名乗られよ」

「車藤左《くるまとうざ》」

と、牢人は馬上のままいった。

主人が、こまめなせいらしい。

中条左内の屋敷は、むくげ垣もよく刈りこまれ、わらぶきの門にも雑草ひとつはえていない。

この中条左内という男は上杉家の家中でも知られた奇人で、武辺者のくせにひどく銭を愛した。

余談だが、いまひとり上杉家には愛銭家がいる。岡左内である。名がおなじだし、それに愛銭家ということでまぎらわしいが、岡左内は一万石、中条左内は五百石、身分にちがいがある。しかし、どちらもひまさえあれば座敷に銭をいっぱいにまきちらし、夏などその上で素っぱだかで寝て金銀銅の感触をたのしむ、という点ではそっくりの逸話をもっていた。

「ひとが参ったと？」

と、中条左内は大きな顔を家来のほうにねじまげ、鍬《くわ》をとめた。左内は、邸内を畑にして野菜をつくっている。

「なんという仁《じん》だ」

「それが」

家来は当惑げに、

「ただ常州からきた、と申せ、とおおせあるのみにて、名は申されませぬ」

「どんな男だ」

「背が高うございます。眉が目にせまり、唇が厚く、目つき尋常ではござりませぬ。しかし笑うと多少の愛嬌がござりまするな」

「赤い袖無羽織《そでなしはおり》をはおっておらなんだか」

「あ、いかにも」

「腰には砥石《といし》をぶらさげているであろう」

「ようご存じで」

「常州では国中第一の変物といわれた男じゃ。貴人を遇するごとく丁重にえしゃくして座敷に通せ」

「なんというお名前にござりまする」

「おれの推測にまちがいなければ、くるま・とうざ、という男だ。ひどいお天気者さ」

と左内はいい、鍬のさきをざぶりと池につけ、ざぶざぶと洗いはじめた。洗いながら、

(車藤左はなんの用で会津へきたのかな)

と考えている。

かつて太閤が健在なころ、車藤左は佐竹《さたけ》家の伏見屋敷にいた。そのころ「紅《べに》の藤左」といわれたぐらいに紅色がすきで、袖無羽織から刀の下緒《さげお》、手拭いにいたるまで紅染めのものをもちい、伏見の町方のあいだでさえ、

「べにさま」

でとおっていた男である。左内は当時上杉家の伏見屋敷詰めだった関係で、車藤左とは面識もあり、多少の親交もあった。

が、たがいに主家がちがうために、それ以上の仲ではない。

(供もつれず、身なりも牢人ていをしておる、というが藤左は佐竹家を退転したのかな)

まあ会えばわかることだ、とおもい、中条左内は居室へはいり、妹の冴《さえ》をよんだ。着更えを手つだわせるためである。

冴がはいってきた。

左内がおもわず、

「どうした」

と声をあげたほどに冴の様子が尋常でなかった。ほおが真赤に上気し、目に落ちつきがない。

「どうもいたしませぬ」

と、冴はかぶりをふったが、左内の見るところ、どうも様子がおかしい。あ、と気づいて冴の顔をのぞきこみ、

「そなた、あの男を見たな」

といった。あの男とは、いまから座敷で会おうとする車藤左のことであった。左内におもいあたるところがある。

車藤左という男は、山から掘りおこしたばかりの山の芋のように不愛想だが、そのくせ藤左をひと目でもみた男女は一種魅《ひ》き入れられるような、陶然とした気持にさせられてしまう。

たとえば往来で車藤左が、

——どこそこへの道は、右かね。

と、ひとにきく。

「いや、左ですよ」

と、だけおしえて済む人間は、まずいない。おもわずついて行って差しあげましょう、と言ってしまう。物売りの老爺《ろうや》などがあきないをわすれて半日藤左の道案内をつとめることもざらだし、子どもなどは仲間をよんでぞろぞろついてくる。

話がおもしろいわけでもない。それどころか、まったくのだんまり屋で、ただのそのそと熊のように歩いてゆくだけである。

中条左内自身がそうであった。伏見詰めのころ、京に出むき、大仏の前の茶店で藤左を見たのが最初であった。

そのとき、車藤左は左内の横で餅《もち》をくっていた。左内は用もないのに、

「佐竹右京《うきょう》大夫《だゆう》様のご家中でありまするな」

といってしまったのが、つきあいのはじまりといっていい。

藤左は左手で餅皿をもち、右手でその餅を口中へ押しこみながら、ぎょろりと左内のほうを見、

「ああ」

と、返事をした。声といっしょに、目もとをにっと細めてみせたそのときの表情を、中条左内はいまでもわすれられない。その後、左内のほうからしばしば伏見の佐竹屋敷のお長屋にたずね、車藤左を相手に武辺ばなしなどをした。藤左が、佐竹家きっての武辺者だということをきいていたからである。

が、藤左という男は妙なおとこで、自分の武辺などはいっさい口にしない。結局は左内がべらべらとしゃべるだけしゃべって引きあげるのがふつうだった。それでもけっこうおもしろかったから、左内はしばしば佐竹屋敷をたずねたものである。

「そうだろう」

と、左内は妹の冴にいった。

「門のあたりで出会ったはずだ、車藤左という男に」

「あのおかたは、くるま・とうざ、とおおせられるのでございますか」

と、冴はまたたきもせずにいった。たしかに冴は車藤左に出会った。藤左はむっつりとはいってきて、門内のおうちの木のところで冴に出会った。

冴が一礼すると、藤左は立ちどまり、不愛想な顔つきで冴を一瞬見入る様子をしたが、やがてわずかに目もとをほころばせた。それが、この物しずかな娘に小さな混乱をあたえた。

「そう、あれは車藤左さ」

左内は幾分不愉快そうにいった。

中条左内は、その幾分不愉快な表情をもちつづけたまま、廊下をわたった。

客に対する感情ではない。

客の来意がわからないことが、中条左内の背のひくい、ふとった体をはずませなかった。

「やあ」

と、そういうような表情で座敷の客は顔をあげたが、実際には声をあげていない。ただ唇だけを動かし、

「来たよ」

とつぶやくようにいった。

「来たかね」

と、主人の左内はすわった。武士らしい儀礼にかなったあいさつもない。この不作法は左内としてやむをえないことだった。相手の車藤左が伏見のころからいつもこうだから、この流《りゅう》でやるしか、左内も仕方がなかったのである。

「なぜ来た」

と、中条左内は、たっぷりと肉のついたひらべったい顔をなでながらいった。

「逃げてきたよ」

と、客の車藤左はおもいもかけぬことをいった。左内はおどろき、

「主家を退転したのか」

といった。勝手に主家をたちのけば「主人を見限った」ということで追手をかけられてもしかたがないのである。

「右京大夫（佐竹義宣《さたけよしのぶ》）様になにか不都合でも仕出かしたのか。それとも、組頭《くみがしら》とでも喧嘩をしたのか」

「せぬな。また、わが主人に不足もない。知ってのとおり、わしの家は譜代《ふだい》だからな。主家に不満などあろうはずがない」

「そのとおりだ」

と、中条左内はうなずいた。車氏は常陸《ひたち》の名族である。常陸国多賀郡車村から出ている。余談ながら現在の地理では、水戸市の北方十五里、茨城県北茨城市西北郊のあたりで、昔はこの一帯を車郷といった。車氏はその車郷からおこり、代々佐竹氏につかえた。佐竹氏は常陸水戸に本城をもち、五十四万五千八百石を領する大大名である。

車氏についてさらに余談をいおう。車氏はその一族から善七という者を出した。関ケ原の役後、江戸に潜入し、ひそかに乞食《こじき》のむれを組織化して徳川氏への復讐をくわだて、善七自身、家康を刺そうとして江戸城にしのび入り、露顕《ろけん》してとらわれた。家康は車善七の豪胆にあきれ、処刑するにしのびず、乞食頭《がしら》とした。以来徳川三百年のあいだ、乞食をする者はこの車善七の鑑札が要《い》った。このため、諸国で車姓を名乗る家は他姓にあらため、こんにちでもひどく希少な姓になっている。

「では、なぜ水戸を立ちのいてこの会津若松へやってきたのかね？」

「女房にいやけがさしたのさ」

と、車藤左は妙なことをいった。

女房？　と、左内は理由の意外さにおどろき、へーえお内儀にのう、武士の退転話もさまざまあるが、女房から逃げたいがための牢人、というのもあまりきかぬことだ、と言い、

「第一、おぬしに内儀があったのか」

と、あらためておどろいた。

中条左内は、正直におどろいている。この車藤左に女房があった、などということは、伏見時代、想像もしていなかった。家族をもっているような、そんななぐあいの男ではないのである。

「あったさ」

と、藤左は笑いもせずにいった。

「むろん伏見詰めのあのころは、国もとに置いていたがね」

「なるほどな」

左内は意味もなくうなずいた。左内があとで知ったところによると、藤左の内儀というのは佐竹の家老某の姫君で、主君佐竹右京大夫のお声がかりでもらったという、いわば金銀ののしのついた嫁であるらしい。

「美人かな」

「だという評判だな。気だてもいい」

と、藤左はひとごとのようにいった。

「なるほどな」

と左内はもう一度無意味にうなずいたが、しかし、どうも事情がのみこめない。それほど美しく気だてのいい内儀からなぜ逃げてきたのだろう。

「わからんな。なぜ逃げてきた」

「おれにもわからんな」

と、車藤左は、はじめて笑った。

そこへ冴が、茶をもってきた。客の藤左と兄の左内の会話を、全身できこうとしている。

「女の深なさけには、かなわん」

と、客の藤左は言い、さらにこうつづけた。蜘蛛《くも》の糸にかかってぐるぐる巻きにされてな、胸をしめられ、腰をしめられ、息もたえだえになる、男たるものはかなわぬ。——

(ぜいたくなことをいっている)

と、冴はおもった。

「女は可愛いさ。しかし、男と共に棲んで暮らせるいきものではないな」

と、車藤左はいった。

「だから、逃げたのかね」

「だけではない。いろいろくだらぬ事情もある。とにかく身ひとつで水戸を出てきた。数日、当家にとめてもらうぞ」

と、藤左は宣言するようにいった。左内はよかろう、といった。

「ただし、妹の冴には手を出すな」

「心得ている」

と、藤左はにやりと笑った。冴はおどろいてしまった。車藤左とは、まるで野獣のように見さかいもなく女に手をつける男なのか。

「で、ございますか」

と、あとで兄の左内にそっときいた。

「まあ、危険きわまりない人物だ」

と、兄の左内は苦笑した。――車藤左というのは、藤左自身から手を出さぬにしても、奇妙なほどに女どもが藤左に吸いこまれてゆく。藤左の体には、ちょうどある種の野獣の器官にそういう臭気のある分泌液がたくわえられているように、そんなものが生まれつきそなわっているのかもしれない、と左内はいった。

「わたくしは大丈夫でございます」

「そうあってもらいたいものだ。そなたはなにぶん、嫁入り前だからな」

と言いながら、左内は別のことを考えている。車藤左が上杉領にはいってきた理由と目的についてである。

(間諜《かんちょう》か――)

と左内はおもったりした。常陸人《ひたちじん》車藤左が会津にやってきた目的が、である。車藤左は佐竹侯の密命をうけて上杉百二十万石の動向をさぐろうとするのではないか、とおもったのだ。そうおもう半面、

(まさか)

とも首をひねるのである。隣国の佐竹家は、この上杉家にとって友邦であり、家康討滅の攻守同盟を、暗黙裏にむすんでいる。その友邦が間諜を送りこむはずがないではないか。

余談だが、地理的関係をのべたい。車藤左の主家佐竹家というのは、現在の茨城県である。北方は福島県に接続している。その福島県が、上杉領であった。

どちらも豊臣秀頼治下における最大の大名のひとつである。余談ついでに、当時の大大名のいくつかを石高《こくだか》の順にあげてみよう。

二百五十五万余石　徳川家康
百二十万余石　毛利輝元
百二十万余石　上杉景勝
八十三万余石　前田利長《としなが》

五十八万石　　伊達政宗
五十七万余石　宇喜多秀家
五十五万余石　島津忠恒《ただつね》
五十四万五千余石　佐竹義宣

このうち、関東以北では第三位の上杉家と第八位の佐竹家とが秘密同盟をむすび、関西で兵をあげる予定の石田三成と呼応して第一位の徳川家康をうつ、というのが日下進行中の秘密計画であった。両国のそんな情勢下である。

だからこそ、

「女房から逃げてきた」

という、いかにもうそくさい理由を言い立ててやってきた佐竹家の牢人車藤左の挙動が、いかにもいわくありげにみえたのである。それに車藤左のあやしさは、中条左内の屋敷にころがりこんだ翌日から城下をうろうろとあるきまわって、しきりと形勢を調べているらしいことであった。

数日たって、左内はたまりかねた。午後、車藤左がねころんでいる部屋へいきなりはいり、

「おぬし、どんなりょうけんじゃ。ほんとうに女房から逃げてきたのか」

と、いきなりきいてみた。

車藤左はねころんで餅を食っていたが、やがて物うげにおきあがり、左内の顔をまじまじ

とみて、

「なんのことだ」

と問いかえしたのである。左内がもう一度いうと、この男は顔をつるりとなで、

「そんなことを言ったかな」

と、思いだせぬ様子をするのである。その見えすいた挙動が、左内にとってなぐりつけてやりたいほどに、つらにくい。

「おい、この会津若松城下にきたのはなんの目的だ。待て、笑いごとではない。屋敷に妙な風来坊を泊めている、というので、おれは家中の者からうろんな目でみられている」

「見させておけ」と、車藤左は大あくびをしたあと、左内のどぎもをぬくようなことをいった。

「おれは諜者としてきたのさ。なんの、佐竹家と上杉家のためになることだ。おどろくことはなかろう」

このばかな、どちらかといえば信じがたいほどの物語は、この車藤左という風来坊の闖《ちん》入《にゅう》からはじまっている。

その車藤左が、なんと友好関係にある隣国の佐竹家の諜者であるという。当人自身がいうのだから、まちがいはなかろう。

もっともそう告白した尻《しり》から藤左は、

「なに、それもどうだか、わかりゃしないがね。おれはもともと、口から出まかせに物をいうくせがあるから」

と、けろりというのである。伏見のころには淡いつきあいだったからよくわからなかったが、この車藤左という男は、なんとも奇妙な男であるようだった。

「おれが諜者であろうと、ただの牢人であろうと、また女房から逃げてきたやくたいもない男であろうと、そいつはどっちでもよいが、左内、ただならぬことが起こっているぜ」

「なんだ」

「桔梗ケ原《ききようがはら》の一件を知っているかね」

「えッ」

この男は家中でも重臣しか知らぬ秘事を知っている、と中条左内は気味わるそうに車藤左の顔を見つめた。

「藤左、なぜそれを知っている」

「知っているさ。朝、市を歩いていると、桔梗ケ原からやってきたというあきんどが、桔梗ケ原の対岸に伊達家が城を築きつつある、とうわさをしていた」

「それで？」

「おれの知ったのはそれだけさ。しかし、それだけで十分ではないか。桔梗ケ原の対岸に城を築かれたりすれば、上杉家にとって腫物《はれもの》同然。わるくゆくと当上杉家の命取りになるかもしれぬ」

地理的にいえば、上杉百二十万石の北方に、奥州第一の食わせ者といわれる老雄伊達政宗の領地がひろがっている。政宗は、大崎、こんにちの仙台を首都にしていた。

この政宗が、徳川方であることは天下周知のことであった。いったん開戦ともなれば、政宗が伊達軍をひきいて南下し、上杉軍を北方から牽制しようという肚《はら》づもりでいる。

桔梗ケ原は、上杉領白河《しらかわ》付近の国境上にある小盆地で、そのむこうに伊達政宗が野戦用の築城をはじめている、ということは、左内も数日前にきいたばかりである。

「いまなら揉みつぶせる」

と、家中でもいきまく者があった。なるほど一万ほどの軍勢を発して国境の川を渡り、その新城をかこんで火の出るほどに攻めたてれば陥《おと》せぬことはない。しかし現在は、裏面はべつとして表面上は四海波も立たぬ豊臣秀頼政権の天下なのである。元亀《げんき》・天正の戦国時代ならいざ知らず、上杉家としては、にわかに北方の隣国に攻め入って、その城をつぶすなどはできることではない。

「いざ開戦になればべつだが」

と、上杉家では頭痛のたねになっていた。

しかもその腫物が、日に日に大きくなり、ちかごろでは遠望しても城の形をなしている、という。

「攻めるに攻められず、かといって捨てておけばいざ開戦のとき、たちまちこちらは不利になるだろう」

と左内はいった。


「奇妙な牢人が、中条左内の屋敷にころがりこんでいる」

といううわさは、ひろくもない若松城下に数日でひろがった。

ある日、左内に家老直江山城守《なおえやましろのかみ》からよび出しがきた。

「日が暮れてから屋敷に参るように」

という手紙である。

直江山城守は、上杉家の一家老というよりも、軍略家として天下にかくれもない名士である。上杉家では全軍の指揮権をもち、かつ米沢《よねざわ》城をあずかって三十万石という高禄を食《は》んでいる。

左内は日の暮れるのを待って、大町通りの直江屋敷へ参上した。

屋敷は四方四町ほどあり、まわりに塀をめぐらし、壁には銃眼をくりぬき、伏見あたりの大名屋敷ほどに大きい。

左内が門にはいると、直江家の家臣が丁重に出むかえ、手燭をとって庭へ案内した。庭いちめんに矢竹が植えられており、奇妙な風趣がある。が、直江山城守にすれば、矢竹の風趣を愛しているというより、いざ合戦のときの実用を考えてのことであろう。

(どこへ案内するのか)

と、左内は不安でなくもない。

やがて柴折戸《しおりど》の前へ出た。そのむこうは露地になっている。

左内は、茶室に通された。

茶道の者から、茶のふるまいをうけた。一ぷくちょうだいし、二ふく目を待っていると、廊下を踏むしめやかな足音がきこえ、やがて色白小柄な直江山城守がはいってきた。

褐色《かちん》の絹小袖に同色の袖無羽織をはおり、ひどく年寄りめかしく作っているが、としはまだ四十にはなっていない。

世間にはひどく武張った印象をあたえているが、ほおが少年のようにつややかで、謙信の寵童《ちょうどう》だったという世間の風聞もさこそとおもわれる。

「待たせたな」

と、炉端で小さく頭をさげた。と同時に、茶道の者が足音をしのばせて室外へ消え去った。残ったのは、主客だけである。

「話は、ほかでもない」

と、山城守がいった。

「そこもとの屋敷に、隣国から人が迷いこんでいるそうだな」
「車藤左のことでございますか」
それには山城守はうなずかず、
「伏見で親しかったそうな」
と、さらにきいた。
左内は、やむなく事情をのべた。
山城守はいかにも興ぶかげにそれを聞き、ききおわると、
「じつはその藤左らしき男について、佐竹右京大夫殿から手紙がきた」
と、ふところから一通の書きものをとりだし、左内のひざもとにおいた。左内はひざをわずかにさがらせ、一礼し、そのままの姿勢で畳の上の手紙を拝読した。隣国の貴人に対する礼である。
侍一人、立ち消え候
貴国へおもむくべく
その節は器量お見さだめのうえ
存分にお使いくだされたく候
とある。

中条左内は、夜おそく帰宅した。玄関へあがるなり、

「藤左はまだ起きていようか」

と、せきこんできいた。

家来が、そのはずでござりまする、と答えると、

「話がある、ちょっと顔をみせてくれぬかと申せ」

といった。

左内が部屋にはいると、家来があわただしく走ってきて、

「もぬけのから、でござりまする」

といった。左内があわてて藤左の部屋に駆け入ると、なるほど、寝床も敷かれていない。

刀も、笠も、そのほかの持ちものもない。出奔《しゅっぽん》したことはあきらかである。

「冴をよべ」

と、左内は叫んだ。

冴の部屋に、灯《あか》りがともっている。左内は叫んでから、

「いや、わしが自分でゆく」

と言い、廊下を渡った。

からりと障子をあけると、若いむすめの部屋らしく香がたかれている。

左内は、じろじろと部屋のなかを見まわした。なにかしら、いつもとちがうようである。

「冴は香をたいておるのか」

はい、と、冴は顔をあげた。

「車藤左が消《う》せた。そなたは知らぬか」

「存じておりまする」

「なんじゃと」

と、冴の顔をのぞきこんだ。気のせいか、瞳《め》がうるみ目の下に血の気がさして、変につややかであった。

「これ冴、藤左がなにかそなたにしたな」

「いいえ」

と、冴はあわててかぶりをふったが、あきらかにうそをついている。

「車様は、兄さまが直江様お屋敷へ参られたあと、すぐわたくしに、二三日留守をする、と申されてお出ましになりました」

「どこへ行った」

「存じませぬ」

と、冴は言い、言いおわったあと、ぽっと煙るような表情になった。左内は、妹の表情のなまなましさに、あわてて目をそらし、

(藤左め、ゆだんならぬ)

と、おもった。

翌日、左内は登城し、殿中で直江山城守に会い、藤左失踪のことを報告した。

「えたいの知れぬ男でござりまするな」

「やはり、佐竹家の隠密であったかな」と、直江は言い、すぐそのあと、その一件はわすれたように、

「左内、もう一度桔梗ケ原へ行ってくれぬか」と別なことをいった。

「桔梗ケ原へ?」

「さよう、伊達の城普請《ぶしん》の様子を見に行ってもらう。もうどのくらいできあがっておるか」

左内はすでに二度桔梗ケ原に行っている。左内だけではなかった。上杉家から何組かの物見、大物見が、国境の川を越えて伊達領に潜入し、城普請の様子を偵察した。しかし、ほとんどが敵地で斬られ、満足に帰ってきたのは左内とほか一両人いるにすぎない。そのため、上杉家の参謀総長の職にある直江山城守の手もとには、満足な絵図面一枚できあがっていないのである。

翌日の夜おそく、佐竹家牢人と称する車藤左は、左内の屋敷に帰ってきた。

「どこへ参っておった」

と、左内は半ば怒りをふくんでいった。

「ほうぼうへ、よ」

藤左は、台所のかまちに腰をおろし、わらじをぬぎながら、「それより、足を洗う水がないかね」

「井戸にある」

「待遇がわるいなあ。居候というのは由来このようなものだ。日がたつにつれ、貧乏神同然のあつかいを受ける」

と、車藤左は、左内の背後にいる冴に目くばせをした。左内のおどろいたことに、冴ははじかれたように立ちあがった。井戸へ、水を汲みにゆくのであろう。車藤左には、人間をたちまち協同者にする、そんな人懐っこさというか、おおげさにいえば魔力のようなものがあるのかもしれない。

「領内を見聞してまわっていた目的は何だ。探索かね、どうだ」

この諜者め、という目を中条左内はした。

「ああ、探索」

と藤左はけろりとしている。

「なんのための探索だ」

「会津若松百二十万石上杉中納言（景勝）が、はたして男かどうか、とっくりと見てまわった。風聞どおり、上方の石田三成と東西相呼応して起《た》つかどうか。それをこの目で見るためさ。なるほどまわってみると、小峰、白石、初島、森山、猪苗代、金山《かねのやま》、鮎貝《あゆかい》、二本松、大宝寺、須賀川などに大城《おおじろ》、小城をきずき、堀を深くし、土塁をかきあげ、がけを切りおとし、すさまじいものだ。本気でやるようだな」

「それが、どうした」

と、左内がいった。

車藤左は、だまっている。そこへ冴が、水を満たしたたらいを運んできて、藤左の足もとに置いた。

「いったい、おぬしはなんの目的あって、佐竹家を退転して、ここへやってきたのだ。まさか、女房殿に追われたとやらではあるまい」

藤左は返事をせず、かがみこんで足を洗いはじめた。

実のところ、藤左自身にも自分の真意がわからない。

佐竹家の内部事情がからんでいる。

常陸水戸五十四万五千余石の佐竹家には、御隠居とよばれる大殿様がいる。義重《よししげ》である。家臣団の半数に影響力をもち、しかも大の徳川びいきで、近くおこるであろう天下分け目の大戦にも、佐竹家をあげて徳川方につくことを主張してきている。当主の右京大夫義宣は、上杉景勝、石田三成と親交があり、すでに三人で打倒家康の秘密同盟を締結していた。要するに佐竹家では、隠居と当主とが分裂しているのである。

隠居は、

「上杉が挙兵するものか」

と、たかをくくっていた。うかつに上杉の口車に乗って挙兵すれば、家康の関東領を隣国とする佐竹家はほろぼされてしまう。

「されば上杉領内に、人を潜入させて様子を探ってみましょう」と義宣が言い、たまたま、致仕《ちし》を申し出ていた車藤左に、「気分晴らしに上杉領にはいってみい」といって、士家退転を黙認していたのである。いわば、藤左にとってこの旅行は、公用なのか私用なのか、きわめてあいまいなものだった。


「藤左、話がある」

と、左内は、自室に連れて行った。すでに寝床が敷かれてあり、多少異様だったのは、まくらもとに旅装用具がおかれていることだった。

「なんだ、旅に出るのか」

と、車藤左が、それを見ながらいった。

「そう」

「どこへゆく」

「他家の者には明かせられんな。佐竹家は同盟国とはいえ、おぬしのような諜者を放つような底意の知れぬところがある」

言いおわって左内は、「諜者」という自分の投げた言葉の反響をためすように、車藤左の顔を注意ぶかくみた。が、藤左は、相変わらず無表情である。

「桔梗ケ原だろう」

と、藤左はいきなりいった。左内は、ぎょっとした。顔に驚きがある。白状したようなものである。

「負けた」

と、肥《ふと》った左内は、自分の表情を消すように両掌《て》でごしごしと顔をこすった。

「見当はつく。上杉家の中条左内といえば禄は低いが、城作りの設計《なわばり》に長じた男だ、ということは他家にまで知られている。桔梗ケ原のむこう伊達領に、伊達家が、上杉進攻のための足溜り砦《とりで》を築いている。日に日に城普請は進んでいる。あれがこっちの命取りになるかもしれぬということは、天下の軍師上杉家老直江山城守兼続なら、十分に気づいているはずのことだ。おそらく、心きいた偵察者を投入していることだろう。しかし、相手は城だ」

「そう、城だよ」

「ただの伊賀者や甲賀者ではつとまらぬ。城普請にあかるい中条左内がゆけば、おなじ城という風景をみても、その城がどのくらいの人数を収容することができ、どの角度が強靭《きょうじん》でどの角度がもろく、攻めるとすればどれほどの人数でどこから攻めればよいか、ということが、わかる。だから、旅支度とみれば、ああ桔梗ケ原か、とおもったのさ」

「車藤左」

と、左内は息をのんだ。

「なんだ」

「いや、なんでもない」

(おそろしい男だ)

と、左内はおもったのである。

「ところで、左内」

「ふむ?」

「物見にゆくだけかね」

と、藤左がきいた。そうさ、と左内が答えると、いかにも馬鹿にしたように、

「城なんざ、見物に行ったところでどうなるものでもないな」

といった。

そうだろう。敵の城をいくら見物したところで減りもつぶれもしない。しかし、開戦直前のいまの段階では、どうにもならないのである。あの小城一つを取るために上杉家が軍をおこせば、上方の石田三成と協定ずみの挙兵時期がくるい、天下分け目の大戦の人構想はやぶれて、上杉家の敗亡だけの結果になってしまう。

「攻めとる方法はあるさ」

と、車藤左は、柿の実でもぬすみにゆくような気軽さでいった。

左内は、藤左の言葉に吊られた。

車藤左という男は、ひどく無口で不愛想なくせに、ずけりと吐く言葉が、そのつど左内の肉に食い入るようであった。

「帝釈城《たいしゃくじょう》を攻める方法があるというのかね」

と、左内は用心ぶかくいった。左内は帝釈城といった。問題の城は伊達領帝釈山という上にきずかれつつあり、土地の者も帝釈城といっているようなのである。

「ある」

と、藤左はうなずいた。

「そりゃ、あるだろう。三万、五万の軍勢で押しこめばたかが普請中の小城だ。奪《と》れぬことはあるまい。しかしいまの時期、こういうことができぬから、わが上杉家もこまっている」

「おれが奪ってやろうか」

「おぬしが？」

と、左内はあきれた。

「正気か」

「ああ、まだ気はたしかでいる。一人でこっそり抱き奪ってしまえば、上杉家の戦略上、これほどいいことはあるまい」

「聞いたことがない」

と、左内は、吐きすてるように、

「城を一人で奪ろうなどという話は聞くだけばかげている。一人で攻めとれるものなら古来、だれが大苦労して城などつくるものか」

「そのとおりだ」

と、藤左は素直にうなずいた。

由来、城というものは、城方《しろかた》の人数の十倍をもってしなければ陥《おと》せぬ、ということが戦術上の常識になっている。

五千人が城にこもれば寄せ手は最低五万人を必要とする。

それを一人でおとす、というのが、このえたいの知れぬ佐竹侍の揚言である。

「きっと、陥せるか」

と、中条左内はばかばかしいと思いつつも対話の勢いで、つい聞いた。

ところが、そう念をおすと、

「わからん」

と、藤左は、急に弱気になってぽりぽりとすねを掻きだしたのである。

「なにしろ、一人だからな」

「ではなぜいま、あのように高言した」

「おれの夢さ」

と、この男は妙なことをいう。

「子どものころから、城を見るとむらむらとそんな気が湧いた。あの城を、たった一人で陥せぬものかな、と」

「なんだ、子どもの夢か」

「ずっと失《う》せてはおらん」

「あほうな」

左内は、興をうしなった。いい図体をして子どものころのくだらぬ夢をまだ見つづけている男など、見たことがない。

が、左内は、念のため、夜陰ながら直江山城守の屋敷にゆき、山城守に会い、

「かの者のたわごとでござりまするが」

と、その一件を話した。

が、直江は笑わなかった。

「男というものは、子どものころからの夢をどれだけ多くまだ見つづけているかで、ねうちのきまるものだ。わしも、故謙信公の兵をひきいて天下の権を争いたい、という夢を少年のころから見つづけてきた。いまそれを正夢にしようとしている。その男の夢も、このさい買

ってもわるくない」
といった。

## 桔梗《ききょう》ケ原

左内が直江山城守の屋敷を出たときは、すでに夜が白みはじめていた。

「ちぇッ」

と、左内は舌うちをした。問題の桔梗ケ原へ発《た》たねばならぬというのに、一睡もしていない。それもこれも、すべてあの車藤左という厄介者が飛びこんできたせいだと思うと、腹がたって仕方がない。

(たたき出してやる)

怒りが、左内の足を早くした。ほとんど駆けるようにして戻ってみると、門前に牛が一頭いる。

その牛が、柳行李《やなぎごうり》二つをふりわけにして背負っていた。

(見覚えのある牛だ)

とおもい、暁闇《ぎょうあん》のなかながらもよくよくみると、なんと自分の家の越後牛であった。左内は、馬のほかに牛も飼っていた。上杉家が二年前の慶長三年、越後からこの会津に転封してきたとき、この牛に荷車をひかせて家財を運んだのである。

「たれだ、牛をひきだしたのは」

と、どなった。

すると門から、車藤左が、わらじに足をかためて出てきた。石段をおりながら、

「おれだよ」

と、不愛想にいった。

「な、なぜこんなことをする」

「桔梗ケ原へゆくのさ」

「なに」

左内は棒立ちになった。

「桔梗ケ原へなにをしにゆく」

「言ったとおりだ。一人で帝釈城をとってみせる。三日でとれるか、十日でとれるか」

(こいつ、やはり狂人か)

とおもうと気味がわるくなって、わざとらしく声をやわらげた。

「この荷物はなんだ」

と、左内は牛の荷の柳行李を指さした。

「かねさ。金の大判と小判が少々、おもに銀銭と銅銭がはいっている」

「ほう」

左内は興味をもった。この男は越後にいるときから貨殖《かしょく》がすきで、知行地からはいる米のうち不用の分はかねにかえて貯えていた。

かといってその心情は、貪婪《どんらん》というようなものではない。貨幣などというものが便利よく流通しているのは上方ぐらいのもので、越後や会津では、まだ物と物を交換して士民は物資を融通しあっている。

自然、百姓などは、いや武士でさえも、永楽銭《えいらくせん》はべつとして、銀や金の硬貨というものを見たこともない者が多い。

左内の収集癖は、いわばそういう珍物をあつめてみたい、というごく無邪気な欲望から発している。

「おぬしにもそういう癖があるとはおどろいたな」と左内は牛に近づき、その行李にふれてから仰天した。

「これはおれの行李だ」

「そう」

車藤左は、当然なことのようにうなずき、

「こんなばかげたものでも、伊達領へ持ってゆけばなにかの役にたつだろう」

といった。

（ばかげている）

と左内はおもったが、結局は車藤左といっしょに会津若松城下を出発することになってしまった。

「おぬしが、牽《ひ》いてゆけ」

と、藤左は、牛の鼻輪のつなを、ぽいと左内にわたした。

「ふん、牽かいでか」

左内は鬱積《うっせき》した腹立ちを声音に出した。牛も、牛の背の柳行李につまっている貨幣も、みな自分の所有物ではないか。

「かわった性癖だな」

と、車藤左は、牛の横を歩きながらあざわらった。金銀収集のことをいっている。が、左内はだまっていた。このめずらしい性癖については、上杉家の家中でもさんざんいわれてきて、もうなれっこになっていた。

かといって、悪評ではない。

余談だが、日本人が最初に全国的な流通経済をもったのは、秀吉の天下統一このかたといっていい。貨幣の必要がうまれた。

便利なものである。

一例がある。秀吉が薩摩の島津氏を降伏させたあと、石田三成に島津家の面倒をみさせた。

島津家も、時代が変化していることに気づいている。それまでの割拠《かっきょ》主義の大名経済は自給自足でまかなわれてきたが、全日本的な経済社会がうまれた以上、それに適《かな》わせるよう、自家の経済をもってゆかねばならなかった。

三成は島津義弘《よしひろ》に、

「米よりも、金銀のほうが物を遠くに運ぶばあいに軽便でござる。これを中心におつむりを切りかえなされ」

といった。

すでに大坂が物資の全国的な集散地になっている。三成は、薩摩の米を大坂に回送して金銀に変えるほうがよい、といった。その販売方法を教え、販売代金の送金の仕方も教え、また、繊維品のあるものは自給自足するよりも大坂で買ったほうがやすい、と教え、さらに、

「商人と接触するばあいは帳簿というものが必要です」

と、台所用品の小払い帳の作り方まで教えた。

なににしても、貨幣というものはこれほどめずらしいもので、薩摩の殿様でさえ、その動かし方を三成によってはじめて教えられたという時代である。

一般にはさほどにゆきわたっておらず、上杉家の以前の領国の越後や、いまの封土である会津などでは、金貨どころか、銀貨でも見たことがないという者のほうが多かった。

それほど必要でもなかった。士民のくらしは、米を中心に動いているのである。

だから、伏見詰めのころに、せっせと貨幣をあつめた中条左内の貨幣好きが、一種の奇行としてみられ、悪意はもたれていない。

その夜、ふたりは戸ノ口でとまり、翌日は猪苗代湖の北岸を進み、夜ふけに猪苗代の今井源左衛門という者の屋敷にとまった。

翌朝、未明に発ち、酸《す》ノ川（長瀬川）の上流をめざしてすすみ、火山群のつくる怪奇な山岳風景のなかに分け入った。

やがて道は渓流に落ちこみ、さらに前進するには流れを渡らねばならなかった。

「橋がないのか」

と、常陸人《ひたちじん》の車藤左は、そのことが左内の責任であるかのようにいった。

「ない」

と左内がいうと、

「上杉家は戦備ばかりに夢中で、山間の渓流に橋もかけないらしい」

「わしにいわれてもこまる。前領主の蒲生《がもう》家の罪だ。上杉家は越後からここへきてまだ二年にもならぬ。わしなどは奥州のこういう地獄のような景色をみて、うまれ故郷の越後が恋しい」

「地獄か」

と、常陸人は流れを見た。尋常の川ではない。瀬のところどころから硫黄《いおう》くさい湯気をふきあげ、湯気のむこうに、赤肌をみせた吾妻山《あづまやま》連峰がそびえている。地獄の光景とはこうかもしれない。

ざぶっ、と流れにはいった。

湯である。

車藤左は掌にすくって飲み、

「なるほど酸ノ川とはよくいった」

と、ぺっと吐きだした。硫黄の味がしみこんでおり、魚もあまり棲まない。この水のために流域で米をつくっても、食するにたえぬほどまずいという。

中条左内は、牛を対岸にひきあげた。が、すぐ目の前は、崖である。牛をよじのぼらせるわけにはいかない。

「どうする」

と、左内が泣きそうにいうと、車藤左という男は、とほうもないことをいった。

「おぬしは右脚をかつげ、おれは左脚をかつぐ。かつぎあげよう」

と、牛の腹の下にはいこんだ。牛はいやがりもせずに、藤左のなすがままにまかせている。

「左内、早くしろ」

このあたりから、藤左は命令者になりはじめていた。やむなく左内も牛の腹の下にもぐりこみ、右脚をかついだ。

左手をのばして崖の草をにぎり、両あしを突っぱった。

「ゆくぞッ」

と、藤左はうれしそうに叫び、ぐっと、牛を浮かせた。牛はおどろいて高鳴きに鳴いたが、藤左は左手で牛の平くびをたたき、たくみになだめつつ、牛を崖の上の道までひきずりあげてしまった。

(妙な男だ)

と、左内も思わざるをえない。牛でさえこの藤左にあうとおとなしくなってしまうようである。

この夜は、山中で木地《きじ》小屋を見つけ、頼みこんでとまった。

木地屋は、ろくろの山職人で、山中で良材をみつけては小屋掛けをし、ろくろでもって椀などを挽く。もともと会津一帯にはこういう職人はいなかったのだが、天正十八年、秀吉の命で先代蒲生氏がこの地に転封されてきたとき、近江《おうみ》から三人ばかりを連れてきた。以後、それらが山林のなかに分散して住んでいる。

小屋に娘がいた。

(まだ、性根がわからぬ)

という意味で、中条左内は、車藤左という常陸人の観察者になりつづけていた。

じつは、この木地屋の小屋のぬしは六兵衛という老人で、孫娘とふたりきりで暮らしている。

娘は、おううといった。

「おぬし、おううとは、ふるい知りあいかね」

と、左内がおもわずいったほど、車藤左は、この娘とのっけから親しそうで、左内はむしろのけ者にされた。

なにしろ藤左はこの小屋にはいってくるなり、娘のあごにぴたりと掌をあて、

「へそのような顔をしているなあ」

と、底ぬけの大声を出した。

「いやよ」

娘は大げさに身をよじったが、そのくせ、あごの下の藤左の掌を払いのけようともしなかったのは、藤左の掌になにか、ひとをあやつる薬のようなものが塗られているのか。

(わからぬ男だ。冴もそうだった)

と、左内はおもった。

常陸人は、美男というつらつきでもなければ、愛嬌があるわけでもない。愛嬌どころか松皮のように不愛想な顔つきに笑いが浮かんだ、という光景を左内はみたことがない。

晩めしのときに、酒が出た。

中条左内は酒好きだが、この大男の常陸人は一滴ものめない。

そのくせに娘は下戸《げこ》の大男にばかり酒をすすめ、かんじんの酒ずきの左内の杯には注《つ》ごうとせず、ついに左内が、

「娘、その男は下戸だ」

と、どなりつけたくらいだった。

娘はむっとして、

「あのひとは」

と、藤左に、

「お武家さまのご家来でしょう」

家来に酒を注いでやる必要があるか、というのが娘の理由らしい。が、それより左内にとって多少悲痛だったのは、この常陸人といっしょにいると、左内のほうがどうみても家来としかみえないことだった。

「ば、ばかな。家来であるものか」

と左内は言おうとしたが、常陸人はそれよりも早く娘のほうにうなずき、

「そう、家来だ」

と、かるく言った。

（いやなやつだ）

と、左内はおもった。

翌朝、未明に起きて出立の支度をしていると、娘がどうしてもついてゆくという。せめて、ここから三里さきの中湯という硫黄泉のある部落まで送ってゆく、といってきかない。それをふり切って小屋を出、ぶなの林を三丁ばかり歩いてから、

「おぬし、昨夜、あの娘と何かあったのか」

と、左内は小声できいた。

藤左は、「ああ」と当然のようにうなずいた。それっきりである。おかしな男だった。

終日、山路をあるいた。

なにしろ牛連れで牛の歩みにあわせて歩くために歩度がのろい。

崖に出た。

「道がない」

と、中条左内はあわてた。

「あるだろう、そこに古わらじが落ちているところを見れば」

車藤左は、わらじをつまみあげた。なんとたったいまぬぎ捨てたらしく、裏についている泥にまだ湿りがある。

「たれか、いまひとが通ったようだな」

と、藤左はあたりのにおいを嗅《か》ぐように見わたした。

背後は、原生林である。前方の右手が大きくひろがり、よく晴れた天の下に安達太良山《あだたらさん》がするどくそびえている。

左手は、噴煙に焼けただれたままの崖で、崖の腹に爪で掻いたほどの道がついている。

「あれだ」

藤左がその道を指さしたが、中条左内は「わかっている。ひとなら通れる」といった。

「牛は通れぬ」

「やってみることだ」

車藤左は、無責任にいった。

やむなく左内は崖の腹へ牛を寄せてゆき、ほとんど三尺もないその掻き削りの道へ、やっと牛の四つのひづめをのせた。

落ちれば地獄といっていい。

藤左は前で鼻づなをもち、左内はうしろで追う構えをとった。

牛も、真剣である。

「さあ、ゆるゆると追え」

と、藤左は命じた。左内は背後から、牛の尻を押すようにした。

牛が、渡りはじめた。

案じたほどには牛もおびえず、崖に体をこすりつけるようにして脚を動かした。

ところが、あと十間というほどになって頭上で、轟《ごう》っという音がした。

小屋ほどもあるか、と思われるほどの大きな岩が、地ひびきをたてながら落ちてくるのである。

「左内、牛をおびやかすな」

と、さすがの藤左も足をすくませた。左内は、牛の尻に抱きつくようにして、この不幸が通過してゆくのを待った。

さいわい、岩はほんの数歩うしろの空間をきって、谷間へなだれ落ちて行った。

が、落石はそれでとどまらない。

一抱えほどの石が、つぎつぎと落ちてくるのである。

「峰にひとがいる」

と、左内は顔をあげて叫んだ。

いわれて藤左も見た。

この男のばあい、見るのと走りだすのと同時だった。崖道を駆けだし、やがて峰へのぼる道をみつけると、岩角をつかんでのぼりはじめた。

峰の男は、その藤左へ石を投げはじめ、そのいくつかが藤左にあたった。

峰の頂きを、駆けまわっている。その動きがけもののように敏捷だった。

藤左はついに峰の上に這いあがった。男は逃げだした。

「待て待て」

と、藤左は足をとめ、親しい友人でも手まねくような調子でいった。

その声調子《こわちょうし》をどう感じたのか、男は、ぎくりと立ちどまった。

背は四尺七八寸しかない。

(小わっぱか)

と最初藤左はおもったが、よくみると老人のように薄気味のわるい顔がついている。かといって老人ではないだろう。足腰の敏捷さからみて、二十五六というところかもしれない。

貧相な胴に、狸《たぬき》かいたちの薄皮をなめしたものを縫いあわせてつけている。

弓をもっていた。

というところをみると、この山でけものを追う猟師かもしれない。

「話があるんだ」

と、藤左もおかしな男で、そう言いながらぷいと横をむき、崖にむかって放尿しはじめた。

計算があるらしい。こういう不用心な姿勢をとることによって、相手に無用の恐怖をあたえまいと考えたのだろう。

もっともこの間、男もじっとしていたわけではない。手に弓がある。

矢をつがえ、きりきりと引きしぼりはじめていた。

藤左は知らぬ顔で放尿しながら、

「お前は、なんというのだ」

と、安達太良連峰の上にひろがっている空を見渡しながらいった。

いかにも放尿の快感だけを味わっているような無心な横顔だった。男としても、矢を射放しにくい。

「蜻蛉六《とんぼろく》というんで」

と、小さな声でいった。

「いい名だ。谷をとんぼのようにすいすいと渡るところからつけたのだろう」

「旦那、あっしを斬らねえのか」

「斬る？」

藤左は、放尿をおわった。

「おれはさむらい稼業をしているが、ひとを斬るのが下手だ。下手なしごとは、人間たれしもやりたくない。蜻蛉六、そうだろう」

「旦那、話てのはなんだ」

と、蜻蛉六は用心ぶかそうにきいた。

「話かね」

藤左は、急にかがんで、いたどりの茎を一本むしりとり、その皮をむきはじめた。

「そんなことをいったか」

「言った。話がある、待て、といった」

「ああ、そうか。あたりまえだ。石を落とすのはよせ、と言おうと思ったんだ。石なんぞは落とすな。下で迷惑する」

「旦那、どこへゆく」

「ついてくるかね」

手綱でそろそろと魚をすくうような用心ぶかさで、藤左はいった。これが日的らしい。

「ついてくるなら、お前が石を落として盗みとろうとしたあの行李の銭、お前の腕に応じてくれてやる」

臆病な男らしい。

そのあと、牛をかこんで三人で歩きはじめたが、目つきが落ちつかず、すきさえあれば逃げだしそうな気配さえ示した。

「蜻蛉六」

藤左はいった。

びくっと、蜻蛉六は、その小さい体をふるわせた。

「お前の本業は、猟師か山賊か」

そのどっちだ、と藤左がきくと、蜻蛉六はへい、ふたつながらでございます、とかぼそい声を出した。

「すると猟で獲物のないときは旅人を狩る、というわけか」

「めっそうもない」

そんな計画性のある暮らしではない、というのだ。山をさまよっていて、ひとでも鹿でもぶつかった相手がこの男の生計《たつき》のたねになる。

「仲間がいるのか」

「いいえ、ひとりなんで」

「ひとり山賊か」

藤左はなんとなく、このひとり山賊のあわれっぽさがおかしくなってきたらしく、猫が顔をあらうように自分の顔をごしごしとこすった。妙なことにこの藤左のばあい、顔をこすると、拳《こぶし》のあいだから多少笑顔らしい顔が出てきた。顔が随意筋にはなっていないのかもしれない。

「おもしろいやつだ」

と、藤左は気に入ったようである。しばらく歩いてから、

「お前はなにができる」

といった。

技能のことである。単に山賊として地上に存在している、ということではなく、なんの機

能で山賊として存在し得ているか、ということであった。

「男はそれが肝心なのさ。女は子を生む、それだけで地上に存在しうる、暮らすこともできる。男はそうはいかぬ」

藤左は、手ばなをかんだ。

「技能《わざ》が要るのさ。これあってはじめて神様から地上で暮らすゆるしを得る」

「そのう……」

蜻蛉六は、自分がなんの技能で地上に暮らすことをゆるされているかを懸命に考えている様子だったが、やがて、

「崖のぼり、谷渡りがただの男より多少うまいようで」

と威勢のない声で答えた。

「よかろう」

藤左はいった。

その一事でこの男を同行するに足る、とおもったらしい。左内に、

「行李をおろしてくれ」

と、命じた。

左内はやむなく牛の背から行李をおろし、縄を解き、ふたをあけた。それを見ながら藤左は、

「この男に、銭をやれ」

「いくらやればよい」

左内は不機嫌な声できいた。

「そうだな、崖のぼり程度なら、まず一つかみがいいだろう。なあ蜻蛉六」

「へい」

「手柄しだいでは、もっとやる」


三人の行軍がつづいた。

夕暮ごろになると、臆病者の蜻蛉六もだいぶ藤左になれてきたらしく、

「旦那、技能《わざ》とおっしゃいましたが、あの肥ったお侍はなんのわざがあるんで」

「金だ」

藤左はいった。

「あの男は、ぜにを貯めるのがわざだ。お前も見たあの行李がそうさ。それなればこそ、おれは、つれてきている」

大声である。牛を曳《ひ》いて前を歩いている中条左内の耳にも、いやというほどに聞こえた。

(ひとを食った野郎だ)

と、むかむかとしたが、かといっておとなげもなく抗議する気にもなれない。相手はいた

って無邪気に、陽気に快活にしゃべっているのである。

「すると旦那」

中条左内の背後で、蜻蛉六がしゃべっている。

「旦那はどうなんで」

「おれか」

藤左は絶句したらしい。

左内は、おもしろい、と思った。藤左めはなんの技能をもって地上に存在していると答えるだろう。

「そうだな、おれはな、おそらくおっちょこちょいというわざでもって地上に立っているのであろうな」

「つまり、どういうわざでございます」

前をゆく中条左内は、いよいよおもしろくなってきた、とおもった。たしかに隣国の佐竹家の寵臣のくせに上杉家におせっかいして伊達の新城を取るというのも、度はずれた、おっちょこちょいかもしれない。

「わざか」

「へい、その、わざでございます」

「おっちょこちょいとは、だれでもできそうでちょっとできぬ技術だ」

「だからどういう……」

「そう、たとえば」

藤左は右手の谷底を指さした。気が遠くなるほどに深い。

「この谷底へとびこめ、とおだてられれば有無もなくとびこむわざさ」

「藤左、とびこんだらどうだ」

と、すかさず左内はいった。

「よしきた」

……

左内は仰天した。

車藤左は、横っとびに跳《は》ねとんで、そのまま谷へ落ちて行ったのである。

「あッ、旦那」

と、蜻蛉六が左内にしがみついてきた。

左内は、あきれた。

(とほうもない馬鹿だ)

左内は、車藤左という男の本性が、どうやらこれらしいと思った。佐竹家の密偵とか、女房殿がどうのこうのというより、ひょっとすると、正真正銘のおっちょこちょいなのではないか。

死んだろう、と、半ばあきらめた。

とりあえず、谷底へ救援におもむかねばならなかった。

左内は牛をそばの槙《まき》の老木につなぎ、蜻蛉六に、

「お前、崖のぼり・谷渡りがわざだといったな」

とせきこんでたずねた。

「へい」

蜻蛉六は相変わらず冴えぬ返事をしたが、自慢するだけあって、そのわざだけはたしかだった。ずるり、と崖っぷちから身をすべらせ、あとは、草の根や木の枝をつかみつつ、さらさらと谷底へ吸いこまれるようにおりはじめた。

肥っちょの中条左内はそうはいかない。たんねんに足場をさがしつつ、不器用に、しかし着実に、半歩ずつ体をおろして行った。

ずいぶん時間をつかってやっと谷底へおりると、意外にもそこは陽が射し真蒼《まっさお》な急流が、白い砂礫《されき》の間を割って流れている。

蜻蛉六は、藤左の介抱をしていた。

「死んだか」

と左内がたずねると、蜻蛉六は、さすがにうれしそうに首をふり、

「生きています」

といった。気絶をしていた。

衣服がぼろぼろに裂け、頭から足さきまで全身血だらけであった。左内は傷をしらべた。擦り傷、打ち身、切り傷が大小無数にあったが、どうやら骨折はしていないようであった。後世、柔《やわら》といわれた小具足《こぐそく》の心得があるのだろう。

左内は抱きおこして、活を入れた。四五回やって、やっと車藤左は目をひらいた。

しばらくぼんやりしていた。

やがて記憶がよみがえったらしく、蜻蛉六のほうをむき、

「どうだ、おれのはこういうわざだ」

と、誇った。

左内はあきれたが、傷の手当をしてやらねばならない。手もとに焼酎《しょうちゅう》がないのが難だったが、そばに湯の出ている清流がある。匂いで硫黄泉であることがわかる。傷にはきくだろう。

衣服も下帯もとらせて素っ裸にし、かかえるようにしてそれへ連れてゆこうとすると、

「おい、左内、針と糸があるか」

ある――と左内はいったが、幸い針で縫い合わせねばならぬほどの大傷はないことを知っているので、

「その必要はない」

というと、車藤左は、

「衣類のほうだ」

と叫んだ。

なるほど、その傾《かぶ》きごのみの衣装でもわかるとおりよほどお洒落《しゃれ》らしい。これだけの傷を負っているのに、なま身よりも、衣類の破れのほうが気になるらしいのである。

(いよいよ妙な男だ)

と、左内は藤左をおろし、背負い袋のなかから針と糸巻きをとり出し、それを蜻蛉六にあたえ、

「そいつをつくろっておいてやれ。下帯まで破れている」

と言い、藤左を湯のそばへ運んだ。

藤左は、岩間の湯につかった。

中条左内も、こうなれば介抱ついでだとおもったのか、自分も着たものをぬいではいってきた。

藤左は首だけを浮かせ、目の前の木をながめている。その木に蟬がいるらしく、頭上がやかましかった。

「これはなんの木かね」

「櫟《くぬぎ》だろう」

左内はあやふやに答えた。櫟にしては幹が白っぽすぎるし葉も大ぶりだったが、しかし栗《くり》の花に似た花をつけている点が、どうみても櫟だった。中条左内は質問された責任上、

「湯のそばだから、育ちすぎているのかもしれんな」

と、どちらでもいいことをつぶやき、すぐ、

「ところで、この櫟もかわっているが、おぬしもかわっている。おれはかねて人間というのは大なり小なり同じようなものだと思っていた。しかしさっき、おぬしが谷間にとびこんだとき、おれははじめて、人間の中には妙なやつもいる、と思い知らされた」

「おれは変わってをりはせぬ」

藤左は、ざぶりと湯で顔を洗った。

「いや、かわっている。自分のおっちょこちょいを証明したさに、いきなり谷にとびこむなどは、どういうことだ」

「いや、あれはまじめだ。理由がある」

「どんな?」

「女さ」

藤左は、意外なことをいった。

中条左内が聞きかえすと、藤左は、気づかなんだか、この瀬のむこうに女がいたのだ、といった。

「だから、あっと思い、そこへ行きたいと思った拍子におれはもう、谷へ飛んでいたな」

「信じられん」

こんな深山幽谷に、である。どうせ、この湯の湧く谷の川うそに、藤左めはだまされたのであろう。

「いや、この目で見た。目の黒々とした、色の白い、十七八の娘だ」

「あんな遠くから、この谷川のむこうにいる顔だちまで見えたのか」

「あたりまえだ。男の目というのは、壁むこうに女がいても、その顔だちがありあり見えるものだ」

「藤左は女が好きか」

「見るのは、すきだな」

(こんなばかばかしい男を)

と、中条左内は湯気のなかで思った。

(佐竹家は諜者として送りこんでくるだろうか。要するに、ただのおっちょこちょいで上杉領にまぎれこんできたものに違いない)

「まあ、あれだな、藤左よ」

と、中条左内はいった。

「深山を数日歩いてきた。女のもつ花やいだものにおぬしは飢えている。そういうことで何やら幻覚《まぼろし》をみたのであろう」

「そこにいる」

藤左は、平然としていった。

「その櫟の木のむこうよ。女が、息をつめてこちらを見ているわ」

櫟一つをへだてて、むこうにも瀬があり、そこにも川底から湯が湧いている。

(そこに女がいる?)

信じられぬことだが、中条左内は川底の岩に足をのせ、のびあがってのぞいてみた。

なるほど、女がいる。

大きな目を、こっちに向けていた。またたきもしない目である。

「なんだ、お前」

左内は、不服げにどなった。そんなところにいてじっとこちら側の会話をきいていたかとおもうと、むしょうに腹が立ってきた。

左内は、川底を蹴って女のそばに移動しようとした。ときどき流れが冷たくなったり熱くなったりしたが、要するに櫟の根かぶをまわればそのまま女のそばに寄れるのである。

「けしからぬではないか、そこにおるならおると、声を出して会釈するのが礼儀だろう」

「………」

と、女はふりむきもせず、中条左内を無視した。そのまたたきのすくない目で、櫟のむこうの車藤左を見つめているのである。目に凛《りん》とした張りがあり、おそらくまだ生娘《きむすめ》だろう。

「なんという名だ」

左内は湯のなかで目を大きく見ひらいた。

「おうう」

娘は、無視したままいった。

「おもしろい名だ」

「お侍様は？」

「おれか、左内というのさ。むこうの男は藤左という。ただしくは、藤左衛門とでも申すのであろうな。あの男は、崖道の上でそなたを見て、崖からとびおりたと申しておる」

「いいえ、私が飛びおりさせたのです」

と、おううは妙なことをいった。

左内がおどろいてききかえすと、ほんとうです。きのう夢をみた、といった。夢でこれとそっくりの情景が出てきた、というのだ。崖の道を侍がふたり歩いていた。谷川の岩からそれを見あげていると、侍の一人が足をふみはずして谷へ落ちた、とこの娘は、奇妙なことを、顔色もかえずにいうのである。

「夢にみたわけじゃない」

左内はなだめるようにいった。

「そんな気がするのさ。夕焼け雲などにうっとりと見惚《みと》れていると、なにかしらその景色を夢でみたような気がしてくる。わかいときにはよくあることだよ」

「ちがう」

娘は、にべもなくいった。私は巫女《みこ》だからそんなことがある、といった。

「ほう、巫女かね」

娘は、うなずいた。この上に滝があって、そこに不動明王がまつられている。その不動の滝のそばの小屋へ、月に一度は参籠《さんろう》にくるのだ、と、この娘はいった。

「どの村の者かね」

左内がきいたが、おううという目の異様に光るこの娘は、言えない、とかぶりをふり、お侍たちこそどこへ行くのだ、ときいた。

左内はだまっていた。

娘は、それ以上、きこうともしない。

藤左と左内は、歩きだした。

北へ。

すでに、陽が峰に落ちようとしている。

「痛むのか」

左内が言ったのは、車藤左がつい遅れがちになるからだった。右足を持てあますようにして歩いている。

「ああ」

藤左はにがにがしそうにうなずいた。中条左内はおかしくなって、あんな馬鹿なまねをするからだ、後悔しているのだろう、というと、

「するものか」

藤左はけろりといった。

「あの程度の馬鹿で後悔するようなら、上杉家に頼まれもせぬ城取りに、のこのこ出かけて行こうとはせん」

(料簡はまだわからぬが、おもしろい男であることだけはわかってきた)

中条左内はそうみている。

(しかし、惜しい女だった)

と左内はさらに水をむけると、藤左は返事をしなかった。

「おぬし、よっぽど惚れていたのだろう。かくすな。でなければ、姿を見たとたんに谷から飛びこむなどはせぬからな」

「あれは、嘘だ」

と、言葉尻のあがった常陸なまりでいった。左内はおどろいた。

「嘘か」

「あたりまえさ」
あのとき、つまり岩間の湯に車藤左がつかっていたときである。藤左は、湯気を通して櫟のむこうに女の影が動くのをみた。
(ほう)
と思ううちに女が着物をぬいだ。ぬぐときに、火打石を入れた白い袋が落ちるのを、藤左は目ざとく見た。袋に、
黒橋村
宇宇（うう）
と墨書されていた。
宇宇とは、女の名であることは想像できたが、車藤左がおどろいたのは、
黒橋村
という地名である。上杉領でなく伊達領であった。その村こそ、いまから行こうとしている帝釈城の所在地ではないか。
察するところ、女は、滝行《たきぎよう》をするために伊達領黒橋村からときどきこの山中にはいりこんでくるらしい。
それはいい。
(黒橋村の娘か)ということが、藤左の興味をはげしくひいた。なにかの役に立つかもしれ

ない。

そう思って、なにも気づかぬ中条左内に、女が谷間にいたからつい落ちたのさ、と大声でいったのである。当然、あれほどの声だから、おううという娘の耳にはいっているだろう。はいれば、

(自分にそれだけの魅力があるのか)

と、平静でいられぬにちがいない。すくなくとも娘の心はとらえ得たろう。

藤左は、そう打ちあけた。

左内は驚いた。この男をただのおっちょこちょいと見るのは早まりかもしれぬ、と思いなおした。

一方、おううという娘である。

侍たちが行ってしまってから、岩間の湧き湯からあがり、着物をつけた。

着物をつけながら、

(世の中には妙なおひともいるものだ)

と、着付けをする手も動かないほど、そのことばかり考えている。自分に見惚れたがために崖から落ちてくるというのは、どういう料簡だろう。

(それほど私は器量がいいのかしら)

娘だから、そう思わざるをえない。

それよりも、かれらがどこへ行ったかということである。

(たしか、自分と同じ方角へ行ったはずだ)

そう思うと、あとを追いたくなった。追ってどうなるものでもないが、あの、「藤左」といわれていた背の高い侍にもう一度逢いたい気持が動いている。

心が、そう動いている。

ということは、すでに、このおううという発音しにくい名前をもった伊達領黒橋村の娘は車藤左のかけた暗示にかかってしまっていることになるのであろう。

娘は、むろん気づかない。

着付けをおわると、おううは竹枝をとり、崖をよじのぼって道へ出た。

道をいそいだ。

陽は、傾いている。もう半刻《はんとき》もすれば暮れはててしまうであろう。おううは、いつもこの不動の滝に来るときは、山中で一泊する。その小屋もきめてある。

四半刻ばかり歩きつづけ、やがて崖道がきれた。おううはほそい渓流を渡り、崖をのぼり、樅《もみ》の巨木の密生した森の下道まで出たとき、かれらが森のなかで休んでいるのを見た。

「やあ」

と、藤左は小さな声をあげ、おううが来ることがわかりきっていたような自然さで微笑した。

すでにあたりは薄暗くなっている。

「黒橋村へ帰るのかね」

「どうしてそれが」

わかるのか、とおううは疑いぶかそうな目の色を見せたが、藤左はとんちゃくせず、

「おれたちも黒橋村へゆくのさ」

と、ひとりごとのようにいった。無造作にみえるが、会話の一つ一つを計算しつくしていることが、傍らの中条左内にもわかった。

（おそるべき男かもしれぬ）

左内は、また評価を変えた。

おううは、そういうことよりも、この一行の呑気さが気になって仕方がない。いまごろこんな所で休んでいては山中で日が暮れはててしまうではないか。

「黒橋村へいらっしゃるのなら、はやく立ってお歩きにならないとだめです」

と、立ったままいった。

「そうかえ」

藤左は、ことさらに呑気そうにいった。おううは他人事《ひとごと》ながらじれてきて、「もう一山越えれば小屋があるのです。樅ノ木小屋というのです。さあ」

先頭に立って歩きだした。そんな気象の娘らしい。

運がいい。

樅ノ木小屋につくと、日が暮れ、夜道に迷わずにすんだ。

蜻蛉六が左内に追いたてられて枯枝をどんどん運びこみ、炉に火をおこした。

おううは小屋のすみから鍋をとりだし、谷へ米をとぎに行った。

やがて、かゆ鍋をかこんでゆうげがはじまった。藤左ひとりは打ち身が痛むために、あおむけに寝ころんで、干魚をむしっている。

「行者」

と、おううによびかけた。

「いいえ、巫女」

おううは、訂正した。

「黒橋村ではあれかね、伊達家の出城ができはじめているそうだな」

「うん」

娘はかすかに返事をした。あまりそういう話題にはふれたがらぬようであった。

「もう八分どおり、できたかえ」

中条左内がきいても、私にはわからない、とおううはただかぶりをふっている。

「伊達家からどのくらいの人数がきている」

「わからない」

「千人か」

中条左内は箸《はし》をとめてきいた。

娘は、ちょっと戦闘的な目になった。

「なぜそんなことをきくんです」

「その城に用がある」

寝ころんでいる藤左がいった。娘はその藤左の顔をのぞきこむようにして、

「お侍方は、上杉家の間者ですか」

ときいた。藤左は首だけをおこして中条左内を指さし、

「あのふとった男は間者だ」

と、いった。言われて左内は、ば、ばかなとほおの肉をふるわせたが、藤左は意にも介さず、

「おれはそうではない」といった。

「では、なんです」

「ただの車藤左という者さ」

「言っておきますけど」

と、娘はいった。

「上杉家の間者なら、もうここから引きかえしたほうが無事です。黒橋村にはいりこんで帝釈城に接近した上杉家の間者が、もう何人殺されて、大手の木戸の前で曝首《さらしくび》になったかわかりません」

「ほう、すると大手の木戸はもうできているわけだな」

と中条左内はいった。

さらにきくと、三ノ丸の工事は三分程度、本丸、二ノ丸は七分どおりできている様子で、その人夫は、本丸下の黒橋村と、三ノ丸付近の狐沢村の男どもが徴発され、両村とも村はからっぽ同然の状態だという。

「もういわない」

娘は、自分の唇をおさえた。藤左はそうだろう、といった。

「おううも伊達の領民だからな、伊達の不利になるようなことは言いたくはあるまい」

「ふん」

娘は、冷笑した。妙な反応である。

夏とはいえ、山中の夜は冷えた。

蜻蛉六が、しきりと粗朶《そだ》を炉のなかに投げ入れては、炎の絶えぬようにしている。

(車藤左という常陸人は、本来の意味での悪人かもしれぬな)

中条左内は、こんどはそんなことをおもいつつ、おううという娘と話している車藤左を見ていた。

藤左は、寝ころんでいる。

（それがそもそも悪人なのだ）

と、中条左内はおもった。

相手の娘の目の高さより低い位置に自分の目を置いている。犬を手なずけるとき、無用の警戒心をおこさせぬために、できるだけ低くかがみこむ。

（それとおなじではないか。ただの無精で寝ころんでいるわけではあるまい）

人間通なのだ、とおもった。

ひょっとすると、希代の人間通かもしれない。車藤左という常陸人のやりかたをみていると、人間の能力、欲、弱味などをたくみに編成して、城を取るというたった一点の目的にたくみに働かせようとしている。

（この巫女だという娘にどんな利用価値があるか――それを藤左は、娘のよく肉づいたあごを見あげながら、根気よく思案しているようだ）

そう中条左内はみている。

もともと、会津若松出発のときに、この車藤左という常陸人はなんといったか。

――一人で帝釈城をとる。

と、こともなげにいった。

あとで、なぜそれが可能なんだ、ということを左内がしつこくききだすと、

——黒橋村の百姓連中が、城をきらっているさ。

それだけを、常陸人はいった。それだけがこの仕事の可能性だとぬけぬけと言やがった。なんとかぼそい可能性だろう。

たったそれだけの可能性で、のこのことついてきた自分も自分だが、それも上杉家のためとあればしかたがない。

(……おそらく)

と、左内はおもった。

(この常陸人は、はたして黒橋村の村民がどれほどあの築城をきらっているかを、この娘からききだそうとしているのだろう)

黒橋村というのは、国境の村の宿命で、ここ二十年ほどのあいだに、四度、領主がかわっている。

はじめは二本松氏だったが、大崎(仙台)に根拠をもつ伊達政宗が四隣を斬りとって異常な膨張をとげていたときに伊達領になり、その政宗が、遠い中央で勃興した秀吉政権に屈して退潮したあと、蒲生氏の所領になり、ここ数年前、越後から上杉家が会津に移封されてきたとき、ふたたび伊達領にもどっている。

だから、村民には、支配者に対して忠誠心などはかけらもない、といわれていた。

そこへ、築城工事である。

伊達家から代官が乗りこんできて、村民を徴発して築城工事に使っている。

「お侍方、なにをしに黒橋村へゆくの」

おううという娘がきいた。

「なにをしに行く、というのか」

車藤左は、ねむそうな声でききなおした。

「そうよ」

と、娘はうなずいた。

「おううよ」

と藤左がいった。

「なあに？」

妙に呼吸が合っている。娘はだいぶ、藤左になれてきたらしい。

「そいつは、できれば、おれが打ちあけたくなるまできかないでもらいたいなあ。人間には、こっぱずかしい事ってものがある」

「それ、はずかしいことなの」

「言いたいがね。言えば、そうだな、おううは、腹をかかえて笑うか、それともおれが頭をいかれている、と思って気味わるがるか、どちらかだろう」

　不愛想で無口な藤左が、体じゅうで照れくさがっている。そんな意外な一面が、おううに好意をもたせた。

「あんたって、わるいひとでないかもしれないね」

「娘はすぐそんなことを言う。だからあたしの体をあげてもいい、という言葉が裏にくっついている」

「変なからかいは、ゆるさないよ」

と、おううはたちまち機嫌をわるくした。

「私はこれでも、黒橋村に帰れば、村中に大事にされている娘なんだから」

「ほう」

　藤左は、ぱちっと目をあけた。

「そんなにえらい娘かね」

「巫女よ」

「知らなかったな、巫女てのはそんなにえらいのか。もっともおれの国も昔はそうだったときいているが」

「あんた、どこの国？」

「常州水戸さ、聞いたことがあるかね」

と、藤左は正直にいった。

「知らないわ。京の近く？」

「冗談じゃない、関八州の一つだ」

常陸水戸の地名さえ知らないというのは娘の無知ではない。秀吉が天下を統一してから大坂を政治と経済の中心とし、大名の国替えをおこなったり、九州の米を大坂で売りさばかせたりしたから、天下諸国の人間の往来がようやくはじまったが、それまでは戦国割拠で、人は植物のようにうまれた土地に根を張り、そこで生涯を送り、自分の土地以外に世界があることを知らずに暮らし、それがごくあたりまえのことになっていた。黒橋村の娘が常陸水戸を知らなくても無知でもなんでもない。

しかし、それにしても巫女がまだ村の中心になっているとは、常陸あたりからみれば、百年は遅れているだろう。上方《かみがた》からみれば、千年も昔の姿かもしれない。

おううは、いわゆる村巫女とよばれる存在である。村の娘のなかから、神懸りの質をもった者がえらばれ、吉凶や種まき、穫《と》り入れ、晴雨などを、占ったり予見したりする。村びとたちは、おううの言葉を中心に生活しているといっていい。

「なるほど、えらいんだな」

藤左は、無邪気な声音でいった。これはとほうもなく役に立つ、と思ったのだろう。が、どういうわけか、蜻蛉六のばあいのように、

「左内、金」

とはいわない。

翌朝、陽のあがるとともに、樅ノ木小屋を発った。

藤左、左内、蜻蛉六、牛一頭、それにおうう、といった同勢になっている。

おううは、一行のびりっこを歩きながら、

(ついつい道連れになってしまったが、このままこのえたいの知れぬ連中といっしょに村にはいったものかしら)

と考えている。

危険なことだ。村の連中はともかく、帝釈城の伊達侍たちが、どう思うかしれない。伊達侍たちは、かれらを殺し、それをつれてきた自分まで捕えて殺すかもしれない。

先頭を、藤左が手をふってゆうゆうとゆく。

そんな懸念ももっていないらしい。

(珍妙な男だ)

おううは、なにやら、わけもない可笑《おか》しみを、車藤左という大男に感ずるのである。

(いったい、黒橋村へ行って何をしようというのだろう)

(何はともあれ、国境いまでついてゆこうと思った。国境いまで行ってから、危険だとおも

えばかれらと別れればよい）

（それからでもおそくはない）

正午前のことだ。

峠道の下まできたとき、

「休もう」

と、肥っちょの中条左内がまず音《ね》をあげ、牛の荷のなかから餅をとりだし、蜻蛉六に、火をつくれ、と命じた。

蜻蛉六は、粗朶《そだ》をひろうために道をすこし前進した。

ほどなく粗朶も持たずに駆けもどり、

「このむこうの崖の上の小屋から妙な煙があがっておりますが」

と、口早にいった。小山賊で暮らしを立てているこの男には、常人なら見すごしてしまう、そういう現象に特別な嗅覚があるらしい。

「妙な煙とはなんだね」

肥っちょの左内は、にぶい声でいった。

「狼煙《のろし》ですよ」

蜻蛉六はいった。

「わしの目に狂いはねえ。ありゃあ、ただの煙じゃねえ、弾《たま》ぐすりがまじっている」

左内が、足をひきずって小屋のみえる地点まで前進し、頭上を見あげると、なるほど、小屋から、

ふわり

ふわり

と、煙が、いかにもどこかへ合図をするように、断続的にあがっている。色も、あきらかに硝石や硫黄がまじっているような感じがした。

左内はもとの場所にもどってきて、

「藤左、たしかに狼煙だ」

と、顔色を変えてささやいた。中条左内の見るところ、自分たちの伊達領への接近を、たれかが北方の空にむかって報《し》らせているのではあるまいか。

「きっと、そうだ」

と中条左内はいった。もう一里さきが、上杉・伊達両領土の境界なのである。伊達の者がこの山中で自領に潜入する者を監視している、そうにちがいない、と左内はいうのである。

このとき藤左が一行から離れ、だまって歩きだしたので、中条左内が、

「どこへおじゃる」

と越後なまりできくと、

「おぬしらはそこにおれ。これはどうやらおれの分担だ」

と、藤左はいった。

左内が察するところ、藤左のいう分担とは危険仕事のことであろう。藤左という男は、このたびの大仕事を、できるだけ人間の持ち味を機能的に動かしてやりとげようとしているようであった。中条左内が金とその運搬、蜻蛉六が谷渡り・崖のぼり、だとすれば、総帥の車藤左は、さしずめ危険仕事はいっさいひきうける、ということであろう。

頭上の小屋へゆくのである。

藤左は、そのあたりを歩きまわって足場をみつけてから、ゆっくりと崖をのぼり、やがて崖の上へ出た。

小屋がある。

板ぶきの屋根の破れから、なお、色の怪しげな煙が出ている。

藤左は、小屋に背中をつけ、耳を澄まし、息をつめて内部の物音を聴こうとした。

(ひとがいる)

そう確かめると、戸に指をかかり、
ぐゎらッ
とひらき、とびこみざま、抜き打ちの姿勢をとったが、すぐ、柄《つか》から手を放した。

「なんだ、そのほうは」

と、藤左は、囲炉裏のほうを見てこわばった顔を、懸命にもとへ戻そうとした。ひとはたしかにいた。

囲炉裏ばたにいる。

それも、這いつくばい、顔を両手でおおって板敷にすりつけ、尻をたかだかと持ちあげた奇妙な姿勢で、藤左をむかえていた。

服装は、行商人ふうである。

「おどかして悪かったな」

藤左は、相手の驚愕《きょうがく》をしずめてやるために、ちょっとおどけた微笑をみせた。

「おれは、佐竹の牢人で車藤左という者だ。べつに、うろんな者ではないんだ」

と、自分で自分が怪しい者でないことを懸命に言おうとしたが、さすがに気がさして、すこしどもった。

「が、いったい、お前はだれかね」

「へい」

男は、おそるおそる額をあげた。

存外若い。ひょっとすると、十八か九か、いやあるいは二十を越しているのかもしれないが、満月のようにまるい、色白な、肉付きのいい顔は、そのままちぢめれば乳幼児の顔だといっても十分通用できそうだ。

「まんじろうと申します」

と、行商人はいった。どんな字を書くのかわからなかったが、藤左は、
満次郎
と記憶した。

「どこの満次郎だえ?」

「へい、堺の」

といったから藤左は驚いた。堺といえば地の果てのように遠い上方の港都ではないか。満次郎と名乗る若い行商人は、旅なれた者の直感で、この車藤左を、

(わるいひとじゃない)

とおもったのか、聞きもせぬことをべらべらしゃべりはじめた。自分がけっして怪しい者でないということを大いそぎで証明しきってしまいたかったのだろう。

(ほほう、風車のような舌だ)

と、舌重い東国うまれの藤左は感心した。

「すると、小間物屋かね」

「へい、小間物だけではなく、女子どものよろこぶような端切《はぎ》れなどもあの行李のなかに仕込んでありますんで」

「奇妙な男だな」

藤左がうたがわしく思ったのは、はるばる上方の地から小間物の行商にくるばかはないで

あろう。荷はたかが知れているし、荷が小さければ利も小さい。商人ともあろう者が、その程度の小利を得るために、日数をかけ、旅費をつかい、雲煙万里を踏破して、こういう奥州の地まで来るものだろうか。

第一、上方では通貨は過不足なく流通しているが、奥州の片田舎では銅貨などはさほどに流通していない。結局、物を売ったところで、米との引きかえになる。その引きかえた米をかつぐのが、こんどは大変になるのではないか。

「お前、おかしいよ」

と、藤左は笑いながらそれを指摘した。

が、満次郎は、こう説明した。

近ごろ、関八州の大領主である徳川家康の根拠地である江戸が、大坂をしのぐほどに異常な発展をとげつつあり、京、伏見、大坂、堺の商人などで江戸に進出している者が多い。

「あたしの生家の輪違屋《わちがいや》も」

と、満次郎はいった。そのうちの一例であるという。長男が堺の本店をやり、次兄が江戸の新店《しんみせ》をやりはじめている。末子の満次郎は次兄にくっついて江戸の新店にきたが、しかし次兄の手代としておわるのは覇気《はき》のある満次郎には耐えられない。

「それで、他の都会《まち》に店をもちたいンで」

と、満次郎はいう。

「他の都会とは？」

「へい」

満次郎は説明した。はじめは、上杉百二十万石の大城下会津若松はどうかと思い、その下調査をするために、行商をしつつ道中してきたという。要するに行商は、道中に毎日必要な米銭をかせぐための便宜的なものだというのである。

その会津若松は、すでに見た。はたして新店をひらくに足る土地かどうかと。

「どうだった」

「いや会津若松はゆくゆく大きくなる町だと思いましたが、ここまできたついでゆく、奥州伊達の御城下大崎（仙台）とはいかなる都会《まち》やらんと思い、ついそう欲が出て、いまこうして伊達領へはいろうとしているところでございます」

藤左は、しばらくだまった。

この二十になったかならずの堺あきんどの冒険精神というものに、舌を巻くような驚きをおぼえたのである。

「しかし」

藤左は、もっとも聞きたい事がらを、いちばんあとにまわした。

「小間物屋が、なぜ煙を出すのかね」

「ははあ、それでいらっしゃったんですか」

輪違屋満次郎はうれしそうにいった。

「おもしろいものですな」

「なぜだ」

「煙を出すと、人間が寄ってくるものですかな。煙とは、おもしろいものですな」

「なにを言ってやがる」

藤左は、からかわれていると思って顔をつるりとなでた。

「蟻《あり》かなんかじゃねえよ。おれは寄ってきたんじゃねえ。怪しいと思ってさぐりにきたんだ」

「そこです。そこが煙の魅力ですよ」

「お前は妙な男だな」

藤左はこんな種類の人間に出あったことがない。なにやら一つ一つ物事に理屈をつけ、自分で自分の理屈に感心している。

「ところで、なぜ煙を出していたのかね」

「花火ですよ」

輪違屋満次郎は、そのあたりにちらばっている葭《よし》の管を指さした。

「これが花火かね」

「南蛮渡りの火のおもちゃです。堺あたりじゃ子ども花火をつくりますが、まだゆきわたってないらしく、京や伏見でもあまり見かけませんな」

「なるほど、おれは伏見に数年いたというのが自慢の男だが、そのころはあまり見かけなんだようだな」

「おもしろいですよ」

満次郎は、その一本をとりあげ、炉にちかづけて点火し、しばらく持っていると、しゅっ、しゅっ、と火と煙がほとばしり出た。

「ははあ、その煙か」

「左様《さい》で」

「しかし、なぜ小間物屋が花火をもっているんだ」

「人気あつめでさ。奥州なんざ、あたしにとって異国ですからね。みんなになれてもらうためには人気者にならなくてはね。これをやってみせると、初対面のひとでもいっぺんにあたしに好意をもちます」

「なるほどな」

南蛮人が堺にきて堺衆と仲よくする場合に、この花火という小道具をつかったのだろう。その堺衆が奥州人と仲よくしようとするときに、さらにこれを使っている。文化とは、そういうぐあいにしてひろまってゆくものらしい。

「もっとも、好きなんですがね」

花火が、と満次郎はいった。商売気でもってきたのではなく、この火遊びが根っからの道楽で持ちあるいているらしい。

「ところが、さっき沢を渡るときに荷物をすこし濡らしましてね。花火が湿ったのではあるまいかとあわてててここで、五六本、火をつけてみたのです。その煙を」

「おれが見たのだな」

藤左は、この男、膝を屈してでもこんどの仕事にもらいうけたい、と思った。

「おらァ、伊達領黒橋村にゆくんだ」

と、藤左ははっきりと打ちあけた。打ちあけても、満次郎という人間が、かるがると伊達侍に密告するようなことはあるまいと確信した。

「お前は、おもしろい話をきかせてくれたが、こんどはおれの番だ」

「旦那はなんのために伊達領黒橋村へいらっしゃるんで」

「あの村の山に、帝釈城という伊達家の小城ができあがりつつあるだろう」

「聞いています」

「あれを焼きにゆくのさ」

「へーえ」

といったが、満次郎は驚きもしない。この趣味人は、自分の花火趣味もかわっているかもしれないが、この旦那の趣味も大そう変わっている、とぐらいしか思わないのだろう。

「めずらしいお道楽ですな」

と言われて、藤左のほうが頭をかいた。なるほど言われてみると、佐竹家に所属する車藤左にとっては、道楽仕事といえるかもしれない。

「しかし正気だよ」

「そりゃそうでしょう。あたしだって、はるばる陸奥《みちのく》くんだりまで商売の偵察《ものみ》に来るなんて兄弟から変なやつだと言われていますが、本人は大正気ですよ」

「道楽とはそんなものだ」

「旦那はおもしろいおひとだな。あたしに似ている」

「そう。似ていそうだな。どうだろう。おれの客分になってくれないか」

「ことわりますよ」

満次郎は笑いだした。

「花火をやっていてもひとがよろこぶだけですがね、城を焼くのは命がけでさ」

「よく知っている」

藤左は感心した。ただの酔狂人でもなさそうであった。

「武士が頼む。満次郎、よくよく考えてみればお前は上方衆だ」

「へい、まあね」

「豊臣家の恩恵を、堺、大坂、伏見、京の商人は大きくこうむっている。いま、伊達はひそかに家康に通じ、上杉、佐竹はひそかに豊臣家奉行方《ぶぎょうがた》に加担している。大戦が勃発《ぼっぱつ》すればまず伊達と上杉の戦争になるが、上杉が負ければ豊臣家はつぶれる。つぶれてもいいかね」

「さあ、あたしはあきんどですからね」

「いいのか」

「いや、どっちでもいいんです」

「そうだろうな」

藤左は苦笑した。豊臣家恩顧の大名でさえほとんどが徳川方に加担しようとしている当節である。年若い商人を相手に恩義論を説いてもはじまるはなしではない。

「そりゃ、お前のいうとおりだ。おれだって、佐竹家の名もなき侍で、その分際では、天下が豊臣であろうが徳川であろうが、どっちでもよいことだ。問題は仕事のおもしろさだけさ。どうだ、この仕事をおもしろいとは思わんかね」

「思いませんがね、旦那という人間はおもしろそうだ。しかしお供だけですよ、ほんのそこまでの」


輪違屋満次郎というのは、藤左が思った以上におもしろい男だった。

一行のなかにまじって歩きだすと、片時もだまっていない。

みなに話しかけては、あれこれとおもしろい話題を持ち出しては笑わせた。しゃべっていないときは唄《うた》っていた。

「よくしゃべるなあ」

藤左が感心すると、

「そうでしょう。この舌のおかげで、いままで命があった、というようなものですからね」

「どういうことだ」

「道中ですよ。あたしは、人情もかいもくわからぬ国を踏みわけて道中している。むっつり黙っていちゃ、ひとに怪しまれまさ」

「しゃべると怪しまれないのかね」

「鳥とおなじですよ。よくさえずる小鳥にひとは危険を感じませんよ」

「そりゃそうだろうな、鷲《わし》や鷹《たか》がさえずるという話は聞かぬからな」

「そうでしょう。できるだけあたしは、未知のひとに鷲や鷹じゃないということを知ってもらわないと、こんな道中はできないんです」

「しかし疲れるだろうな」

「そりゃもう。だから夜になると前後不覚になってぐっすり眠ってしまいます」

藤左は、笑いだした。

みな、それにつれて笑った。その笑い声をききながら、満次郎の参加は重要な点で利益があった、と藤左は思った。この雑多な、拾い集めの人間の集団が、同時に同じ事で同じ笑い声をあげたのは、これが最初だったからである。

気分がなごんだ。

(この満次郎は役に立つ)

まず、その技術である火術であった。これは城取りに欠かせぬことであった。

ついで、満次郎がもっている話題の豊富さである。東国の者はだれでも京や堺の話をききたがるものだが、満次郎はその提供者としては芸の域に達していた。これは未知の村での人心を得るに役立つだろう。

第三に、その持ち前の明るさは、この寄せあつめ集団の潤滑油の役目を果たすにちがいない。

(この価値は高いなあ)

藤左は思い、つぎの休憩のときに、みなの聞いている前で、

「左内よ、金の行李をおろしてくれ」

といった。

左内がおろして、路上でふたをあけ、

「藤左、いくらだ」

「そうさな、三つかみはどうだろう」

蜻蛉六の場合は一つかみだった。その三倍である。

「満次郎とっておきな」

「これは、どういう意味です」

「商売でいう前金だよ」

「あたしは何も取引きしていませんよ」

「では言いなおす。おれの感心料だ。あとあともっとお前に感心すれば、もっともっとくれてやる」

藤左のいう感心料とは、つまり人物評価の度合いを銭の高でしめした、という意味だろう。

「だ、旦那、そいつは不服だ」

といったのは、崖のぼり・谷渡りの技能によって銭一つかみをもらっている蜻蛉六である。

「あっしが一つかみで、この輪違屋満次郎が三つかみとはどういうわけです」

「そこだ」

藤左は大きくうなずいた。

「お前の不服は無理はない。お前も輪違屋も同じ人間だからな」

「だから、ならしていただきてえもんで」

「いや、この方針《たてまえ》でゆく。ならして同じ額にしてしまえば、やがてうまくゆかなくなる」

目的は城を取る、という単純勁烈《けいれつ》な一点にしぼられている仕事だけに、ひとはその技能と持ち味に応じて有機的に動かなければならない。組織の有機性を最高度に発揮するには、技能の価値評価でわりきった不平等方針こそおれの建前だ、と藤左はいった。ただし、城を取る、という言葉だけは伏せて。

「だから我慢しろ。そのかわり、働きしだいでは十つかみも二十つかみもくれてやる。おれはおしまん」

「なるほどねえ」

輪違屋満次郎は、藤左の最終的な真意がどこにあるかはまだわからないが、藤左のやり方や考え方がおもしろいと思った。

が、蜻蛉六は、まだ不服である。

「どういうわけかねえ、旦那」

と、いった。なぜ自分が一つかみで、輪違屋満次郎が三つかみなのか。

「ちょっと柄《がら》がちがうんだよ」

と、藤左はいった。

「石臼《いしうす》にたとえてみればだ。なるほどお前と輪違屋満次郎は同じ石臼さ。しかしお前のは餅をつく石臼だよ」

「餅をねえ」

「輪違屋満次郎はいわば、茶をひく石臼だ」

「茶臼ですか」

「そうそう」

「するってえと？」

「なるほど同じ石臼で、どちらも家には欠かせぬ大事な道具だが、しかし置く場所がちがう。餅臼は土の上に置かれ、茶臼は座敷におかれる。これでわかったか」

「わからねえ」

「ゆるゆると考えろ。それがわかったときには餅臼としてのお前の価値は大きくなっている。おれは十つかみも二十つかみもお前にやらざるをえなくなっている」

「そんなものですかねえ」

蜻蛉六は、首をふった。

一座のそうしたやりとりを、おううという娘がじっと見ている。

藤左は、おううには一つかみの銭もやっていない。むろんおううは、いっしょに仕事をする、と宣言してはいないのだが、その点では輪違屋満次郎の場合もおなじである。しかし満次郎は銭をもらい、おううはもらっていない。

おううはそれについて何も言わなかったが、藤左はゆっくりとおううの顔に日をそそぎ、

「お前は別だ」

といった。おううに対しては銭で評価せず、藤左の真心で評価したい、というのか。

意味は、よくわからない。

# 黒橋村

太陽が頭上にきたころ、かれらの目の前の天地が、豁然《かつぜん》と広くなった。

「ほう」

と、藤左は足をとめた。

眼下に、山と野と川が見える。もはや、上杉領の山岳地帯はおわり、あの川のむこうは伊達領の山河なのである。

「あの川は、なんという川だ」

「土地では北山川といっています」

と、おううは藤左に寄り添うようにして答えた。この娘の眼差《まなざ》し、態度は、あきらかに藤左に尋常でない感情を寄せはじめているようである。

「黒橋村はどこだな」

「あの川むこう」

と、おううは指をあげた。

「白いな」

「黒橋村がですか」

「いや、お前の指がだ」

と藤左が言うのを、横で左内がきいて、ちょっと舌打ちする思いだったが、もっと癪《しゃく》なことに、そういう言葉が藤左という男の歯の間から出ると、ふしぎと不自然でないのである。

(いずれ、あの娘は藤左に身も心も捧げてしまうだろう)

そういえば伏見のころ、藤左は、妓楼《ぎろう》だけでなく町家の女房にさえ騒がれていたようであった。面相からいえば美男というにはほど遠いくせに、なにか、女が慕い寄るような特別な匂いでも身につけているのだろうか。

(優しいのだな)

そうらしい。たとえば藤左はこのおううという村巫女をもっとも重要な協力者として目をつけていながら、この娘にだけは、金をくれてやろうとしないのである。藤左は、この娘にだけは「心」を尊重していた。他の男どもに対しては「技能」だけしか認めなかったが。

「帝釈城は、どの山かね」

「あれ」

おううの指が、黒橋村のすぐそばに盛りあがっている二つこぶの峰を指さした。人した山ではない。

「ふむ、そういえば山の木の木《こ》の間隠れに足場や板塀や柵らしいものが見えるな」

藤左は目を細めて遠望している。

「村の南はしが大手門になっています。ほらほら、あれ、見えるでしょう」

「おれは、馬鹿目だ」

藤左は苦笑して首をふった。近視眼だというのである。

「まあ、馬鹿目ですか」

「だれでも欠点はある」

藤左はにがい顔をした。その顔がよほどおかしかったらしく、ころころと笑った。

「笑うな」

藤左は一喝してから、うしろをむき、

「満次郎、蜻蛉六、こっちへ来てくれ」

と、いった。

「ご用ですかね」

「ああ、相談だ」

と藤左は指をあげて帝釈城をさし、

「おらァ、あの城を奪《と》ろうと思うんだ。どうだ、力を貸してくれんか」

枝から垂れた、柿の実でももぎとる相談のように、藤左はいった。言ってから、けろりとしている。

蜻蛉六は真蒼《まつさお》になってがたがた慄《ふる》えていたが、やがて、

「む、むちゃだ」

と、小声でいった。

逃げようとするのか、満次郎のうしろにじりじりとかくれはじめた。

「蜻蛉六」

藤左はいった。

「お前はこの辺の山にあかるいだろう。あの帝釈山にのぼったことはあるかね」

「へい、城なんぞができない前には。――あそこにゃ鹿がいますんで」

「何度、登った」

「さあ、二十たびぐらいは」

と慄えている。

「ほう、帝釈山を知っているどころか、二十度も登ったか。おれは、見損っていた。お前の値うちが変わった。――左内」

「なんだ」

「金の行李をおろせ」

「幾つかみやるのだ」

と中条左内。

「そうだな。この一行のなかでおううのほかには誰もあの山を知らないというのに、蜻蛉六は二十回も登ったといっている。この場合、武士の世界で言えば戦場で二十級もの首を獲ったも同然の前歴だ。七つかみもくれてやれ」

「ほう、七つかみ」

輪違屋満次郎よりも五つかみも上ではないか。蜻蛉六は懼えながらも、その名誉に歓喜したのか、顔を真赤に上気させた。

「蜻蛉六、腰の糒《ほしい》の袋に入れてやろう」

と、左内は、ざらざらと銭を流しこんでやった。蜻蛉六はぺこぺこして、

「これはどうも、ありがたいこってございます」

といった。

「輪違屋」

と、藤左はこんどは満次郎へ。

「どうだえ、満次郎、あの伊達のやつらは天下の大泥棒の家康に加担しようてえ悪いやつらだ。一つ、おれもお前も、一生の思い出にあの城を奪いとって、天罰のおそろしさを知らせてやろうとは思わぬか」

「へい、思いませんな」

と満次郎はいった。

「あたしは、ひととどうやってうまく折れあってゆくかということばかり考えているあきんどでございますよ」

そう言いながらも満次郎は、この藤左という男とここで別れる気はしなくなっているらしい。しばらく酢《す》を呑んだような思案顔で考えこんでいたが、やがてぽんと手をうち、

「いつ逃げだすかわかりませんが、とにかく逃げたくなるときまで旦那といっしょにやりましょう」

「その言やよし」

藤左も手を打ってよろこび、左内をふりかえり、左内左内、行李だ、といった。

「なにしろ輪違屋満次郎の功績はたれもまだいっしょにやる、と言わぬさきに、いっしょにやろうと言った。いわば一番口の功名だ。これは十つかみ、くれてやれ」

「おうう」

と、藤左はそう声をかけて、ひとり群れから離れ、崖のそばへ行った。

ぶなが一本、風にゆれている。その根方へ藤左はすわった。

おううは群れのなかにいて、歩み去ってゆく藤左の後ろ姿をじっと見ていたが、やがて意を決したようにあとを追った。

ぶなの下で、おううもしゃがんだ。

「おうう、お前は女だ」

「それがどうしたんです」

「おれは男だよ」

「だから？」

「だから、人目のある所で話したくないのさ。ここで話したい」

「………」

おううは、横にいる、えたいの知れぬ侍の口もとをじっと見ている。

そこまで言ったくせに、藤左は、糸が切れたようにだまってしまった。だまると、藤左がまるで風を呼んだように、頭上の葉がしきりと騒いだ。風は西へむかって吹いてゆく。

「いい風だな」

「ええ」

「お前には、金はやらないよ」

と、藤左は不意にいった。

低いが、決然とした声音である。

「お金なんか、要らないわ」

おううは、叫ぶようにいった。村で尊敬されている自分を、なぜそんなことで侮辱するのか、といわんばかりだった。

「ましてそんな得体の知れないお金なんか」

「得体は知れてるよ」

「どんな」

「あれは、あの肥っちょの中条左内ってやつが貯めに貯めた金さ」

変なことばかり言う、とおううの目はそろそろ戦闘的になってきた。

「とにかくお金は要りません。でも、なぜあなたが男で私が女だから、お金はやらないよ、なんです」

「そりゃそうだよ」

藤左は、ぶっとふきだすように笑い、

「男と女だからさ。男と女というのはいつ好き合ってしまうかもわからない。好きあってしまってからは、過去は消せぬ」

「過去とは？」

「金で結ばれたという過去だ。そういう出発点を持ってしまうと、せっかくの相愛の仲がよごれたものになる」

「相愛の仲？」

おううはあきれた。

「いや、将来そうなれば、ということだよ」

「そうなるだろうと車様は思っていらっしゃるのですか」

「おれは巫女じゃないが」

と、藤左は首をかしげた。

「予感がしているのでね」

「まあ」

おううは立ちあがってしまった。

「怒るな」

藤左は、狼狽《ろうばい》した。

「おれは、侍さ」

と、藤左はおううに言った。

「ということは、命が賭け物、という稼業人だ。中条左内もそうさ」

「それがどうしたんです」

「だから、あの帝釈城を」

と、藤左はあごをしゃくって眼下の風景のなかの一点をさし、

「奪《と》るにしてもだな。万が一、しくじって死ぬのはおれと中条左内ということになる。それが商売だからな」

「何をおっしゃろうとしているのです」

「おれは、輪違屋満次郎や蜻蛉六に協力をもとめたが、あの連中に危険なことはさせぬ、という意味だよ。借りたいのは命ではなくて技能なのだ」

「それで？」

「お前さんが協力してくれる場合も、右と同様だということだ。こわいことはさせぬ」

「私がこわがっている、と思っているのですか」

と、おううは意外なことを口走ってしまった。まだ協力するせぬも言っていないうちに、藤左の思う壺にはまってしまったようである。

「こわがってなんぞ、いませんよ」

「それと命の保障とは別だ。命をとられるときはおれと左内がとられる」

「なぜ、あの伊達の城を奪ろうとなんか思いついたのです」

「それはいままで言ってきた。一言にしていえば、おれは途方もない馬鹿騒ぎをしてみたいのだな」

「命を賭けて？」

「ああ、一番大事なものを賭けねば遊びはおもしろくならん」

おううは、だまった。

彼女は、自分の村の者があの城の築城工事のためにいかに難渋しているかを知っている。

それをきらって仕事を怠けたがために伊達侍に斬られた者さえ、七八人はある。

そのうえ、あの場所に城ができれば、いざ伊達と上杉が合戦をしたとき、最初の激戦地になって村は焼かれてしまうだろう。

藤左も、それを説いた。

「でも」

と、おううはいった。

「私や村の者が、車様に協力してあの城を奪ったところで、あとはどうなります。大崎（仙台）から伊達様の軍勢がきて、そのようなことをした、というので、村はみなごろしになるではありませんか」

「そう、みなごろしになる」

藤左は、うなずいた。

「その点、事が成功しようがすまいが、このあと一村こぞって上杉領にはいり、土地をもらえるように、おれは努力する。いや、あの中条左内がそうするだろう」

「………」

「おうう、お前が協力してくれなくてもかまわん。せめて宿を貸してくれんか」

「お宿をするくらいなら」

おううは、つい、そう言って、あごを小さくひいた。

「では、行こう」

　藤左は立ちあがった。

　北山川が流れている。

「対岸に番所がある」

　と、藤左はいった。

　なるほど、番卒が槍をきらめかせて、警戒している。伊達領黒橋村にはいってくる不法侵入者をふせごうとしているのであろう。

　一同、夜を待った。

　その間、中条左内は二個の行李のうちの一個をかつぎ、一同から離れ、一人で山あいへはいって行った。うずめるつもりであった。

　藤左は、演説した。といって、聴き手は蜻蛉六、輪違屋満次郎、それにおうう、の二人だけだったが。

「行李は一つうずめた」

　と、いった。

「あの行李には土地を十町歩も買える金がはいっている。万一、こんどの城取りに失敗して黒橋村の村民が伊達領から逃散《ちょうさん》せざるをえなくなった場合、当座の食いぶちとして、あの行李を掘り出し、かれらにあたえる」

　左内が帰ってきた。

「藤左、牛はどうする。川を渡すか」

「邪魔だな」

　ここに置きずてにしておくことにした。

　やがて、夜になった。

　このなかでおううだけが伊達領の公民だから、番所を自由に通過できる。

　おううは、小舟をもっていた。彼女はその小舟で帰ればいいのである。

「満次郎も疑われまい」

　藤左は言い、おううと満次郎を小舟にのせることにした。それに残る行李一個は満次郎にもたせてゆく。

「あっしはどうなるんで」

　蜻蛉六はいった。

「お前は怪しまれないかね」

「さあ、そいつは」

　盗賊なのだ。すでに顔を覚えられたりして、いろいろ都合がわるいことがあるのだろう。

「具合がわるいか」

「へい」

「それじゃ、おれや左内とおなじ方法でむこう岸にゆくのだ」

「おなじ方法と申しやすと？」

「舟底に貼《は》りつき沈みながら行くのさ」

「ひえッ」

「いやかね」

藤左は蛸蛉六の顔をのぞきこみ、

（こいつ、逃げるかもしれんな）

ともおもった。この「壮挙」を打ちあけたあのときから、どうも挙動がおかしく、きょときょとしている。

「蛸蛉六、どうやらおれの宗旨には反対なようだな」

「宗旨てえと、あの、どうせ生まれてきた以上は大きなことをしてえ、という……」

「そうだ。反対なら、おれの目をかすめて、この辺で逃げろ」

「だ、旦那、斬らねえか」

蛸蛉六はがたがたふるえだした。

藤左は笑いだして、蛸蛉六のあごをちょっとさわってやった。

「斬らんよ」

歩きだしたときには、もう蜻蛉六の影はなかった。

満次郎は、漕いだ。

おううが、ともにすわっている。

藤左と左内は、水面に鼻の穴だけを出し両側のふなばたにつかまって、舟の進行とともに進んだ。

――舟がきた。

ということが対岸からわかったのだろう。かがり火を燃やした二梃櫓《ろ》の舟が、矢のようにこちらにむかってきた。

「旦那、伊達の見張り舟が来ましたぜ」

と、満次郎は水面にむかっていった。

「そうかね」

藤左は、水面に口を出して、返事をした。

ここでむずかしいのは、舟を番所の岸につけるのではなく、やや下流の崖ぎわにつけて藤左と左内を山に送りこみ、そのあと番所の岸につけて満次郎とおううが上陸する、という手順を踏まねばならぬことだった。

見張り舟がきた。

おうう の小舟のふなばたにぴったりつけ、たいまつをかざした。

そのときは藤左と左内は、小舟を離れて流れのなかで静かに泳いでいる。が、流れはゆるやかにみえて存外早く、一つ所にとどまっているというだけでも骨だった。

「なんだ、黒橋村のおうう か」

伊達の足軽がいった。村でも美貌できこえた娘だから、城普請できている足軽もよく知っているのだろう。

「ええ、おうう です」

娘は、落ちついて答えた。

「どこへ行っていたのかね」

「いつもの滝へ」

おうう は、説明した。足軽たちはおうう が巫女であることを知っているから、その返答にはあやしまない。

「その若衆はなんだ」

「行場《ぎょうば》で、ひろったひとなんです」

と、おうう は一応の説明をした。

「上方のひとで、花火が得意なんです」

「ほう」

目をかがやかせた。
「花火という言葉はきいたことはあるが、ものを見たことがない。番所でひとつ、やってくれんか」
と、足軽はいった。そのうえ、水面に浮かんでいる藤左たちにこまったことには、この連中はおううに妙に親切で、
「おめえら、かがり火もねえのか。おれたちが送ってやろう」
と、ぴったり舟をくっつけて漕ぎだしたことである。
やむなく、藤左と左内は、番卒の舟にはりついて進んだが、ついに中流へ出た。このままゆけば番所の岸に自動的につれられて行ってしまう。
藤左は、水中で左内の体をつついた。左内はうなずいた。やる、というのである。
ふたりは、同時に右のふなばたに手をかけた。瞬間、呼吸をあわせ、
ぐらっ
と、船を傾けさせた。
舟が傾くと同時に、藤左は、まるで鮫《さめ》に化したかとおもわれるほどのすばやさで舟の底をくぐり、むこう側へ出、
ざぶっ
と水音をたてて舟の上にはねあがった。

「こ、こいつ、何者だ」

「水神だ」

藤左は棹《さお》をとって足軽たちをぴしぴしとたたき伏せ、またたくまに水のなかに払い落とした。

その一連の挙動を、おううは自分の舟の上から見ていたのだが、目にもとまらない。

（あれはひとか）

と、おううは唇をなかば開いたまままあきれて見ていた。

スイ
と、藤左が奪った舟が、左内をのせて、おううたちの舟から離れた。

すでにかがり火を流れへ蹴落として、舟影を闇のなかにとけこませている。

藤左は櫓を懸命に動かして上流へ漕ぎのぼり、やがて渓谷じみた場所までくると、舟を崖下に寄せた。

「左内、おりよう」

「心得た」

ふたりははじめて口をきいた。

舟をすて、崖をよじのぼり、やっと崖の上までたどりついたとき、

「藤左、初手から荒仕事とはまずかったな」

と、中条左内はいった。

「あのぶんでは、叩き落とされた足軽どもが番所へ泳ぎついて大騒ぎをするだろう。われわれが潜入したことを伊達方へ鉦《かね》や太鼓で報《し》らせたようなものだ」

「後悔している」

藤左は、さすがに気落ちしたような声を出した。最初から、計画は失敗している。はじめの計画では、おううの舟につかまって、おだやかにこの崖下まで運ばれてきて、こっそり山中から潜入するはずだった。

「こんな調子で、城が奪れるかえ」

左内は心細くなったようだ。

「めっそうもないことだぜ」

「心配するな」

と、藤左はいった。

「奪れるさ」

「おぬしはのんきだな」

「ああ、おれの頭はそういうぐあいになっている」

藤左はいった。どうせ物事の結果は、いいか悪いか、勝つか負けるか、二つしかない。いわば常に五分と五分である。その五分を悲観的にみる人間に、

「物事はできん」

というのが、藤左の思想だった。

「奪れる」

と信ずれば奪れるものさ、と藤左はいうのだ。第一、足軽は水に落ちた。

「あれだって悪くはない」

いい材料だ、という。あの足軽を、満次郎とおううの舟が救っているはずである。されば
あのふたりは、帝釈城の連中から大きな信頼をうるだろう。

「おれたちは牢人姿だからどうせ疑われる。この事件でできたあのふたりの信用を、どううまく生かしてゆくかということで、禍《わざわい》が福に転ずるよ」


その夜ふたりは、山中で野宿した。

翌日、朝から行動をおこした。行動といっても地理を見きわめるだけで、このまっぴるまに、下の黒橋村へは降りられない。

昼すぎ、眺望のきく場所へ出た。

眼下に黒橋村の屋根のむれがみえる。そのすぐむこうの山壁が、問題の帝釈山である。

「城の連中、おれたちをさがしているだろうな」

と、中条左内はいった。

「いるだろう」

藤左は、えたいの知れぬ木の実をかじりながらいった。

「おぬしは呑気で結構だな」

左内は、うらめしそうな顔でいった。

「そう、結構だと思っている。おれのもって生まれた資質のなかで最も貴重なものだ」

「いったい、どうするのだ」

「夜になれば黒橋村に降りてゆくのさ。おううの家にはいる。そこで寝る。いまはそれだけしか考えていない。それ以上考えるのは、毒だ」

「毒とは?」

「臆病のもとになる、ということだ、考えすぎは」

「ところで、あの五十軒もありそうな家数のなかでおううの家がどれだか、わかるのかね。村でうろうろしていると、すぐつかまるぜ」

「聞いてある」

藤左は、あらかじめあの娘にきいておいたらしい。呑気そうにみえて、さきざきをちゃんと読んではいるようだ。

「どの家だ」

「あの大手門のむかって右から七軒目、板ぶきの屋根に紺のふとんを干してある家だ」

「ほほう、どうしてそれがおううの家だとわかる」

「ふとんを屋根に干しておけといったのさ」

「ぬけ目がないな」

「そのおかげで呑気にいられる」

と藤左は言い、

「おれはな、あのふとんを見たとき、こうおもった。この城取りは、半ばは成功したな、と」

「へーえ」

「おううがおれたちに協力を誓った証拠だ。あのふとんは、おれたちを拒むつもりなら干していまい。あれはあの娘の可愛い心意気をもあらわしている」

「惚れているのか」

「ああ、惚れている。ひとに惚れなくてこれだけの仕事ができるか」

「おれはおぬしに惚れはじめておるよ」

と、中条左内が、まぶしそうな目で車藤左を見た。

「うそをつけ、まだ疑っておるくせに」

ふたりは村へ降りる道を十分に見きわめてから、夜を待った。

やがて夜になった。

ふたりは、山を降りはじめた。

夜は行動しやすい。

ふたりは犬のように這って、村道へ出た。

「見えるか、これが大手門だ」

と、藤左は、左内の袖をひいた。

大手門といっても、まだ仮設のもので、大きな杉材を黒木のまま、二本立ててあるだけの造作である。

(あとで、寺の山門でも移して建てるつもりだろう)

と思われた。

這いながら、大手門のそばに寄った。夜は、這うほうが物のあやめがよく見えるのである。

大手門の内側はどうやら、山を削って百騎ほどの人馬を入れるだけの平地をつくってあるらしい。その上は山坂だった。

山坂の上のほうで、五十ばかりのたいまつがしきりと動いて夜間工事をしているようだった。

そのとき路上に十数人の足音がきこえて、番卒が近づいてくるらしかった。

「行こう」

と、藤左は立ちあがり、すたすたと歩きだした。

呼吸といっていい。

藤左の姿はもう闇にのまれている。が、遅れた左内はまだ犬のように這ったままだった。

機を失した。

いま立ちあがれば、背後からくる番卒の群れに見つかってしまうだろう。

(ちぇッ)

肥った左内はじりじり這って、山肌に体をこすりつけようとした。

が、遅かった。

「そこにたれかいる」

と、若党に槍をもたせた侍が、目ざとくみつけた。

「犬でござりましょう」

「犬とすればよほど大きな犬だな」

侍は、落ちついていった。

(こいつが赤座刑部《あかざぎょうぶ》というやつではないか)

と、左内はおもった。

この支城の城主となるべき伊達丹後という伊達家の支族の者が、客分として遇している西国牢人で、築城の名人、兵法の達人というふれこみで奥州に流れてきた男だという。

(相当の曲者《くせもの》らしい)

と、左内はきいている。

が、いまは観察している余裕などない。

「たいまつを近づけてみろ」

と、その赤座刑部らしいのが、ひどく底ひびきのする声でいったのだ。

左内は、立ちあがるなり、つんのめるように逃げはじめた。

「どうだ、やはりひとだ」

背後で、赤座刑部の笑う声がきこえた。

左内は、闇のなかを逃げた。あとを、侍、足軽らが十人ばかり、たいまつをかかげて追ってきた。

村道を走った。

と、そのときくらがりから飛びだしてきた大男が、おれだ、藤左だ、と言い、左内といっしょにかけだした。駆けながら、

「ここはおれにまかせろ。おぬしはおううの家へゆけ」と口ばやにささやき、「どうものっけから手違いばかりがおこる」とこぼした。

あとはどうなったかわからない。中条左内は無我夢中で村道の裏にまわり、畑のなかを走り、

（ここがおううの家か）

と思われる家へ、裏からとびこんだ。

おうう《ヽヽ》の家だった。

彼女は、炉端にすわっている。炉には、明かりをとる必要上、榾火《ほだび》がもえていた。横に輪違屋満次郎がすわっていた。

「やっぱりおうう《ヽヽ》の家だったか」

安堵したらしく、左内はがたがたと土間へすわりこんでしまった。

「車様はどうなったのです」

と、おうう《ヽヽ》が立ちあがって、そういった。

「いま、表を走っている」

「走っている？　どこへ」

「わからん」

中条左内は茫然とした。どうやら自分がひどく卑怯なふるまいをしたことに気づいたらしい。

事情を手みじかに話した。それをきくと、おうう《ヽヽ》は目をきらきらと凄《すご》ませた。

「置きざりにしてきたのですね」

「ち、ちがう。最初からの約束だ」

「最初からの約束とは？」

「おれは金を受けもつ、車藤左は危険をうけもつ、輪違屋満次郎は火術を受けもつ」

「おどろきましたな」

輪違屋満次郎は顔をつるりとなでた。自分が火術をうけもつ、ということを確約したわけではなかったが、こう左内の口から言われてみると「組織」はすでに動き出しているようだ。げんに車藤左は「危険」を受けもって、真暗な虚空を走っている。

(ふしぎなひとやな)

と満次郎がおもったのは、車藤左という侍についてだった。

そのとき、表の村道を、十数人の男が駆けてゆく足音がきこえた。

やがてその足音がみだれ、一軒一軒の戸をたたいて、曲者がまぎれこんでいないかを検分しはじめたようである。

「左内さん、そこにいてはあぶない」

と、おううは土間にとびおり、梯子《はしご》をもち出してきて、天井裏の納屋の入口へかけた。

「あの上へはいってて」

と、手きびしく命じた。

やむなく左内は肥満した体をもちあげ、梯子をつたいはじめた。途中ふりかえって、

「おううさん、この家であんた一人かね」

「両親が死んだ、といったでしょう」

と、おううは興なげにいった。

「意気地がないわねえ」

と、おううは炉端にもどってきて、輪違屋満次郎にいった。

「あたしですか」

「いえ、あの肥ったお侍よ。友だちを置きざりにしてきたりして」

「それは」

満次郎はいつのまにか車藤左の口ぶりがうつったような言い方で、

「受け持ちだからでしょう。こいつを守らなきゃ、車藤左という大将がきっと凄むにちがいないんです」

表戸が割れるように鳴った。

おううが、物うげに――この娘はほとんど興奮という姿を見せたことがない――土間におり、突っかい棒をはずして戸をあけた。

くゎっと目の前にたいまつが突きだされ、

「おうう、家をあらためるぞ」

と、組頭らしい者がいった。

「あ、それはこまるんですけど」

「なぜかね」

すでにおううの体を押しやるようにして人数が土間にはいってきている。

「私、お婿をもらったんです」

と、この娘はおどろくべきことを、物うい表情とともにいった。

「婿を?」

「そうなんです、あの小間物の旅あきんど」

「あッ、お前」

足軽の一人がとんきょうな声を出した。藤左らに舟を沈められておううと満次郎に助けられたうちの一人である。

「どうしたんです」

「あ、あの色っ白なやつを、もう婿にしたのか。あのとき、山の中で遭《あ》ったばかりだといったではないか」

「いけませんか」

「だって、早すぎらあ」

と笑い出した。この掛けあいをきいていた連中が、やっかみ半分で口々におううをからかいはじめた。

「お前、床はいつした。あンとき、山の中でもうできていたんだろう」

「いいえ」

おううは落ちついている。

「山の中で出遭ったときは、いいひとだと思っただけなんです。舟でつれて帰るときに舟のなかで」

「抱きあったのか」

「そのときにあなたたちのお番舟がきて、たいまつを突きだすものだから」

「あッ、こいつ、あのときにもう」

「いいえ、あと、あなたたちのお舟がひっくりかえったでしょう？　だから結局」

「なにごともなかったというわけだな」

「だから、今夜は私たちにとって大事な夜なんです」

「ちぇッ、ぬけぬけと言やがる。今夜がお床初めというわけか」

言いあっているうちに輪違屋満次郎が出てきて土間にすわり、みなにあいさつした。

みなが、口ぎたなく満次郎をからかうと、この男は首を垂れ、肩をすぼめて小さくなった。無言ではずかしがっているのが、おううが書いたこの即興劇の相手役として、自然な演技になっている。

みなこの思わぬ収穫に満足して、家の中を検分せず、そのまま出ようとした。その後ろ姿へおううは、

「なにかあったのですか」

ときいた。

足軽の一人が二三歩もどってきて、小声で、曲者が出た、上杉のやつらしい、四人ももののみごとに斬られた、といった。要するにまだ車藤左はつかまっていないらしい。

藤左は、城のある帝釈山のなかにいた。さんざんに追われて、いまは雑木の茂みのなかに身をころがしている。

呼吸が、まだ荒れていた。手がぬるぬるするのは、心ならずもひとを斬った返り血だろう。

月はない。

風がわずかに動いている。

(現実とはこんなものだろうな)

と、自嘲する思いだった。実のところ、自分の子どもっぽい、空想的な計画が、その実行に踏み出したとたん、もののみごとに崩れている。おううの家にはいる、というそれほど容易なことさえできずに、この始末ではないか。

(しかし、ここで大人になってはいかん)

大人とは、現実の限界を知った者の称だ。子どもとは、それを無視して華麗で壮大な夢を追うことのできる者の称である。人類がはじまって以来、人類を押しすすめてきたいわゆる選ばれたる者は、釈迦《しゃか》にしろ、玄奘三蔵《げんじょうさんぞう》にしろ、源義経にしろ、織田信長にしろ、上杉謙信にしろ、また数多くの天才的建築家や画家にしろ、すべて大人ではない。あれは子どもの精神を大量にもっていた連中だ、と車藤左はおもっている。

（ここで崩れてはいかん）

と思うのは、大人の心に侵されてはならぬという自戒であった。

（しかし腹がへった）

そのために、指を動かすのも物うくなっている。

一息いれてから、藤左は歩きだした。

（だが、素敵なこともあったな）

と思うのだ。伊達の兵に追われながら帝釈山の山坂や谷間を駆けまわったおかげで、体のなかにこの城山の地形的実感をもつことができた。

（他日、役立つだろう）

藤左は、くだりはじめた。太陽を怖《おそ》れている。今夜中におううの家にはいらねば、またあすの日中、谷間のどこかで息を殺して夜を待たねばならなくなるだろう。さればもう飢え死にさ、と藤左はそれを怖れた。はるばる常陸の水戸城下からきて、こんな山中で飢えで死んでいる、などは、とてもほめられた図ではない。

途中、捜索隊に何度か出遭った。そのつど岩かげや葉かげに息をひそめ、かれらが去るのを待った。

大手門を見おろす崖の上まできた。下のほうでかがり火がたかれていて、そこに五十人ほどの人数が待機している。

床几《しょうぎ》に、男がすわっていた。

（あれが、赤座刑部という男だな）

とは、藤左も気づいていた。逃げまわる途上で、何度かこの男の顔をみた。まだ伊達家の士籍にはいってはいないらしいが、この男が伊達家の陣屋を借りているということは、上杉家でも佐竹家でも知っている。おそらくこの築城の完成とともに、しかるべき侍大将の身分に取り立てられるのであろう。

藤左は、もう一度谷間へすべり落ちた。この谷間を伝って東へゆけば、大手門を通らずに村道に出ることができるのではないかと思ったのである。


その夜、おううは藤左の安危が気になって、寝つけなかった。

（迷惑な男がとびこんできたものだ）

と、うんざりする思いではある。しかし、すでに自分の運命の中にはいりこんでしまっているものを、どうすることもできない。その点、おううは、巫女らしく運命論者であった。

夜明け近くになって、裏の戸がほとほとと鳴った。おううは飛びおきた。

戸のきわに耳を寄せ、

「どなたです」

というと、おれさ、と低い、しかし、ひどく呑気そうな声がきこえた。

藤左は、土間にはいった。

「いい家だな」

と、見まわしながら歩いている。土間のすみには、藁《わら》をかぶって輪違屋満次郎が寝ていた。

おううは頭上を指さし、――納屋に、左内さんが寝ています、というと、

「ああ、あいつは無事だったか」

藤左はけろりと言い、そのまま梯子に手をかけた。

「どこへゆくの」

「おれも寝る」

「待って。一晩中心配してあげたのに。どこでどうなっていたのですか」

「すこし殺生をした」

なるほど、衣服が返り血でよごれている。

「けがは?」

「おうう、親切だな」

藤左はいった。

「けがはなかった。こう初手から運がわるくて、そのうえけがまでしたのではどうにもなら

ん。しかし、ひもじいな」

「お餅と、干魚があります」

「そいつを上の納屋へほうりあげておいておくれ。おれは日中は寝ている」

と、藤左はあがった。左内が藁をかぶって寝ている。

「左内、おれだよ」

と、左内のほおをつついて、そのままごろりと横になった。

ほどなく、おううが、餅と干魚をもってあがってきた。

「どこですか」

と、真暗ななかでいった。「ここさ」と足もとで藤左の声が湧いて、おううはすそをとらえられた。

「あッ」

おううが言うまもない。そのまま藁の上にころがされ、藤左に抱きすくめられていた。

おううは、唇を吸われた。

「痛い、ひげが」

「おううは、生娘かえ?」

「生娘だったらどうなの」

と、藤左から離れようとした。藤左はその背をどんと叩き、放して、

「生娘でなけりゃ抱こうと思ったのさ」

それが藤左の最後の言葉だった。あとはすさまじいいびきになっていた。

(変なひと――)

おううは、夜が明けてから村中が捜索されるであろうことを思った。

# 帝釈《たいしゃく》城

赤座刑部は、すでに半ば完成している本丸の建物に寝泊まりしている。

この朝、起きるとすぐ板敷の広間にゆき、

「ゆうべの奴はつかまったか」

と、たまたまそこにいた伊達家の目付遠藤三四郎という者にきいた。

「知らん」

遠藤は不快そうにいった。もともと赤座刑部をよく思っていない様子であった。

(流れ者のくせに傲岸《ごうがん》な男だ)

と遠藤は思っている。

かれらの関係も複雑だった。もともと赤座刑部というえたいの知れぬ牢人は、主人伊達政宗が上方で拾ったものだと聞いている。

政宗は、つい先ごろまで伏見にいた。そのころに伝手《つて》をたよって仕官を求めてきたが、最初は政宗は、「当家は、ちかごろの出来星大名とはちがい鎌倉以来奥州を鎮《しず》める家である。

当節はやりの渡り者は召しかかえぬ」

といっていたが、赤座刑部の吹きこみがなにしろ武芸十八般はおろか、城の設計《なわばり》に長《た》け、軍略にも通暁している、というので、つい対面だけはゆるした。

なるほど、会ってみると、容貌は魁偉《かいい》で眼光するどく堂々としている。

政宗は、二三、城の設計について質問してみた。なぜといえば、東国は城郭設計では西国よりもはるかに遅れていた。西国はその地の利の関係で、堺や博多などを通じて、台湾、マカオ、カンボジヤなどに築造されている南蛮人の要塞の見聞や、南蛮人そのものの直伝《じきでん》による南蛮式築城法などに早くから影響され、かつて織田信長にほろぼされた松永弾正《まつながだんじょう》などは、大和河内《やまとかわち》の国境いにそびえる信貴山《しぎさん》に南蛮ふうを加味した新形式の城をきずき、はじめて天守閣というものを建てあげた。

それだけでなく、加藤清正などは、朝鮮で、かの地の石垣造りの工法を学びとり、それをもって熊本城の石垣を築いたという。

奥州は、こういう点からみればまだ中世ふうの山砦《さんさい》、柵、城館程度の概念しかなかったから、政宗は上方にいるときに、とくに選んだ家来たちにこの方面の研究を命じていたくらいだった。

「そのほうは、城の設計《なわばり》を得意とするそうであるな」

と、政宗はまずいった。

「多少、心得てござる」

「聞くが」

と政宗は、朝鮮、シナ、南蛮の城塞について聞くと、刑部はどこから仕入れたかと思われるほどにくわしかった。

「この国に鉄砲と申すものが」

と、刑部はいった。

「伝来つかまつって以来、諸国の山城という城はことごとく陥ち、そのために信長公、秀吉公の天下統一は出来《しゅったい》つかまつった。もし諸国の城にして鉄砲に打ち勝つほどのものであったなれば、信長公、秀吉公の天下統一のおん事業はなかったでござろう。されば、これからの城は鉄砲をいかに防ぐかに設計《なわばり》の眼目をおくべきでござる」

と、刑部は弁じた。

いろいろ話を聞くうちに、城に関する赤座刑部の議論や見識が、政宗にとって小面憎くなったらしい。

刑部もよくない。話の合間あいまに、

「別段、それがし、城のことのみに通じているわけでもござらんが」

と、いかにも他の芸の深さも知れ、といわんばかりの吹聴をするので、政宗にとってなんとも聞きぐるしい。

「刑部とやら、わしは城のことなどは意にも介しておらん。あれは武士の玩具だ」

と、高飛車に出た。

「ほほう、それはそれは」

「わしという男は、合戦をするときにはかならず領国から外へ踏み出してやってきた。されば城は無用のものじゃ」

「さよう、よき大将にありましては無用のものでござる。武田信玄公は御一代において、城らしき城もお築きなさらなんだ」

「わしも同然ぞ」

「さようでありましょう。伊達政宗公と申せば当代、不世出の英雄でござる。さればこそ、それがしも、風《ふう》をのぞんで慕い参っておりまする」

(こいつ、そういう音《ね》も出るのか)

と、政宗は、やや機嫌をよくした。

「わしがほしいと思っている設計《なわばり》がある」

「ほう、どのような?」

「小城よ」

と、政宗はいった。

一国一州の鎮めになるような大城ではなく、精妙な野戦要塞のよい設計がほしい、と政宗はいうのである。

「その小城とは、たとえば百の人数を入れておいて万の防御力をもつような城だ。そういうものが、そのほうの手で考えられるか」

「得意とするところでござる」

と、刑部は、その原理のあらすじをのべたてた。要するに、柵と堀を新概念で作り、鉄砲防ぎを完全なものにしておく。さらに城内の人数の機動性を高めるために武者走りの構造をうまくすればよい。

「おもしろい」

とは政宗もいったが、伊達家は一種の閉鎖社会で、他国者を家来にするほどの踏み切りはまだつかない。

「いま直ちに召しかかえるとはいわぬ。しかし当家にきて客分にならぬか。蔵米をもって応分の給付もしよう」

このとき、政宗は伏見を去って帰国する予定でいたから、大崎（仙台）へたずねて来いといった。「やってもらいたい城もある。また合戦のときにはしかるべき重臣《おとな》の陣をも貸すゆえ、手がらしだいでは高禄で召しかかえるぞ」

「望むところ」

赤座刑部はそういって去った。

ほどなく大崎にあらわれ、政宗のお声がかりで、伊達丹波の客将として付けられ、この帝釈城の築城にやってきたのである。

目付遠藤三四郎というのは、大崎の伊達政宗のところから派遣されている監察将校で、この点、この現場の主将の伊達丹波や客分の赤座刑部にも属しない。

自然、刑部にも横柄であった。

「番所の警備がゆるんでいる」

と、遠藤はいった。だからこそ、上杉家の間者が北山川を渡って潜入するようなことになるのだ、というのである。

「いずれ、捕えるか、斬る」

赤座刑部はにがい顔でいった。

なにしろ、主将の伊達丹波が、大崎のほうによばれていて留守中の不祥事である。早く始末してしまわねばならない。

「万一のことがあればお手前だけでなく伊達丹波殿のお身の上にも傷ができますぞ、おわかりでしょうな」

「わかっている」

赤座刑部はいった。

「それに」

と、遠藤は目付らしくしつこい。

「お手前は、この城が完成すればしかるべき身分で当家のお召しかかえになるといううわさがあるが、それも露のように消えてしまいましょう」

「くどいな」

赤座刑部は、広間を出た。

濡れ縁に立った。

よほど腹が立ったのであろう、遠藤が見ていることを計算に入れつつ、刑部は足袋《たび》はだしのままひらりと飛びおり、身を沈め、ツツとおうちの木にかけ寄るなり、
かあーッ
と一声叫び、剣を鞘《さや》におさめ、そのまま石段のほうに消えた。

刑部が去ってからしばらくおうちの木は立っていたが、やがて遠藤の視野のなかで梢をもって天を掃《は》きつつ、ゆっくりと倒れた。

(獣のようなやつだ)

遠藤三四郎は、血の気のひいた顔で木の倒れてゆくのを見ていた。

刑部は本丸の石段を降り、二ノ丸への尾根道を歩きだした。

この尾根道は刑部のいう「武者走り」の一つで、かれの苦心がかかっている。自然の尾根

の両側を削って馬の背ほどにまで細くするのだが、そのために道がくずれてはなにもならぬので、石で補強させている
黒橋村からの人夫が百人ばかり、この尾根道で働いていた。

刑部はその群れのなかを通りながら、思いついた指示を組頭に語ったり、怠けている人夫を叱りつけたりした。

やがて尾根道が尽き、二ノ丸の出入口になる柵の前に出た。自然木を組みあげたばかりのものだが、その構造にも刑部の苦心があるのであろう。

二ノ丸の建物は、まだ半ばまでしかできていない。それらの現場を見まわったあと、かれは大手門へ降りた。

捜索の督励をするためである。


「巫女のおううの家に、侍をまじえた他国者がとまっている」

というううわさは、黒い鳥のように村中を飛びまわっている。なにぶん狭い村だし、それに村びとのほとんどが城普請にかりだされているため、現場でのうわさの伝播《でんぱ》はじつに早い。

「丈《たけ》の高い侍と肥った侍だ」

という肉体的特徴なども正確にとらえられていたし、北山川で番所の舟をひっくりかえした一件も、前夜、城方の兵に追われて、村道や山道で数人の伊達兵を斬って姿をくらました

一件も、

「かれらの仕業にちがいない」

とうわさは観測していた。

さらにうわさはじつに正確で、

「旅商人もいる。おううは自分のくわえこんできた情人だ、といっているが、おそらくうそだろう。ふたりは一度も添寝したことがない」

そんなところまで見ている。

「上杉の間者にちがいない」

というのが、うわさの結論だった。しかも藤左がほざいている、

——帝釈城をとる。

という一件も、「うわさ」は知っていた。むろんそのあたりから、「うわさ」も批判的になる。

「そんなばかなことが。もし、そのつもりではいってきたのなら、狂人だろう」

この「侍ふたりで城を取る」という妄誕《もうたん》を通り越して滑稽でさえあるふたりの行動目的が、村びとに意外な好意をもたせた。

笑えるからである。

——あほうが二ひき飛びこんできた。

という実感だった。

もしこれが、

「上杉の間者ふたりが村で潜伏している」

というだけのうわさなら、村びとは、暗い不気味な印象をうけ、好感どころか、悪意をもったであろう。どんな場合でも「えたいの知れぬ他人」というものほど、他の人間にとって不愉快な存在はない。

だからうわさはこれを注解して、

「間者ではなく、じつは、ただの兵法修行の牢人かもしれない。合戦がちかい、というので、ここで一手柄をたて、上杉家に自分を高く売りこもうとしているにちがいない」

ともいう。

藤左は、おううの家の屋根裏の納屋で潜伏している。

「うわさ」を村中にひろめているのは、じつはかれ自身だった。うわさを伝播する役は、おううである。

「ひたすら匿《かく》れておらねばならぬというのに、かえって自分からうわさをひろめているとはどういうわけだ」

と、左内ははじめ反対した。もし、このうわさが城方に洩《も》れれば殺されるではないか。

「そこが賭けだ」

と、藤左はいった。

「村びとは城方に恨みや憎悪をもっている。おそらく涜らすまいとおううは言うが、しかしわからん。涜らすかもしれぬ。涜らすような黒橋村村びとなら、おれの計画は最初からだめだ。村びとの心を試している」


黒橋村に五兵衛という老人がいる。

おううの伯父である。

五反ばかりの田畑を耕している百姓で、この貧村としては、まずまずの暮らしをしており、人物もいい。世話好きで思慮ぶかい男だから、村では村年寄のような役をしている。要するにこの村では、おううが宗教をもち、五兵衛が行政を担当している、といっていいであろう。

(おううを味方に得たことは、城を半分とったようなものだ)

と藤左ははじめ思ったが、おううには五兵衛という景品までついていることを知ってさらによろこび、

「いちど五兵衛翁にお会いしたいものだ」

と、おううに言っていた。

もっとも当の五兵衛は、「おううの家にあやしい者がいる」といううわさをきいて、職責上だれよりも驚いた。

（村を追わねばならぬ）

と思い、藤左がおううの家にもぐりこんだその日の夕刻、やってきた。

「いるかね」

と土間にはいると、おううがいない。他人の家ではないから、あがりこんであちこちをさがし、二三度、おううの名をよばわった。三度目で頭上で男の声がした。

「あっ、だれだ」

「車藤左という者ですよ」

屋根裏の納屋の出入口から両足がぶらさがり、やがて土間にとびおりた。

「五兵衛さんですな」

五兵衛はどきっとしたが、藤左は、にこにこ笑っている。人柄のよさが透かし出されているような笑顔で、五兵衛はおもわず笑み返して、

「五兵衛でござります」と言ってしまった。言ってからちょっと腹が立って、

「お前さんですかい、このあたりで出没するという曲者は」

「曲者はひどいな」

と、裏口のほうへ歩きはじめた。

「どこへ行きなさる」

「厠へ」

「かわや？」

「納屋にかくれているのはよろしいが、用便だけがどうも不自由で」

「待った。なんの魂胆あって納屋にかくれたり村に逗留したりしている」

「帝釈城をとるためですよ」

藤左は、茶漬けでも掻っこんでいるような、ごく日常的な表情でいった。

「ですから、諸事、頼みます、五兵衛さん」

「じょ、じょうだんじゃない」

五兵衛は村の治安をあずかっている。こんな物騒なやつに見込まれてたまるか、と腹をきめなおし、

「お城衆に渡すぞ」

「十日待ってくれ」

藤左は、両掌をぱっとひらいた。

「きょうから十日目に渡しておくれ」


そのあと、おううは伯父の五兵衛の家によびつけられ、事情を語らされた。

「要するに、わるい人たちじゃありません」

「追っぱらえ」

五兵衛は声をひそめていった。

「さもないと、お前はお城衆に殺されるぞ。むろん伯父のおれも。いや、わるくいけば村中が殺されるかもしれん」

「どうせ、お城普請ができあがれば、抜け穴掘りのひとたちはその秘密を守るためにみな殺しになる、というではありませんか」

そんなうわさもあるし、過去に実例も多い。

「そうでしょう?」

「わからん」

五兵衛はにがい顔でいった。いずれにせよ村に城ができるほどの不幸はない。

「あの連中は、上杉衆だな」

「そう。この城を焼いてしまって、立ちのくといっています」

「あとに残るおれたちはどうなる」

と、つい五兵衛は、馬鹿げたはなしだ、と思いながらひきこまれた。

「上杉領に替え地を用意してあるから村ぜんぶが立ちのいて来い、というのです」

「侍が百姓にいう言葉などあてになるか」

「あのひとたちもそういっていました。だから嘘ではないが嘘だと思ってくれてもいい。そのかわり目でみてわかる証拠のお金を用意してある、というのです。上杉領にきて田地を買えるだけのお金です」

「それも嘘だ」

「それが残念なことに本当なんです」

と、おううは北山川の対岸にうずめられている中条左内の金行李の話をした。

「私、見たんですもの」

「しかし、話そのものが馬鹿げている」

「だって」

おううは、藤左からきいた上方の情勢を話した。大坂にいる家康が、豊臣家の諸侯をもって軍団を編成し、ちかく上杉征伐にやってくるという。上杉は石田方、伊達は徳川方だから、とりあえず上杉対伊達の間で合戦がおこなわれるだろう。そうなれば帝釈城のある黒橋村が戦場になる。当然、家屋敷や家財は焼かれ、村びとは荷駄に徴発され、悲惨な目にあうことはわかりきっている。

「どっちみち、そんな運命よ」

「わかっている」

「だから、それより前に村中が力をあわせてあの城を焼いてしまい、合戦の前に上杉領に移ってしまえばよいではありませんか」

「おううはそう考えたのか」

「だんだんね。はじめは伯父さんとおなじ気持だったけど」

「あいつは妙なやつだな」

五兵衛の脳裏に藤左の笑顔が、灼きつけられたように残っている。

「まるで井戸掘りの手伝いでもたのむようなのんきさでわしに頼みやがった」

「女ですもの」

「——なんのことだ」

「私のことよ。伯父さんでさえあの笑顔を見てそうだから、女の私はたまらなくなっている」


その夜半、五兵衛はぎょっとした。

「御普請小屋の者だ」

といって、表戸をはげしくたたく音がきこえたからである。例の藤左という男と口をきいて以来、五兵衛はお城衆がこわくなっている。

（なぜびくびくしなきゃならねえんだ）

と自分を叱りつけて、

「いま、あけます」

と、戸を繰ると、顔見知りの足軽頭が立っていた。

「夜中、気の毒だが、御普請小屋まできてもらおう」

「明日の人数割りなら、もう決めたはずでございますが」

「別の用さ」

そう言って、五兵衛だけでなく、五兵衛の女房、病気で寝ている出戻りの娘までたたきおこして連れ出した。

「いや、戸閉まりはいらねえ」

と、足軽頭は五兵衛を制し、他の足軽に連行させた。

御普請小屋は大手門のそばにあり、普請役人が詰めている。

五兵衛たちはその土間にすわらされたが、べつだんの用はない。

「いったい、どういう御用で」

「よくはわからん。われわれも赤座刑部殿のお指図でそうしている。おそらく、村に潜入した上杉方の間者についてだろう」

「間者」

「そうだ」

「私はなにも存じませんので、今日の昼もお役人衆にそう申しあげたばかりでございます」

「百姓の言葉を信ずる馬鹿はない、と赤座刑部殿はおっしゃった。いい言葉だな」

百姓と侍の関係は、米を作る立場とそれを徴税する立場でできあがっている。検地や年貢をめぐって双方きびしく利害が対立しているから、百姓が侍に言う言葉というのは本能的にうそになる、信ずべきでない、と赤座刑部がいうのだ。

一刻ばかりして、

「帰れ」

ということになった。五兵衛には、なにがなんだかわからない。

普請小屋を出て、真暗な村道を、灯を持たぬために一家三人が手をつなぎながら歩いていると、横で足音がする。

(まだ足軽がついてくるのか)

と五兵衛は不快になり、念のため、「どなた様で」と声をかけた。驚くべき事態がおこった。

「藤左だよ」

と、その影が陽気に答えたのである。五兵衛は腰がぬけるほど驚いた。が、ここで声をたてれば城衆に無用の疑いをうけるだろうという配慮が走り、

「しいッ」

と、犬を追うような声を立てた。

五兵衛は家へ帰った。

家財道具がかき捜されている。城衆は五兵衛の家を捜索して、なにか手がかりらしいもの

がないかを調べたのだろう。

ふと気づくと、藤左がついてきていた。

「押し込みのようで気がひけるが、今夜は、御当家で寝《やす》ませてもらう」

藤左はそう言いながら、五兵衛が応否もいわないうちに土間のすみから梯子を持ってきて、屋根裏の納屋へ立てかけた。

「お侍」

五兵衛はもう、この車藤左という得体の知れぬ流れ者の厚顔ぶりには、腹にすえかねていた。

「あんたはそれでいい。しかし、あんたが泊まることによって、わしども一家の首が飛ぶ。そんなことを考えたことがありますかね」

「二六時中、考えている。だからこそ今夜は五兵衛殿の家に泊めてもらうことにした」

「どういうわけです」

「五兵衛殿はいま普請小屋へ連れだされ、その留守中に家捜しされた。だからすくなくとも今夜一晩、城衆がこの家に来ることはない」

「そんなことはない」

「なぜかね」

「私が訴《さ》す」

五兵衛は怒りで声がふるえていた。

「それがいやなら、たったいま村を出て行っておくれ、まるで疫病神だ」

「十日」

藤左は両掌をぱっとひろげた。

「十日待ってくれ、と頼んだではないか。十日のうちにあの城を陥す。もし、十日から一日でも伸びれば、わしを番小屋に突き出して、火あぶりにでもなんでもしてくれ」

「いやだ、と言ったら？」

「おれの不幸だ。お前さんに訴《さ》されて、あの大手門のあたりではりつけになって死ぬまでさ。あきらめるがね。しかし、そのかわりあとで上杉の兵がはいってきたとき、この村はわしを殺したというので皆殺しになるだろう」

「お、おどかすものではない」

五兵衛は、黄色い声をはりあげた。匿《かく》まっても災い、追い出しても災いとなれば、黒橋村は踏んだり蹴ったりではないか。五兵衛がそういうと、藤左は、

「まったく」と、同情に満ちた声でいった。

「そのとおりだ。兵法でいう死地だな。進むも死、退《ひ》くも死、というときには、進退いずれにせよ大勇猛心を出して突進することだ。つまり、思いきってわしの指図どおりに動いたほうがよい、ということだな」

「疫病神」

「そう罵《ののし》らずに考えておいてくれ」

藤左は上へあがった。しばらくすると、五兵衛とその家族の頭上からいびきが降ってきた。

（ちぇッ）

朝、藤左は消えている。

（どこへうせたか）

藤左はそのころ、黒橋村の一軒一軒を、まるで物売りのような勤勉さで訪ねていた。

「わしがうわさの男だ、頼む」

それだけ言って風のように出てゆく。村中このためにふるえあがってしまったが、かといって藤左の訪問を番所へ訴え出る者はなかった。


一日、経った。

車藤左という男が、五兵衛の家にとびこんできてからまだ二十四時間も経っていないのに、村の事態は一変してしまった。

「やはり、疫病神だ」

と、五兵衛はおううを呼んで、暗い顔でいった。おううにも、「そうじゃない」と言いきるだけの気持は、いまはない。

「でなければ、狂人だ」

「そうねえ……」

という顔で、おううは目をうつろにしてすわりこんでいる。

（あの侍は、どんな料簡だろう）

車藤左は、日中、村道に全身をあらわして村のあちこちをぶらつきはじめているのである。もっとも、城方《しろかた》の者がむこうから来れば、ひょいと物陰にかくれたりはする。しかし、あのぶんではいずれ捕まるだろう。

「あの侍が、殺されるのはいい。しかし、そのために村中が迷惑をこうむる」

「あのお侍は」

おううはいった。

「村の迷惑になる、と村中が思ったときは村中で相談しておれを殺せ、といっていたわ。決して城方に殺させるな、村で殺せ、村で殺せば城方は村を疑うまい、そのときはおれはだまってにこにことよろこんで村の衆の手にかかってやらあ、と言っていたわ」

「それはおれもきいた」

五兵衛はにがい顔をした。その藤左の一言がぶきみなほど立派なために、じつをいえばたったその一言のために、村年寄の五兵衛は番所に訴え出ることをためらっているのである。

「やはり狂人だろうな。普通の人間は、そこまで自分の命を捨ててかかれない」

一人で城をとる、という愚劣な遊びじみた目的のために、そこまで命を投げ出してかかる、といえば、やはり人として異常であろう。五兵衛は藤左の情熱のなかで、その異常さを嗅いで気味わるがっているのである。

おううは、すこしちがっていた。その異常さのゆえに、藤左を神聖な狂人、というような目で見ようとしている。

「気味がわるいけど」

おううは考えながらいった。

「あれが男だと思うのよ」

つまり、男という生きものの原型のようなものが車藤左だというのである。男の情熱というのは、第三者からみればつねにむなしくばかげている。物ぐるいとしかみえない。その目的のむなしさ、行動がばかばかしくあればあるほど、その男は、もっとも「男」にちかい男なのだ、とおううは思うのである。

「女や百姓にはわからないことだわ」

「百姓は男でないのか」

「そうよ」

男を百姓型と猟師型にわければ、猟師型こそ男だろう。他人には獲れぬ白い鹿をつかまえてやるとか、他人よりも大きな猪《いのしし》をさがし出しては射とめるとか、そんな、実利にもあわぬ現実から浮いた目的のために、足と命をすりへらして山中を駆けまわっている。

(つきあいきれない)

そんなのが男なのだ、とおうはばくぜんと考えている。


車藤左には、危険を感ずる本能が、まるで欠けているのかもしれない。

日中、馬鹿笑いをしながら、村中を歩いている。村の者も、この底抜けに明るい笑顔をみては、

「例の上杉の間者、そこにいます」

と、番小屋へ訴え出る気がしない。ふと村の者もこの男の明るさに吊りこまれて笑ってしまい、

「もう一人の肥っちょはどこに行ったかね」

と、たずねてしまう。

「ああ、あれか。あれはもう会津へ帰ったよ、またやって来るだろう」

実は中条左内は会津へ帰っていない。輪違屋満次郎をつれて、帝釈山の山むこうの赤土村という部落に行っている。

帝釈城の城普請による被害は、この赤土村のばあい、黒橋村の比ではない。赤土村は三ノ丸の構造予定地で、一村立ちのきを命ぜられているのである。

一村といっても三十軒程度で、低湿地にあり、年中水浸《つ》きを繰りかえしているために、この村は近郷きっての貧村だった。

その村が、三ノ丸になる。

「全村、城普請に働け」

と命ぜられていた。工事は堀の掘鑿《くっさく》と土塁の構築、それに柵の結いまわしで、最後にかれら村びとがやらねばならぬ作業は、自分の家と村の打ちこわしと取り払いの作業だった。

「最後の作事である村の取り払いがおわれば、替え地をあたえてやる」

と、普請役人が約束している。しかし、その替え地がどこかはまだわからない。

(ひょっとすると、普請がおわるまで替え地話でだまして働かせて、できあがれば、どの村へでも〝厄介〟でゆけ、と突っぱなされるのではあるまいか)

という疑惑も、村びとの間では濃く、現に黒橋村などでは隣村の運命をそう見ていて、

「赤土村へは嫁をやるな」

とさえ言っていた。家も田も蒸発してしまうような村に、娘をやるわけにはいかないというのである。

そこへ、中条左内が、例の貨幣を入れた行李と輪違屋満次郎をつれて潜入している。いまだに、

「上杉家の間者二人、赤土村でつかまった」

という風聞を聞かぬところをみれば、まずまず生きてはいるのであろう。

藤左は一人で黒橋村にいる。

陽気に村びとのひとりひとりに声をかけ、「頼む、頼む」と肩をたたいて歩いている。

「なにをお頼みなさるんで」

ときく者があると、藤左は大げさに声をひそめた。

「おれのことをさ。お城の衆にだまっていてくれ、ということだよ。それも十日でいいぜ。十日経ったら、大声で訴え出てくれ。さて十日というと」と藤左は指を折って、

「寅《とら》の日だな」

その日までに城を焼きはらってしまう、というのである。


その日の夜、事件がおこった。

大手門わきで柵の打ちこみ作業をしている組のなかで、与吉という若い者がいた。

それがこの夜、逃亡しようとしたのである。

与吉が、なぜ逃亡しようとしたかは、村中が知っている。この若者は川むこうの上杉領の山村に婿入りすることになっており、それが城普請で徴発されたためにのびのびになっていた。

許嫁《いいなずけ》は小梅という娘で、この小梅が、三日に一度は夜陰国境いの川を小舟で渡ってきて

のである。

は、与吉に会った。与吉も小梅を送ってゆく。恋のためとはいえ、関所破りをつづけていた

村の者は同情しつつも、

「大胆なことをするもんじゃねえ。もし見つかれば、小梅もおめえも打ち首だぞ」

と忠告していた。村にとっても、迷惑なことであった。与吉の関所破りがみつかれば、その刑に連座して、親兄弟はもとより、親戚まで入牢せねばならない。

与吉はそんな大胆なことをするわりにはひどくおとなしい若者で、村の大人からそう言われると、ぼろぼろ涙をこぼしてあやまるのだが、この危険な逢曳《あいび》きだけはやめない。

藤左は、はじめ、おうからこの小梅と与吉の話をきいたとき、

「どんな若者だ」

と、ひどく興味をもった。

おうはそのようにいった。

「けやきの仙左衛門という家の末っ子で、働き者のいい子よ」

(与吉一人でそんな大それたことができるはずがない。たれかその逢曳きを助ける者がいるか、すくなくとも村びとたちがかれらの所行を見て見ぬふりをしていることによって援《たす》けているのにちがいない)

いい村だ、と藤左は思った。藤左がこの村の組織を動かせば帝釈城をおとせる、と確信を

もったのは、この話をきいてからであった。村びとは秘密をまもる訓練と、それを行動化できる能力をもっている、と藤左はみた。

「おれは黒橋村が好きだな」

「そう」

おううはそう言われれば不愉快な気はしない。

「いっそ、住みついてみたら？」

と、真剣な顔をした。

その与吉が。

この夜、おそらく逢曳きをおわって小梅を対岸へ送ろうとしていたのであろう。小舟に娘をのせ、自分も乗ろうとしたとき、番所から人数がとびだしてきて、いきなり銃撃をくわえた。

与吉はあわてて舟を押し出して、とび乗り、櫓《ろ》を漕ごうとしたとき、番所から三艘の舟が出発してかれらを包囲した。

「おれだ。黒橋村の与吉だ」

と何度も叫び、撃つな撃つなと叫びつつ上杉領へ漕ぎ渡ろうとした。

すでに寝しずまっていた村びとはそれぞれの家で、銃声を五度きいた。

村びとは夜陰、山野をふるわせてひびきわたった銃声をきいたとき、

(あッ、あの牢人が、やられた)

と、一様におもった。

が、当の車藤左は、おううの屋根裏の納屋でがばっと身をおこした。

(与吉ではないか)

とっさにそう思い、刀をとるなり土間にとびおりた。

炉端で寝ていたおううも、銃声で目をさましていた。

「おうう、灯《ひ》をつけるな。灯がともると番卒がやってくる」

「どこへいらっしゃるんです」

「あの音は、川の方角だな」

ずしーん、とまた一発、聞こえてきた。川とすれば与吉と小梅にちがいない。現場へ行ってみる、と藤左はいった。

「いやッ、あぶない」

おううは真暗な土間にとびおりて、藤左の腰にすがった。

「どうした」

「へんな気持が、する」

おううが、小さく叫んだ。巫女らしく予感がするのか、藤左にからみついているおううの手がはげしくふるえた。人がこれほど慄えるものか、と藤左は内心おどろいた。

「赤いものがみえるの。それが真赤」

血だわ、とおううは言った。藤左の運命を象徴するものだろう、とおううは思うのだ。

「行かないで」

「運命が予見できるというのもやっかいなものだな。しかしくだらぬ能力だ。おれには先が見えぬから、勇気が出る」

「なぜ行くんです」

「与吉が、可哀そうにおれの身代わりになっているからさ」

藤左の出現いらい、番所の警戒が厳重になっている。普通なら、たとえ関所を破っても、逢曳きとわかれば捕えられて棒の百もくらわせられるぐらいで放免ということになるだろう。包囲して銃撃をくわえるということはない。

(与吉はおれに間違えられたのだろう)

「死ぬわよ」

「かもしれん。おうう。村の衆におれが出かけて行った、と言っておいてくれ」

ただでは危険を踏みたくはない、という計算が藤左にもある。

村の者のために出て行ったということになれば、黒橋村の者の車藤左を見る目が多少とも変わってくるだろう。

「運命を予見するのがお前の仕事かもしれんが、それでも出てゆくというのがおれの稼業だ」

藤左は暗い路上にとびだした。

すねを宙にとばして番所の岸へゆくと、岸には五十人ほどの士卒がたいまつをかざして河中にむかってさわいでいる。

川には炎をかざした三艘の舟が上下しており、どうやらなお捜索しているようだった。

「見つかったか」

と藤左が足軽の背中に問いかけると、川上へ逃げているらしいと、足軽がふりむきもせずに答えた。

与吉の舟が、発見されたらしく、炎をかかげた三艘の舟の動きが急に活発になった。

「関所破りは、なんてえ男だ」

と、藤左は足軽の群れをかきわけながらきいた。足軽たちも暗いために藤左を仲間だと思っているのだろう。

「この村の与吉てやつだ」

「その鉄砲をかせ」

藤左は相手から鉄砲をとりあげた。

「鉄砲を、どうするんだ」

「おれが撃ってみる」

「よせよせ、相手は闇に融けている。あたるもんじゃねえ」

と言ってから、足軽は藤左の顔をみた。

「おめえ、たれだ」

「おれか、常州うまれの兵法者で、車藤左という者だ」

「げッ」

と、足軽は飛びのき、大声で仲間にこの最も危険な人物の出現を告げた。人垣がくずれ、さかんにそのあたりを駆けまわりはじめたが、もう藤左はいない。

山が川に落ちこむきわに、藤左は折り敷きをして鉄砲を川に向けていた。射撃することによって捜索船の注意を自分にむけさせようとした。

火縄はついている。火縄を挟んでいる金具が、引きがねを引くとともに火皿の上の発火薬をたたいて銃身内の炸薬《さくやく》に引火する仕掛けになっているのだが、藤左は多分にそそっかしいところがあるらしく、鉄砲の火皿に発火薬がはいっているかどうかを確かめなかった。

かちッ
と、金属と金属が打ちあうするどい音がおこったが、弾はとびださない。

(ばかにしてやがる)

藤左は鉄砲を河中にほうりこんで、足軽の群れさわいでいるそばに寄った。

「おれだ」

と、藤左は大声でいった。

「与吉は逢曳きでこの川を渡っていた。罪があるとすりゃ、その若さにあるだけだ。ゆるしてやれ」

「車藤左だあッ」

と、足軽たちは、ばかばかしいほどにさわいだ。藤左は立ったままだった。この男も馬鹿げている。

策があるようで結局は野放図なだけの男なのだろう。敵であるべき足軽どもに、

「騒ぐなさわぐな」

と、なだめるように両手を振っていた。

やがて、河中に銃声が三発、つづけさまに鳴りひびき、同時に悲鳴があがった。

女と男の、声である。

「あッ、やりゃがったな」

と、藤左は自分が射ぬかれたように両手で頭をかかえこんだ。大男だけに、その動作が不器用な熊に似ていた。

「鉄砲——」

と、この声は、藤左のすぐそばで湧いた。

「あッ、おれを撃つのか」

藤左はなにを思ったのか、待て、撃つな、ととっさに腰の大小を鞘ぐるみぬきとり、城方《しろかた》のほうに投げだした。

# 赤土村

中条左内は、三ノ丸予定地の赤土村にいる。

すこし痩せた。同行している輪違屋満次郎がそれを指摘すると、

「陽を拝まぬせいだろう」

と、太陽のせいにした。この赤土村にきてからというものは左内は夜だけ起きている。

左内はここでは百姓のなりをしていたが、村の者にはっきりと、

「上杉中納言家来中条左内」

と名乗り、上杉家における身分も明かしていた。むろん左内なりに理由がある。

「伊達もこわいが、上杉もこわい」

と、この赤土村の村民は思っていた。国境いにある赤土村などは、いまは伊達領であってもいつ上杉領になるかわからない。そのへんの機微は、この痩地の村びとたちはよく知っている。

「おれを伊達方に渡すなよ」

左内はそういっていた。おどしであった。伊達方に渡せば、上杉家の軍兵がきたときどれほどの報復をするかわからぬぞ、というのであった。

いわれずとも村びとたちは理解している。むしろ積極的に左内の潜伏をかばうほうがはるかに得だということを思っていた。

黒橋村とちがって赤土村は何度も一揆《いっき》をやってきた村で、百姓らしい利害判断にはひどく敏感だった。

それだけではない。

「左内様を泊まらせれば銭《ぜに》になる」

と、村びとたちは現実的に割りきっている。左内の潜伏の仕方というのは、そういうやりかたなのだ。一軒の家を定宿としない。

毎晩、泊まる家をかえるのである。

「今晩、お前の家に厄介になるぞ」

と左内がはいってくれれば、その家の者は迷惑がるどころか、福神をむかえたようによろこぶのだ。田の一枚も買えそうなほどの宿り賃を左内は置いてゆくのである。左内だけではない。輪違屋満次郎を泊める家も同様だった。

だから村びとたちも、

「今夜は家におとまりくださりませ」

と、むしろ、勧誘にくるぐらいだった。そういうときは左内は、

「順番さ」

と、おおようにかまえておく。

村は一揆をおこすことになれている、と前に述べた。戦国の一揆というものは多くは強大な他領主を背景にしておこなわれる。一揆大将はたいていは土地の地侍《じざむらい》か、流れ者の牢人か、さもなければその「他領主」が村に送りこんだ武士である。この後者に該当するのが中条左内で、それだけに、この一揆ずれした赤土村ではあやしまれるどころか、

「左内様は、上杉家の御家中でもなかなかの御身分だそうな」

ということで、むしろ尊敬をうけていた。

そんなふうにして、中条左内は、この村で潜伏生活を送りはじめていた。

さて、藤左が番所の川の岸でつかまった夜、中条左内は喜兵衛の家で寝ていた。

左内は事件の翌日の夕、喜兵衛宅から移って三次郎という者の家にはいった。

その三次郎方に、おううがはいってきたのは日が暮れてからである。

「なに、藤左が捕まった？」

左内は、思わず叫んだ。

「事情は？」

「それがばかな話なんです。出る狂言でもないのに出て行って、捕まっているんです」

と、おううは小梅・与吉の逢曳き事件から説明し、銃声をきいて飛び出していったときの藤左の言葉などもこまかく伝えた。

「信じられん」

左内は首を振った。

「信じられぬことだ」

「でも、本当の話なんです」

「そんなときに飛び出すなんぞは。――あれはひょっとすると、ただの馬鹿かもしれぬな。馬鹿の話におれも乗り、おううも乗せられてしまったのかもしれぬ」

左内がいまなお藤左に対してもっている疑問はこれである。

「藤左は死ぬだろう」

「死ぬでしょうね。もし左内様が捨てておけば」

「黒橋村の者は、藤左とこの事件のことをどう言っている」

「そりゃ、悪く思っているはずがありませんよ。自分の村の衆である与吉が、殺されかけようとしているのを命がけで救おうとしたのですから」

「与吉はどうなった」

「結局、死にました、舟の中で。小梅を救おうとしたのか、その上にかぶさるようにして抱きついた、そのままのかっこうで。弾で、蜂の巣のように体をえぐられて死んでいたそうです」

「小梅は?」

「番所の衆が舟を寄せてとらえようとしたとき、舌を嚙みきって死にました」

「ふびんなものだな」

村に深刻な衝撃を与えたろうと左内は思った。おううの話では、小梅・与吉供養のためにこっそりお地蔵様を建てようという動きもあるくらいだという。

(なるほど、藤左はむだなことをしていないかもしれんな)

と、左内は思った。与吉・小梅への同情が高まれば高まるほど、それを救おうとした藤左への同情があつまり、さらには城方への憎悪が深まるだろう。

「おうう、地蔵は建てるべきだな」

「そんなことより、藤左様はどうなるのです。それを相談にきたのです」

二ノ丸の作事小屋の奥に作った牢に入れられているという。

「すぐには殺されまい。あれはあれなりに自分の命をのばす工夫をしているだろう」

たとえば、自分は上杉家の間者である、上杉家について重要な機密を知っている、といって尋問者をじらせたりすることは、藤左なら当然やっているだろう。

「拷問はされるだろう」

「命がもつでしょうか」

「三日ぐらいならもつ。そのあいだに救いださなくてはならない」

出かけよう、と左内がおううを連れて赤土村を出たときに、月が昇った。

月の下を、おううと左内は歩きだした。右手の闇は帝釈山の山壁になっており、左手の闇には、掘鑿《くっさく》作業中のから堀がふかぶかとつづいていた。

「堀へ落ちるなよ」

左内は、おううの手をひいてやった。左内の人柄が洒脱なせいか、おううは手をにぎられてもなんとも思わない。

「やわらかい手をしている」

「左内様のは松の皮のような」

おううは忍び笑った。

「藤左の掌《て》はどんなぐあいだえ」

「知らないわ」

「なんだ、まだ手も握ってもらえぬのか」

「藤左様には握らせない」

「なぜだ」

「好きだから」

おううはちょっと息を詰めた。

「握らせてしまうとあとどうなるか、自分に自信がもてなくなるもの」

「驚いたな」

おれの立場は――と左内は思うのだ。せっかく手を握ってやっても、この娘は自分を男だとは思ってくれないらしい。

女というものは、おれのような円満な人格の男を好まないものだ。

「そうね。藤左様には途方もないところがあるもの。私なんかが見守っていてやらなければどうなるかわからないあぶなっかしさがあります」

「おれが水とすれば、車藤左は酒だな。あの奇妙な男の存在そのものが人に刺激をあたえつづけている。娘がやきもきするのもむりはないし、おうなど一風かわった娘にとっては格好の酒になるのだ。酔ってしまう」

「酔えなければ人の世はつまらないじゃありませんか」

「惚れたな」

「まだわからない。ただすこしずつ酔いはじめていることは確かです」

「ひとを酔わせてしまう男だ」

「酔ってなきゃ、こんなあぶないことはできないでしょう。ちゃんと冷静に考えれば、上杉家の間者などどうなってもかまわないことですもの」

「おいおい」

間者の片割れの左内は苦笑した。

「ところで、二ノ丸の牢からその酒男をすくいだす算段だが、村びとは協力してくれそうかね」

「わからない」

村びとは、小梅・与吉の銃殺されたことと車藤左がつかまったことで、すくみあがってしまったらしい。

「百姓などはそういうものよ」

と、おううはいった。憤慨するよりも恐怖するほうが大きい。

「村の若者を救おうとした藤左様に感謝はしているわ。かといって救いだそうなんてことは、とても」

「そうだろうな」

「かえって藤左様が負けたということで、私までを訴え出ようと考えているひともいるわ。村の無事のために、ということで」

「藤左は甘かったな」

「おううよ」

と、中条左内は歩きながら考えている。

「この人の世を動かす力で、もっとも大きいものはなんだと思う」

「さあ」

「ヨクさ」

「ああ、欲」

欲で人の世は動いている、と左内は見ている。徳川が豊臣の天下をねらうのも欲だし、その徳川に勝目ありとみて豊臣を捨て家康に加担しようとしている豊臣家の諸大名の動きも、欲がエネルギーになっている。正義とか名分とかといったようなものでは決してない。

「もう一つ、大きな力がある」

「ひとを動かす上で？」

「そう。こいつはおううの仕事だな」

「私の仕事？」

おううは驚いた。

「なんでしょう」

「恐怖だよ」

左内は、月を見あげた。

「欲と恐怖で世間は動いている。徳川に加担する諸大名どももそうさ。太閤なきあとの豊臣家に忠勤をはげむことそのこと自体が、恐怖になっている。豊臣家は幼君が中心だ。力がない。このままでは強大な諸侯に食われてつぶれてしまうだろう。諸侯にすればつぶれるような家には居たくない。自分も共潰れにつぶれてしまう。そのことを昼夜ひそかに思うと大名どもは居ても立ってもいられず、恐怖し戦慄し、もはや故太閤への義理や恩顧などを思っていられず、もはやいっそのこと、豊臣家をつぶす側、つまり老賊家康だな、そのほうに走って、むしろ家康以上の熱心さで豊臣家破壊の仕事をやる。故太閤が少年のころから育てた加藤清正や福島正則がそのいい例だ。あれほどの武将でさえ、自己滅亡の恐怖に駆られるとなにを仕出かすかわからない」

「それが」

私とどんな関係があるのです、とおううは言いたげだった。

「一天下の事も、一村のこともかわらない。いま、黒橋村は恐怖している。村に支城を築いている伊達家に対してだ」

「それは当然ですよ。鋤《すき》・鍬を持つ以外に何の力もない百姓たちですもの」

「恐怖は力になる。村を結束させる。結局は藤左を見殺しにし、われわれを村から追ってしまう。そうなるだろう。しかし」

と左内はいった。

「さらに強大な恐怖を村びとに与えれば、かれらは逆転してわれわれにつく。われわれのために尽くし、藤左をすくい、あの城を焼き払い、上杉領へ村移りするだろう」

「どんな恐怖？」

「お前の仕事だ、とおれはいった」

「どんな？」

「神仏さ」

この事態を救うのには宗教という強大な恐怖を借りてくる以外にない、と中条左内はおもうのである。

「伊達は地上の恐怖かもしれないが、この恐怖を屈服させるのは天上からの恐怖だ」

という意味のことを左内はいった。

「おうう、お前は巫女だな。お前には、天上から恐怖をよぶ力がある」

「そんな大げさな」

「殺された与吉の霊をおろせるか」

「わかりません。護摩《ごま》をたきお祈りをして神がかりになってみなければ」

「村びとの前で、与吉の霊をおろしてくれ。そして霊にこう叫ばせるのだ。藤左を救わなければ今年の夏、村中が疫病で死ぬ。たとえ生き残っても、三代子孫にたたる。藤左を救い、伊達の者を帝釈城から追え。さもなければ村はほろびる」

「こわい」

おううは歩きながら耳をおさえ、慄えている。

「そんなこと、できない。いつわって霊をおろしたり、うそを言ったりすれば、私が祟《たた》られて死んでしまう」

「大丈夫だ」

とは、左内はいわない。言えば、おううの憑神《つきがみ》を侮辱した、ということで、おううをさえ敵方に奔《はし》らせてしまうだろう。

「もっともだ」

と、神妙にうなずいた。

あとは、この娘の感情をいたわりつつ娘の心に暗示を与えてゆけばよい。

「しかし殺された与吉にすれば、そのくらいのことは言うだろうぜ。川の中でまるで獣のように追われながら、あの男はなぶり殺しにあうような格好で殺された。与吉を殺す鉄砲の音は村中にひびきつづけたが、その間、村びとのたれもが走り寄って城方に助命を嘆願しようとはしなかった。そうだろう」

「ええ」

「与吉は村への恨みが残って成仏できまい。いま、その怨霊《おんりよう》が、村の家々を駆けめぐっている」

「まあ」

そうかもしれない。

「村の衆のあいだで、与吉の霊を慰めるために石地蔵を刻もうという話がもちあがっているといったな。村びとが、与吉の怨霊を感じて恐怖しはじめている証拠さ」

「そうかもしれません」

おううほどの聡明な娘でも話題がこういう冥界《めいかい》のことになってくると、急にしらじらとした愚鈍な顔つきになってくるのは、おそろしいばかりだった。

(おううに悪いな)

左内はおもった。が、まずこの娘の心を摂《と》る以外に村を動かす手だてはない。

「与吉の霊は」と左内はいった。

「自分を救おうとした、縁もゆかりもない車藤左という牢人の不幸を、どれほど悲しんでいるかわからない。与吉は、村びとに藤左を救ってほしいのだ。おれの耳にはその与吉の叫びが聞こえてくるようだ」

「私にも」

と、おううは白い顔をあげた。


中条左内は、黒橋村のおううの家にはいると、すぐ屋根裏の納屋にあがった。

(おううはよく承知してくれた)と、おもった。

悪いような気がした。おううに対しても、村びとに対しても、である。いやもっと突きつめていえば、人間そのものに対する侮辱と瞞着《まんちゃく》の罪をおかしているように思えた。

（が、左内、そうは思うな）

と、自分に言いきかせた。

（城をとるということは、もともと悪人の仕事なのさ）

ひとをどうだますか、ということにかかっている。たかが黒橋村の小さな出城を奪るという仕事にも政治・軍事という、人類が編みだした二つの「悪謀」を用い、その「悪謀」のかぎりをつくさねば奪れないものだ、と左内は思いこもうとした。

（おううは、家を出たな）

家のなかは、しーんとしている。あの娘はこの夜ふけに、村の年寄衆の家を駆けまわっているはずだった。

「今夜、丑《うし》の下刻《げこく》（午前三時）に」

とおううは口上をのべているはずである。

「与吉の霊が、降りてきます。みなさん、私の家に集まってくださいませんか」

やがてさらさらと竹の皮草履《ぞうり》の足音がして、おううが帰ってきた様子だった。

中条左内は、上からおりてきて、

「みな、来てくれるんだな」

「あたりまえよ」

「ありがたい」

「礼をいわれることはないわ」

娘は、そっぽをむいていった。横顔が、出来のわるい能面のように堅くなっている。左内に対して腹を立てているということではなく、おううの心がすでに憑神《つきがみ》の準備にはいりかけているのであろう。

「わしは、見ていてもいいか」

「だめよ」

おううは断固としていった。霊というのは人見知りをするものだから、見も知らぬ他人がいては降りて来ない、というのである。

(この娘、本気で与吉の霊をおろすつもりだな)と、左内は内心あきれ、

「狂言でいいんだよ」

と言おうとしたが、おううの平素のこの娘とはまるで別人のような威厳にみちた顔をみていると、そうもいえなかった。

おううは準備にいそがしかった。

炉の間に護摩壇をつくり、その上に白布をかぶせ、榊《さかき》をつるし、あずさ弓などを立てかけたりした。

そのあと、おううは裏の井戸端に出て帯を解き、衣装をかなぐりすてた。

左内は、井戸端からやや離れた榎《えのき》の木の下でなんとなく佇《たたず》んでいたが、おううの突如な裸形をみて息をのんだ。好きごころを刺激されてのことではない。

あたりは、闇なのである。おううの裸形が見えぬはずなのに、その裸形ばかりはぼうと暈《うん》光《こう》を発して闇に漂いうかんでいるではないか。

（あの娘、本気でやる気だ）

やがておううは水垢離《みずごり》をとりはじめた。

やがて四半刻ほどして、村の者が、おううの家に集まってきた。まず、五兵衛がいる。五兵衛以外の年寄衆四人、それに死んだ与吉の母親、兄、といった顔ぶれだった。

みな、目顔であいさつしあうだけで、声もたてない。息をも細めているようでもある。それが、降霊の座に招待される者の作法なのかもしれなかったが、裏口にひそんで様子をうかがっている左内にとっては、ひどくぶきみなものだった。

おううは、白衣をきて護摩壇の前にすわった。

燭が消され、闇になった。やがておううの声ともおもわれる真言がひびきわたり、その真言の声とともに炎が湧きあがってきた。

壇の下に奇妙なものが置かれている。小猫の頭蓋骨であった。

「外法《げほう》使い」といわれる巫女が、その呪術の道具としてもっているもので、人間の頭であったり、猫の頭であったりする。

炎が、えんえんと燃えあがり、その前にいる白衣のおううの姿が炎とともにゆらめき、ときには昇り、ときには沈むかのようにおもわれた。

（あの娘が――）

ぶきみなものよ、と左内はわれ知らずゆばりを洩らすほどに戦慄した。

おううが唱えているのは、大日経であるらしい。その声もひとの咽笛から出るものとは思われず、ときに怪鳥のように叫び、ときに床もふるえるかと思えるような底響きのする声をたてた。

やがて護摩の炎が小さくなり闇が濃くなりまさるにつれて、おううの体がはげしく慄えはじめ、

「きゃあーッ」

という叫びに変じた。

与吉の声が出た。

若者にしてはすこししわがれすぎるほどの声が、拝跪《はいき》している村びとの頭上を駆けめぐりはじめた。

「小梅、動くな」

と、与吉は言った。舟底に、と与吉はいう。小梅にそう言っているらしい。小梅を舟底におしこんで自分がその上におおいかぶさっているのであろう。

銃弾が飛んでいる。銃声こそ聞こえなかったが、そのように跪《ひざまず》いている村びとたちには想像できた。

「辛抱だ」

と、与吉はいった。銃声をきいてきっと村の者が出てきてくれる。言いわけをしてくれる、きっとおれたちはたすかる、と与吉はいった。

ほどなく、沈黙がきた。

闇が重くなった。

やがて与吉の絶叫が聞こえ、ふたたび沈黙がきた。

声が変質した。

死霊としての与吉の声であるらしい。

「それで、おらァ、死んだ。たすけにきてくれたのは、あの車藤左という常陸うまれの風来坊たったひとりさ」

あとは低い声になり、めんめんと掻きくどきはじめた。藤左を救ってくれ、救ってくれなきゃおれの恨みが残る、というのである。

車藤左は、二ノ丸の牢にいる。

晴れた日にでも山遊びにくれば、これほど見晴らしのいい場所はちょっとない。

帝釈山は、二つの峰から成っている。土地では大きい峰を太郎峰といい、小さいほうを次郎峰という。この太郎峰に本丸、次郎峰に二ノ丸が構築されつつあるわけだが、二ノ丸にのぼると目の下に北山川がめぐっており、南は上杉領の山々が、嵐の日の海原のようにうねっている。

藤左が北山川畔《ばた》でつかまってこの二ノ丸に追いあげられたとき、ちょうど宮城野《みやぎの》の遠山を濃紫《こむらさき》に染めて陽が昇ろうとしていたときだった。

「ひさしぶりに落ちついて陽が拝めるな」

と、高手小手にしばられた藤左は、足軽の棒に追われつつそんなことをいった。

負け惜しみではない。この伊達領黒橋村にはいってからというもの、夜も昼も、臆病な小動物のように全身の神経を高ぶらせながらくらしてきた。

牢は、普請小屋の裏に接続して組みあげられている。そこへほうりこまれるなり、

「天国だ」

といってごろっと犬のように横になった。これも負け惜しみではなかった。寝不足がつづいていた。すこしでも眠りたかったのである。

「ねむるな」

と、牢番が槍の石突きでつつくのだが、藤左は起きなかった。体じゅうの筋肉をゆるめきってねむった。牢番が石突きで突いても、筋肉さえも眠りこけている。ぐにゃっと気味のわ

るいほどの無抵抗感が、槍の柄につたわってくるのである。

午後になって本丸から人数がやってきた。

牢の前の赤土の上に床几がおかれ、そこに灰色の皮膚をもった男がすわった。

「起きろ」

と、足軽が牢格子の間から槍をさし入れ、からからと鳴らしながら藤左を突いた。

藤左はのっそりと起きあがるなり、あっと声をあげ、全身でおどろいてみせた。

「めずらしや、赤座刑部殿」

この男の、芝居である。赤座刑部を以前から知っているわけではないが、ひとと初対面を遂げるとき、結果の善悪いずれであれ、相手に先を越されずこっちから一かぶりかぶりついておくのが人間兵法の極意だと、この男はおもっている。

「わすれたか、伏見の城下で」

赤座刑部が、太閤健在のころ伏見をうろうろしていたことを藤左は「知識」で知っている。

おれだよ、おれだ、と藤左は連呼した。

赤座刑部は沈黙している。

「わすれたか、佐竹家の伏見屋敷にいた車藤左とはおれのことだよ」

「おれは知らぬ」

「もっとも赤座刑部といえば、伏見の著名牢人のなかで、学問では藤原惺窩《せいか》、軍学では赤座刑部、といったほどの人物だ。こっちが見知っているのは当然だが、おぬしが車藤左を知らぬのもむりはない」

「そのほう、佐竹家の家来か」

赤座刑部は牢にむかっていった。

「さようさ、常陸侍従佐竹右京大夫家来車藤左とはおれのことよ」

と、藤左は牢内で答えた。

「いつわりはないな」

「おろかなことをいう」

「なぜだ」

「車といえば佐竹家の家中ではきっての名族だ。おぬしがいかに西国育ちでも知っていよう。そもそも車家とは遠くは桓武平氏《かんむへいし》より出《い》で、常陸国多賀郡車村に土着し、はじめは好間《こうま》と称し、または砥上《とがみ》と称す。中ごろにおよんで地名を名乗って車といい、代々兵部少輔《ひょうぶしょうゆう》、上総介《かずさのすけ》、丹波守を私称す」

「やめろ」

赤座は、鞭《むち》で地をたたいた。

「系図の講釈などどうでもよいわ。聞きたいのはなぜ佐竹家の家来が、上杉の間者になってこの地に潜入したかということだ」

「間者ではない。上杉家となんのつながりもない。兵法修行のため諸国を遍歴中、たまたまこの地にきたにすぎぬ。うそだと思えば、水戸へ飛脚を走らせて佐竹家に問いあわせてみろ」

藤左は語気を荒らげていった。

「赤座刑部」

「なんだ」

「佐竹の家来を理不尽にとらえたとなれば伊達家とのあいだに騒動がもちあがるぜ」

藤左のねらいは、二日でも三日でも自分の処刑をのばそうとしている。

「刑部、おぬしの切腹はまぬがれまいな」

「ばかめ。この山中で密殺して死骸を川に投げこめば、たとえうぬが佐竹家家来でもはるかなる水戸の城にまで聞こえるはずがない」

「そこが、料簡の不足さ」

「なんと」

「わしが捕われたということは、日ならずして佐竹家に聞こえる。わしは家来をひとり、連れてきていた。その者が、いまごろ街道を南へ南へと走っているはずだ」

「………」

赤座刑部は一瞬たじろいだ気配だったが、すぐ顔色をおさめ、

「うぬは、黒橋村に潜入せんとしたとき、川番所を破っている。さらには山を彷徨《ほうこう》するうちに御当家お人数の内なる者を殺している。その罪科《つみとが》だけで、佐竹家家来であろうとなかろうと死罪はまぬがれぬ」

「さようなことは知らん。野盗かなんぞの仕業をわしの所業にしようというのか。いやさ佐竹家家来を盗賊にするのか」

「声が大きい」

と足軽がわめいて牢内に棒を突き入れた。

「無礼をするな」

藤左は、牢が割れるほどの声を出した。

「わが佐竹家は、いま徳川につくべきか石田につくべきか、左右きめかねている。そのときにあたって伊達家は佐竹家家来にかかる仕打ちをするとなれば結果はいかん」

藤左の口は減らない。

赤座刑部は、わざとあくび一つを洩らして尋問をうちきり、本丸へひきあげてしまった。

一日経った。

中条左内はおううの家に潜伏しているが、山上の牢にいる車藤左の様子については、手にとるようにわかっている。

二ノ丸普請小屋へ仕事に行っている村の連中が、藤左の様子をさぐってきては、左内とおううに報告するのである。

投獄された第一日目は、

「車様は大変なお元気で、赤座刑部様を牢の前にひきすえて頭ごなしにどなられましたそうで」

と、報告者はいった。

「藤左らしい」

左内は、やや安堵の胸をなでおろした。話では、牢内で大声でわめいては、足軽どもを手こずらせているという。

第二日目の報告では、城方のほうも、尋常では静まらぬと思ったのか、食事を与えぬようになったという。

「水は?」

「水も与えませぬ」

「そ、それは死ぬ」

左内はあわてた。

「城方では餓死させるつもりか」

「さ、そこまではわかりませぬが、とにかくおとなしくさせる、ということでございましょう」

　二日目の夜、山から帰ってきた者の最も新しい報告によると、夜食は少量ながら牢内にほうりこまれた、という。

「その夜食には塩を入れてない、ということを、足軽どもが話しておりました。以後めしだけは与え、そのかわり塩を断たせるそうでございます」

「なんと」

　左内は驚いた。あとでおううをつかまえてそのことを言い、

「毒気をぬくためだ」

と、左内は解説した。

　よくやる手である。牢内であばれるような罪人をおとなしくさせる手として、塩を断たせる。しだいに無力になり、行動が萎《な》え、ついにはげんなりと肩を落とし首を垂れて、ただ生きているだけという状態になる。

「伊達のやり方は手がこんでいる」

　おそらく藤左を殺しては佐竹家との間で面倒なことになる、と城方はおもったのであろう。この点は、藤左が牢内で大声で咆《ほ》えちらしていたおどしが、ある程度成功したといっていい。とにかく生かすだけ生かしておく。そのかわり気力を失わせ、そのうえで必要な尋問をするつもりであろう。

（藤左は、塩なし藤左になるのか）

無気力になりはててしまった藤左を、いかに救いだしたところで、もはや城取りという荒仕事はできないであろう。

「そのかわり、城方は藤左をいそいで殺さぬ、ということがこれでわかった」

しかしそれだけのことだ。左内としては早急に藤左を救い出さねば、事はすべて水の泡になってしまうだろう。

中条左内はその夜、おううの家の屋根裏で思案のかぎりをつくした。

たまたま、赤土村から輪違屋満次郎が忍んでやってきたので、それを屋根裏にあげ、

「満次郎、いいところにきた」

といった。

「思案などは宙《ちゅう》でできぬものだ。お前を相手にしゃべりちらすから、ほどほど相槌を打っていてくれ。そのうちおれの考えもまとまるだろう」

「どうぞ」

相変わらず、気のない返事をする男である。

「藤左の近状については知っているな」

「さっき、おううさんから聞いたばかりでございます」

「あいつ、馬鹿だな。おれたちをこんなあぶない仕事にひきずりこんで、そのくせ自分はまっさきにつかまっている」

「いやいや、車様は車様で、大そうなお仕事をなさっていることになりますよ」

「牢にいてか」

「居ればこそでござります。車様がここにいらっしゃれば、おそらく、城取りは半分以上できたも同然だとおっしゃるでしょう」

「お前、妙に弁ずるな」

左内は、それを言う相手が、この仕事にいちばん乗り気でなさそうな輪違屋満次郎だけにちょっとあきれた。

「あたしはこんな荒ごとはきらいでございますが、しかし乗ってしまった船でございますから、竿もさし櫓もこがねば流されてしまいます。そこで考えましたが、牢におはいりあそばしたのは車様の魂胆かもしれませぬな」

「まさか」

左内は、聴き役になってしまった。

満次郎の意見によると、ここで村中を組織して車藤左救出の行動をおこし、それを目標にしつつ一挙に城を取ってしまう、それしかない、というのである。

「ただ城を取る、というのでは、目標もばくぜんとし、村びとに対する訴えの力も薄うございます。それよりも、村のためには義人である車藤左を救出するために二ノ丸の牢を打ちやぶろうということで村を動かしたほうが、力は大きくなりましょう」

なるほど、そのほうが目標がより具体的でかつ村びとの感情に訴えるために、結集された力もよりするどく、打撃力も大きいであろう。

戦略としては城を取ることになるが、戦術目標としてはその一点にしぼれ、という意味のことを輪違屋満次郎はいうのである。

「おどろいたな」

左内は満次郎をみた。

「おぬしは侍になっても一城のあるじがつとまる」

「ご冗談を」

謙遜するかと思ったら、満次郎は、「このくらいの知恵が働かねば商いの世界で成功しませんよ」といった。

「なるほど、城の一つや二つ、取れるほどの知恵がなければ商法の達人になれぬというのか」

「さようでございますとも」

満次郎は、大将気分になってきたらしい。

## 二ノ丸

その翌朝、城方にとって信ずべからざることがおこった。

車藤左が、牢にいない。

当然、大さわぎになった。本丸普請場にいた赤座刑部のもとにもその報らせがきた。

「なにかの間違いだろう」

と、赤座は最初、相手にしなかった。

本丸から尾根をくだって二ノ丸の峰にゆき牢を検分してみると、なるほど車藤左の姿がない。

蒸発したように消えている。

「信じられぬ」

赤座は、牢内をくまなく検分しながら何度もつぶやいた。

破牢した、といっても、牢格子は、かすり傷ひとつついていない。杉の五分板を敷き詰めた床も針のはいるほどのすきもひろがっておらず、屋根組みにも異状がない。錠も、がっしりとかかったままであった。

「いったい、どこからどう逃げたというのだ」

と、赤座は絶望的な声で叫んだ。神か魔物でないかぎり、この牢から蒸発し去ることはできないであろう。

当夜の牢番三人の詮議がはじまったが、かれらも茫然としている。この夜三人が交代で一人ずつ番についたのだが、どの男も、

「たしかに藤左はいました」

と、いった。ずっと眠っていた、とかれらは異口同音にいう。

最後の、つまり夜明け前後の番にあたった牢番は、嘉蔵《かぞう》という足軽である。

「嘉蔵、たしかに藤左は眠っていたな」

「へい、そのとおりで」

「ずっとか」

問いつめられると、答えがあいまいになった。藤左の寝姿をずっと眺めつづけていたとすれば、その「蒸発」する瞬間も目撃することができたはずである。

「眠っていたのだろう」

と、尋問者に大喝された。嘉蔵自身、そこがよくわからない。あるいは一瞬、もしくはほんのしばらく、嘉蔵は自分でもそうと気づかないほどの状態でまどろんでしまったのかもし

れない。蒸発したとすれば、その間に藤左は消えたのであろう。

当然なことながら、嘉蔵の首が赤座の命によって刎《は》ねられた。

この騒ぎは、たちまちのうちに二ノ丸の普請小屋の人夫の間にひろがり、村中にひろまった。

「あの侍は、まるで魔物のように消えた」

と、ひどく神秘的な解釈がついていた。そうとでもいうしか、この現象を説明する方法はなかったであろう。

日が暮れた。

おううの家の裏口から、のっそりとはいってきたのは、当の車藤左である。

「藤左ッ」

と、さすがの中条左内も、しばらく足が動かず、藤左を見つめたままだった。やがて、

「牢を破ったそうだな。どういう手だてでそうみごとに破った」

「おれもわからねえ」

藤左も、左内をぼんやり見つめている。

「わからねえんだよ、おれも」

と、藤左はかさねていった。

おううは祝いのつもりか濁酒《どぶろく》をとり出してきて、ふたりをせきたて、屋根裏へ押しあげた。

やがて屋根裏の納屋の、藁《わら》の間で、酒宴がはじまった。真暗で杯をもつ手も見えない。

「いったい、どうしたんだ」

中条左内にとっては、酒どころではない。先夜来、夜の目も寝ずに救出方法を考えていた相手が、いま、暗闇のなかで舌を鳴らしながら酒を飲んでいるのである。

「左内、おれはおぬしが救いだしてくれたものと思っていた。ちがうのか」

「おれは、おううの家にいた」

「ではおううは？」

「ちがう」

と、おううは短くいった。自分ではない、というのである。

「おううは巫女だから、そんなこともできるのではないかえ？」

「ちがうわ」

おううは、いった。

「とにかく、牢を破った前後の話をしてくれ」

と、左内がいった。

「そうさな」

藤左は思案をまとめている様子で、しばらくだまっていた。

要するに、何者かが牢に忍び寄ってきて、錠をあけたらしい。牢の戸をひらき牢内に踏みこんで、藤左をゆりおこしたようである。

藤左自身の記憶は、そこからはじまっている。藤左は目をさました。

「出なさい」

と、闇の声がいった。声を聞いたのは、そのひとことだけである。

藤左は、そとへ出た。足もとで牢番の影が、槍をかかえたまま凝然とすわっていた。動かないところをみると、居眠っているのであろう。

藤左はそのまま、山を降りた。

「それだけよ」

「声をきいたのは、ただ一度だけか」

「そうだ」

「どんな声だ」

「あとから思いだしてみたのだが、おぬしの声でもあり女の声であったようでもある」

「頼りない」

「なにしろ、おれはゆりおこされたばかりで、寝ぼけていたようだ」

「いったい、たれだろう」

「彦蔵かもしれないわ」

と、おううはいった。

おううの降霊以来、黒橋村は藤左の救出にひめやかな決意をかためたようだったが、なかでも死んだ与吉の兄彦蔵は、

「おれ一人でも車様を救いだしてみせる」

と激しく言い放っていた。

その彦蔵は、二ノ丸普請小屋の人夫頭をつとめており、足軽衆とも接触がある。牢番の足軽からあるいは鍵をもらって錠をひらいたのではないか。

が、それも、彦蔵にたしかめることによって、かれではないということがわかった。

その夜、城方の人数が大挙して山を降り村へやってくる、という報が、おううの家にはいった。

「えッ」

中条左内は屋根裏の藁のなかから、とびおきてしまった。

「藤左、村改めらしい」

とゆりおこしてから、左内は手をのばして屋根板をめくり、ぬっと首を突き出してみると、すでに村は数百のたいまつで包囲されていた。

村道、家々のまわり、山麓、城門、柵のあちこちにおびただしい灯の群れがうごき、万灯《まんどう》会《え》のように華麗だった。

（牢破りの藤左をさがしている）

左内は屋根から首をひっこめ、さらに藤左の体をゆさぶった。

「起きろ」

と、城方の大捜索を告げた。

「藤左、どうする。絶体絶命といっていい。いい工夫はあるか」

「それを考えている」

「藤左よ、これは相談だが」

もう城を取ることなどあきらめて、このまま村をすてて上杉領に逃げてしまおう、と左内はいった。

「無理だったのさ、もともと」

左内は腹が立ってきている。城を取ろうなどと夢のような企てにうかうかと乗ってやってきたものの、城どころか当の藤左の身一つをこっちが守るのに精いっぱいなのだ。

「まるで茶番だ」

「短気をおこすな」

藤左は輪違屋満次郎をおこし、ふたりで赤土村へ逃げるように命じた。

「大将としての車藤左の下知だ」

「おぬしはどうする」

「城方を七八人斬って、さらに騒ぎが大きくなるようにしてみよう」

藤左はふたりを突きおとすようにして土間におろし、裏口から逃がした。

しばらくして、藤左も裏口へ出、桑畑を駆けぬけ、途中出会った士分の者らしいのを通り魔のようにして斬って斃《たお》した。

そのまま、闇に消えた。

(侍分をえらんで斬る)

藤左の方針である。足軽を幾人斬っても敵に動揺をあたえないからだ。

(なぜ斬るか)

藤左自身にもわからない。わからないといえば、

(どのようにして城を取るか)

という方略も浮かばないのである。

とにかく、車藤左は、最初、城を取るための戦術として、村びとを味方にひき入れようとした。それはほぼ成功した。あとは城そのものを取る工夫である。かんじんのこの工夫が、まったくつかない。

が、藤左には藤左なりの理論がある。

方途もつかぬときには、考えているよりもむしろ動きまわって敵を攪乱《かくらん》することだ、ということだった。敵は混乱のなかで、ふと隙をみせる。それをこちらが機敏にとらえ、糸口と

して引き出し、その糸口をたくみに戦術化すればいい。

そのために敵を斬る。

藤左は、闇のなかを歩いている。

侍分の者を見つけしだい、すれちがいざまに斬った。太刀行きのすさまじさは、人間わざとはおもわれない。

きらッ
と藤左の白刃がきらめいたかと思うと、みな、声も立てずに斃れた。どっと地上に倒れてから、まわりの者が気づく。そのときは風のように駆けぬけて、藤左の影はない。

「藤左が出たあッ」

と、あちこちの辻で叫びはじめた。

藤左は、まるで怪鳥が音もなく羽ばたきはじめたように闇のあちこちを飛びまわった。

城方はむざんに混乱した。村の西の辻でひとが倒されたかと思うと、ほとんど同時に東の裏庭で悲鳴があがっている、というぐあいだった。

(このあたりで引きあげるかな)

と、藤左が、四郎兵衛という男の家の裏庭にひそみながら思ったとき、

「藤左」

と、背後で声がした。あっと身をころばせた瞬間、ほおに太刀風を感じた。

（いかん）

ころびながら垣根をやぶり、真下の畑にころがり落ちた。あぜで飛びおきた。その頭上から、人の影がふってきた。藤左は逃げようとした。が、息もつかせず、その影は斬撃を加えてきた。

藤左はころがりながら逃げた。

（かなわぬ）

という直感がある。かなわぬ相手には、逃げるのが戦場の知恵というものだ。懸命に逃げた。目の前にくろぐろと山がせまってきている。その山へ逃げこめば当座は無事だろう。が、ふと、

（相手は一人だ）

ということに気づいた。どういうわけか味方を呼びあつめようとせず、一人で追ってくるのである。

藤左は方針をかえ、あぜに身を倒し、土に唇をつけつつ気息を殺して、相手の接近を待った。

相手は、用心ぶかく足をとめ、気配をうかがっている様子だったが、やがて、

「藤左、動くな」

とひくい声でいった。

「わしは赤座刑部だ」

藤左に声を出させようとしているらしい。声が出れば、その声をたよりに飛びこんで斬り伏せようとするのだろう。

(その手には乗らぬ)

赤座は、人数を呼びあつめようともしない。

藤左にはその魂胆がわかっている。赤座の位置がそうさせていた。伊達家の客分の身だから、たった一人で藤左を討ちとって、家中に自分の武辺を示したいのであろう。

藤左は、赤座の功名の餌になっている。

(人数を呼びそうにない)

と見たとき、藤左はほっとした。

立ちあがった。

そのとき、背後の家並みのほうからたいまつをもった三十人ばかりの人数が、藤左と刑部のいる畑にむかって押し出してきた。

刑部はここで妙な行動に出た。

「逃げな」

と、急に刀を引いたのである。どういう料簡であろう。

と、考えている余裕もない。藤左は畑を突っ切って逃げ、山にはいった。

やがて敵が引きあげるのを見さだめてから、こっそりおううの家にもどった。

「わからん男だな、赤座刑部とは」

と、おううにいった。

「私には藤左様のほうがわからないわ」

「おれは簡単さ」

藤左は、干魚をむしった。

「城をとりたいだけの男だ。ところが、そのおれを、赤座刑部はにがした。これはわからぬ」

(ひょっとすると、牢を破っておれを出してくれたのも赤座刑部ではないか)

と、ふとそんなことを思った。

「異常に功名心の強い男らしい」

そういう角度からみれば、赤座刑部の奇怪な行動も、すらすらと理解できるのである。

刑部にすれば藤左という曲者を自分ひとりで討ち取り、自分の名においてその首を大崎に送りたかったのであろう。伊達勢に功をゆずるくらいならむしろ藤左をにがしてしまったほうがいいというほどの男だ。げんに、赤座は藤左をわざとにがした。

(渡り奉公人根性だな)

自分一個の功名主義だけで動いている。全体の利益などは頭から考えない。

「赤座にとっては、おれという敵までが財産なのだ」

功名を示す機会を、車藤左がつくってくれるからである。その「財産」を、功名の競争相手である味方に渡したくはなかったのであろう。

(赤座は、おれをぎりぎりまで生かしておくつもりかもしれぬ)

それが、いかにあまい観測であるかを、その翌日、思い知らされた。

赤座の指揮をうけた城方の人数二百人が、翌朝いっせいに村改めをした。

たまたま藤左は裏山に身を移していたため見つからずに済んだ。

日没になって、おううの家にもどったのである。

(おううの家がくさい)

と赤座が思ったのはどういう根拠であろう。

とにかくその夜、この男は突如、おううの家の戸をひらき、土間にはいってきた。

「そちが村巫女《むらみこ》か」

と、おううの肩を鞭《むち》で丁々《ちょうちょう》とたたき、連れてきた人数に隈なく捜査させた。

「旅商人がいたそうだな。近ごろみえぬ、どうした」

おううが答えると、赤座はさも興味なさそうに土間をぶらぶら歩きながら、ふと屋根裏の納屋に目をとめた。

「梯子をかけろ」

と、赤座は命じた。

赤座刑部は、土間にいる。

その手の者がふたり、赤座に命ぜられた梯子をのぼりはじめた。

(もうだめ――)

おううは、炉端でおもった。藤左が屋根裏にいることを、この娘だけは知っている。藤左は、屋根裏の納屋でねずみのように殺されてしまうだろう。

最初の一人が登りつめた。

驚くべきことがおこった。男は悲鳴をあげ、やがて沈黙し、血まみれになって落ちてきたのである。途中までのぼっていた男も、その死体とともに折りかさなって土間にたたきつけられた。

「居ることが、はっきりした」

赤座だけは驚かない。

想像が、この実験であたったことにむしろ喜悦しているようだった。城の設計《なわばり》を得意とするというだけに、赤座にはこういう実証精神があるのかもしれない。

「おうう、藤左をかくまっていたな」

と、赤座は鞭のさきで、おううのほおをちょっとつついた。

笑っている。

「いいえ、知らなかったのです」

「大罪人をかくまうほどに大胆な娘が、この期《ご》に及んで命が惜しいのかね」

「命が？　なぜです」

「お前は、殺されるだろう。それも尋常の殺され方では済むまい。この村の者への見せしめのために、北山川畔で磔柱《はりつけばしら》をたかだかと立て、柱の根もとに柴を積み、火をかけて焼き殺しに殺されるだろう」

赤座には、その情景が目にみえるらしく、奇妙な微笑を目もとでくゆらせた。

「女は、腰から焼けるのさ」

「ふうん」

おううは、妙な娘であった。この話題にひどく興味をもったらしい。

「腰に、あぶらが多いせいでしょうか」

「こいつ」

「うかがっているのです」

赤座刑部は、不愉快な顔をした。からかわれている、と思ったらしい。

「男ならどこから、焼けるのでしょう」

「それはいまからためしてみる」

刑部は、手の者に命じ、柴、藁のたぐいを土間に積みあげよ、といった。

「藤左を、焼いてみる」

刑部はさらに、おううの捕縛を命じた。つづいて、村中にちらばっている城方の人数をおううの家のまわりに集めるよう命じた。

やがて人数が集まってきて、家を包囲し、土間に藁、柴などを積みあげた。

「家を焼かないでッ」

おううは、ひとことだけ叫んだ。が、それもほとんど義務的に叫んだにすぎない。本来、あきらめやすくできている。

肩が、落ちていた。

「出ろ」

と表へ突きだされたとき、家のほうは見むきもせず、地にしゃがみ、寄ってきた小犬をあごであやしはじめていた。

「土間に」

とだけ赤座刑部は命じたはずだが、家を焼くという作業が城方の人数をよほど興奮させたらしく、どんどん柴や藁を運びこんで、土間にも板敷にも積みあげた。

「火をかけろ」

と、赤座刑部は命じ、さらに槍組と弓組の足軽に家を包囲させた。

「藤左が、煙をあげてとびだしてくる。ぬからずに討ちとれ」

赤座は、路上に床几を据えさせた。横に、おううを引きすえている。

(おもしろい娘だ)

この黒橋村の巫女に、興味をもったらしい。火を待つあいだ、からかってみようと思ったらしく、鞭で、おううの腰をつつき、

「いままで、藤左と何度寝た」

といった。

「何度寝たと思います?」

おううは不自由な手で小犬をあやしながらいった。

「十度か」

刑部はつい、吊りこまれていった。

「いいえ、とてもそんな」

「もっとすくないのか」

「はい」

「五度か」

ばかげている、と思いながらも、刑部はこの娘のもっている雰囲気に乗ってしまっていた。

「とてもそんな」

「言え」

「それが、一度もないんです」

おううは、笑いだした。

「変でしょう？　なんにもなかったひとにこんなに尽くしてあげるなんて」

「お前、きむすめか」

「ばかねえ」

おううは、刑部を下から見あげた。篝《かがり》の火明《ほあ》かりのせいか、おううの目が、ひどく妖艶《ようえん》にみえた。

「なにが馬鹿だ」

「だって利口かしら。男のひとがそんなことをきくときの顔。みなおなじ顔になる」

「ひとにもきかれたのか」

刑部は、このばかばかしい尋問に身を入れはじめた。

「車藤左様にも聞かれたわ」

「ほう、あいつもそんなことをいったか」

奇妙な親近感をもった。

「それで、お前はどう答えた。きむすめだと答えたのか」

「うん」

「藤左はどうした」

「力をぬいて、あたしを離して」

「それでどうした」

「どこかへ行ったわ」

(ちぇッ)

刑部は、視線をあげて前方を見た。

おううの家から白煙があふれ出はじめ、やがてそれが赤く染まり、ぱっと炎を噴いた。

「藤左の蒸し焼きができあがる」

刑部はおううのあごをつかみ、その顔を炎のほうへむけさせた。

棟が、炎柱《ひばしら》の噴きあがるなかでくずれ落ちた。

「——死んだな」

藤左が、である。そうつぶやいて赤座刑部は、おううを見た。泣いているか、と、赤座は予期した。

が、予想どおりの表情を、おううはしていなかった。ぴりっと音の鳴るほどに見ひらいた目を、まばたきもさせずにおううは燃え落ちたわが家を見つめている。

「悲しくないのか」

赤座刑部は、もはやこの奇妙な娘に対する好奇心に耐えかねて、叫びに似た、ゆとりのない声できいた。

「何がですか」

「藤左が死んだことをだ」

「死ぬものですか」

巫女らしい、ためらいのない言い方で、おううはいった。

「でも、猫の頭が焼けたわ」

「頭？」

「猫の」

おううはつぶやいた。外法《げぼう》の道具である。巫女としてのその呪具の焼けたことのほうが、彼女にとって衝撃だったのであろう。

「赤座様、返してちょうだい」

「なにをだ」

「猫の頭」

と、射るように赤座刑部を見た。憎悪、憤怒、といった目ではない。ただひたすらに赤座を突きとおすような目で赤座の目の中をのぞきつづけた。

（………）

赤座の心に動揺がおこった。おううの目に自分の目をのぞかれることによって、にわかに炎《ほむら》のようなものがあがった。

色情である。

それも、尋常のものではない。身のうちが焼けはじめるような衝撃とともに、赤座の顔色がひどく不機嫌になった。

突きあげたのは、車藤左へのはげしい嫉妬である。

「おうウッ」

そのほそい肩をつかんだ。

「藤、藤左に惚れていたのか」

「いいえ」

水のような表情で、おううは顔をふった。

「ちっとも」

「さ、されば」

おれの情婦《いろ》になれ、と叫びたかったが、かろうじてその衝動をおさえた。

そのかわり、自分でも思ってもいなかった野卑な、おもいきって卑穢《ひわい》なことを口走ってしまった。婦人の性器の名をいった。おううお前のそれをおれにくれろ、と、まるで、無知な百姓のせがれのような求愛の言葉をいった。

「あげるわ」

驚天動地の発言を、おううはした。赤座は文字どおり動転した。

「くれるか」

「そのかわり、焼けた猫の頭に代わるものをさがしてちょうだい。すぐ赤座様は百匹の猫を集めてくださるのです。そのなかから私が選ぶ」


足軽たちが焼跡をさがしたが、あるべきはずの藤左の死体がない。

「消えた」

むらがった士卒たちは、まるで神仏の奇跡でも見たように茫然とした。

しかしその直後、川番所のほうから急報が来るに及んで、事態は明確になった。

川番所で侍一人足軽二人が斬り伏せられ、川舟がぬすまれた。

怪漢は奪った川舟に乗り、櫓音も高く川むこうの上杉領に漕ぎ去ってしまったという。

「車藤左だ」

と、焼跡の連中は口々に叫んだ。そのあざやかすぎるほどの脱出と遁走《とんそう》を、敵ながら小気味よくおもった。

察するに、藤左はおううの家の屋根裏に最初ひそんでいて、あがってきた足軽一人を斬り、示威をしめした。

ひとが斬られたことによって人々の注意は屋根裏にのみ集中した。が、藤左は足軽を斬って落とした瞬間、屋根板をはねあげて屋根の上に出、闇の地上にとびおりていたのである。

その藻抜けのからを、赤座らは焼きあげたにすぎない。

「おうう、藤左は死んでおらぬ、とあのとき申したな。なぜそれがわかった」

「私は巫女よ」

おううは鋭さのある、しかしひどく威厳をこめた声でいった。この娘は、巫女というこの神霊界の支配者である自分を、たとえば赤座刑部ごときよりもはるかに権威にみちたものだという自信を、ごく自然にもっているようだった。

その声に赤座刑部は気《け》おされ、それ以上、藤左のことについては沈黙した。

「猫のことは、してくださいますね」

「いったい、なぜそれが要るのだ」

「巫女だからです」

おううは、簡単に説明した。巫女にはそういう呪具が要るのだ。

「人間の頭の場合もあります」

「人間の頭を」

赤座はひやりとして自分の頭をなでた。

鉢のひらいたある種の頭は「外法頭《げぼうあたま》」と言い、巫女たちはそういう頭をもつひとに生前から約束しておくという。

その人物が臨終の直前に巫女は枕もとへ進み寄り、首を切りおとして人の往き来のはげしい路傍にうずめる。

十二カ月のあいだ人の足で踏まれたあと、掘りおこして髑髏《どくろ》を洗いきよめ、巫女のもつ外法箱におさめておくのである。

「どんな骨相が、外法頭なのだ」

「頭が大きくて、顔の下半分の寸がみじかく両眼が顔の中ほどより下についている顔です。赤座様は似ている」

おううがはじめて微笑《わら》うと、赤座はさすがに気味がわるくなったらしく、よせッ、とどなった。

「いいのよ。私の外法仏《げぼうとけ》は猫の頭なのですから。猫をまたたびで寄せて、百匹とらえてください」

(ばかな)

とおもったが、これほどの娘を獲るためには、その程度の手数もやむをえぬか、と思った。

川を渡って上杉領に逃げこんだ藤左は、体が疲れきっている。

(くだらぬ道楽に手を出したものだ)

という後悔が、疲労の底から饐《す》えた泡つぶのようにわきあがってくる。

藤左は百姓家をたたきおこし、銭をやり、「食わせてくれ」とたのんだ。

百姓の老夫婦は、最初は藤左をあやしんで表情が堅かったが、しだいにこの旅の牢人の奇妙な愛嬌のよさに打ち解けてきて、親身になって世話をしてくれた。

「あすの日暮れまで寝かせてくれんか」

「よろしゅうございますとも」

「いま一つ頼みがある」

と、藤左は有り金をそこへ置いた。

「これは息子殿への頼みだ」

「どのような?」

息子は、十七八というところだろう。まだ子ども気のうせぬ丸い顔をもっている。

「若松城下へ使いに行ってくれ。おれが手紙を書く。その手紙を、直江山城守というひとに渡してもらうだけでよいのだ」

「直江様」

百姓の父子はおどろいた。当国では、太守の師父ともいうべき家老である。

藤左は、手紙を書いた。

現状だけをこまごまと述べた。どうしてくれとは言わなかった。どうしてくれ、と言ったところで、まさか救援は望めない。上杉、伊達のあいだではまだ公式に戦争がはじまっていないのである。

手紙はむろん、中条左内と連名にした。

「あすの朝発《だ》ちで頼む」

そう頼むと、藤左は土間のすみを借り、藁をかぶってごろりと寝た。藁からはみ出している袖に、血がついている。

（伊達領にはいっていた上杉様の間者だろう）

ということは、老父にも息子にも想像がついた。

藤左はまる一日眠りつづけて、あくる日の夕刻になって藁の中から這い出てきた。

「腹がへった」

痛烈なほど減っている。精気が回復した証拠だろう。

「息子殿は、若松へ発ってくれたか」

「へい、今朝のくらがり発ちで」

「ありがたい」

藤左は、猪の肉、山の芋など、老夫婦がととのえてくれた馳走をゆるゆると食った。

二時間もかけてそのことごとくを平らげると、また眠くなった。

一刻ばかり、炉端で寝た。

起きたときは、両手の指先にまでむずむずと精気があふれるほどに体力が回復した。

「ありがたかった」

と丁重に礼を言い、星空の下を歩いて国境いの北山川の河畔にもどった。

川むこうに、黒橋村の灯がみえる。

(もう一度、やってみる)

藤左は川上へあるき、そこから流れのなかに身を入れ、水流にさからいつつ対岸へ泳ぎはじめた。

伊達領の対岸に泳ぎついた藤左は、ふと、

(人生とはなんだろう)

という、この楽天的な男にしては、ばかばかしいほどに陰鬱な想念にとりつかれた。

(なんのために生きている)

前面は崖である。

この崖をよじのぼって山むこうの谷におりるのが安全な潜入経路だった。

崖の下で、水から這いあがった藤左は息を入れている。ばかげていた。

冒険がである。

(なんのために)

と思うと、腰をもちあげて立ちあがる気もおこらなかった。

(おれは疲れているのかな。だからこんなことを思うのか)

「疲れているときに物を思うべきではない」

というのが、車藤左の少年のころからの信条だった。退嬰的《たいえいてき》になる。しだいに自分が卑小になり自分の地上での存在そのものが無意味になり、ついには絶望しかねない。ものは白昼陽の照る下で思うべきである。

(しかし疲れはすでに回復しているのだ)

手足の筋肉に弾みがよみがえったことは自分でもわかる。

(方途を見失ったからではないか)

と、ふと自問してみて、なるほどそうかと自分でうなずいた。

道がなくなったのだ。

城をとる、という夢のような計画は、最初樹《た》てたときは藤左なりに理路整然としていた。ところが、一つずつそれが崩れてゆき、いまや、奪るめどもつかぬほどの絶望的な局面になった。

(どうしてよいのか)

茫然としている。

——これだな。

藤左は自分に言いきかせた。方法をうしなったとき、人間はその目的にまで疑問を抱きはじめ、つぎには自暴自棄になるものらしい。

(逆に、だ)

これとは逆に、藤左の最初がそうであったように方法が明快な場合、目的の意味無意味などにはさほど心を用いぬものだ。ときには、

——勝てる。

と思えば、命をさえ人間は賭けてしまう。

人間は、目的に情熱を抱くよりも、方法に情熱をもつものらしい。だから方法を失ったときに、絶望的になるのだろう。

(おれ自身を絶望から救うには)

と、藤左は思った。

(あたらしい方法をみつけることだ)

それがつかめない。

それが見つかるようなら、こんな崖下でしょんぼり濡れそぼっていないのである。

(が、思案をしても思案などは湧かぬ)

行動することだ。

めったやたらと行動して、行動のなかでなにか思案の火をともす火だねを見つけることだ、

と藤左は思った。

(まず、崖をのぼろう。なにかいいことがあるだろう)

藤左は、草の根をつかんで岩肌を登りはじめた。

夜陰にまぎれて藤左は、黒橋村に舞いもどった。

闇の村道を歩いてゆく。

(はて——)

とおもった異変がある。

異変というほどのこともないが、とにかくひとの寝しずまったこの村に、猫の声のみがあちらで聞こえるのである。

(季節でもないのに)

猫の恋の季節はとっくに過ぎている。

藤左は、村のあちこちを歩いた。すでに目をつぶっても歩けるほどにこの村の勝手は知りぬいている。

八幡の祠《ほこら》がある。

村道から石段を二十ばかりのぼった帝釈山の中腹——というよりやや平地に近いが——にあり、ならされた境内地に杉が鬱然と生いしげっている。

藤左が村道から見あげると、その鎮守の杉木立に赤い火が見えるのである。

(なんだろう)

藤左は、石段をのぼってみた。

登りつめて木立のなかにかくれつつ目をこらして火を見ると、火のまわりにひとが群れていた。

足軽か、小者らしい。

(なにを燃しているのか)

煙に、においがある。

匂いに記憶がある。

そのとき藤左の足もとを二三匹猫らしいものがかすめて走ったことで、

(またたびか)

と、気づいた。

またたび(実)をくすべているのである。猫を獲るためらしいということは、すぐわかった。

藤左はごく自然に火のそばにあゆみ寄って、

「どのくらい獲れたかね」

と、背後から声をかけた。

「十五匹」

一人が、背をむけていった。

そばに檻《おり》がある。藤左が檻をのぞくと猫が十五六匹ばかり、酔い狂ったように身をくねらせたり、檻に体をこすりつけたりしていた。

「またたびを食わせたのか」

「そう」

一人がいった。

「うまいことを考えたものだ。またたびの実をくすべると、その匂いで二十町四方の猫が寄ってくるというからな」

（いったい、なぜ猫を集めているのだろう）

思いながら、藤左はむだ話をつづけた。

「人間が食っても、おつなものだぜ」

「食えるのか」

「食えるとも。この木の若芽を酢味噌であえるとうめえもんだ。塩漬けにしても、酒の席の箸休めにはもって来いの風味がある。ただ漬け方にコツがあるんでね。桶を持って行って若芽を摘むしりから漬けてゆかなきゃうまくならない。おれの国の常陸の水戸じゃそうするさ」

「常陸の水戸？」

車藤左の生国ではないか。

猫

「おめえ、だれだ」

一人が、ぎょっとふりかえった。

「車藤左よ」

「げえッ」

猫を誘いだすはずのまたたびの煙が、藤左まで誘い出してしまったとはどういうことであろう。

「おれは猫の性《しょう》かもしれねえ」

二三人が、腰を抜かして立てないらしい。あとは闇にまぎれて逃げてしまった。

「なぜ、猫を集めている。築城中の城に、もうねずみがわいたのか」

相手は答えない。藤左はぎらりと大剣をぬいて、

「言ったほうが身のためだ。おれも殺生の手がはぶける」

「おううの言いつけなんで」

「なんだと？」

こんどは藤左が驚く番だった。おううが城方の足軽を使っているのか。

「い、いや、赤座様の」

「赤座刑部がどうした」

「おそばに、おううが御奉公することになりやしたんで」

「ほう」

藤左は、笑いだした。

「人生有為転変だな」

「おううの外法仏をつくるにはどうしても百匹の猫が必要なんだそうで」

（ああ、あの家は焼けたからな）

藤左はなにもかも察した。

そのとき背後に殺気を感じ、藤左は身を沈めるや刀を横にふるった。血がとび、ひとが倒れた。

藤左は火の上をとび、さらに走って木立のなかにかくれた。

敵は五六人である。それが、発狂したように口々に叫び、下の番所からひとをよびあつめようとした。

異変をきき伝えたらしく、下の村道がにわかに騒がしくなり、士卒が足を踏みとどろかせて駆けてくるようである。

(どうすればよい)

藤左はくるくると頭を働かせたが、最良の方法などはない。

(できるだけ斬ることだ)

と、観念した。斬って斬ってきりまくり、騒ぎをできるだけ大きくすれば、なんらかの新事態がひらけるだろう。その事態が吉か凶か、藤左の知るところではない。

(吉凶は天にまかせることだ)

藤左は木立から飛び出して行っては二三人ばたばたと斬り、すぐ木立へ逃げこむ。それを三度ばかり繰りかえすうちに、手に手にたいまつをかかげた番所の兵が揉みあうようにして石段をのぼってきた。

藤左は、手槍を奪って石段を登りきったあたりに身をひそめている。

その群れの先頭がのぼりきろうとしたとき、藤左はわめきながら躍り出、またたくまに三四人を突き伏せたために、ひとのむれが雪崩《なだれ》になってどっと石段から崩れ落ちはじめた。

そのときは藤左は槍をすてて山中に駆けこんでいる。

家が焼けてからおううは、伯父の五兵衛の家にいる。

赤座刑部が、日に二度は訪ねてくる。

今朝ほども、

「普請中の本丸に、おれの部屋が一つある。そちらへ来ぬか」

といった。まだ二ノ丸や三ノ丸に侍屋敷ができていないために、刑部は本丸に仮住まいしているのである。

「ありがとう」

おううは、礼を言った。

「でも、外法仏《げぼうとけ》が見つからぬかぎりは、どこにも行きたくない」

「猫か」

「はい、猫です。おううは巫女ですから、外法仏をもたずにこうしているのは、生きた心地がしませぬ」

「そんなに大事なものか」

「あれは、自分の魂をそこに宿らせるものですから。いまおううの魂は、やどり場所がなくて宙をさまよっています」

(そんなものか)

摩訶《まか》不思議な心理だが、巫女ならばそうもあるのかと赤座刑部は自分に納得させた。

この男がただの男なら、

——そんな馬鹿な。

と、ひとおもいにおううを手ごめにし、外法仏のことなど一笑に付したであろう。

が、刑部は、この時代でいう、「芸者」なのである。専門技芸者、といっていい。武芸、築城、軍法などといった諸芸ができ、堪能でもあり、そういうものに全身全霊をうちこめるような人間にできあがっている。

芸に対する魅力も知っており、自分の未知の芸への尊敬心も異常につよい。「外法」も芸の一つだ。刑部はそういう芸のできるおううに魅かれたに相違ないし、おううの芸を成立させている外法仏については、常識で考えようとはしない。

(もっともだ)

とうなずいてしまう傾いた心をもっている。むずかしくいえば自己催眠かもしれない。その点についてだけは、赤座刑部の理性が眠ってしまっているのである。

「猫を、集めるように下知はしてある。百匹あつまれば、まちがいなくわしのねやで伽《とぎ》をするな?」

「します」

おううは熱っぽい目で刑部を見つめた。

(わるい男ではない)

と思うだけでなく、赤座刑部という男のいかにも「芸者」らしい心の傾《かぶ》きようは、藤左のそれとはまたちがった強烈な魅力があるようにも、おううには見えるようになっている。

白っぽい表情でおううは笑った。

「おうう」

と、刑部はこの娘を抱き、唇を吸ってやった。

その夜、藤左が出現して鎮守の境内で城方の人数を何人か斬ったのである。

その夜藤左は、黒橋村での城方の探索の手きびしさにたまりかねて姿をくらました。三ノ丸予定地の赤土村へ駆けた。途中、本丸の崖下の堀ばたで、士分を一人斬った。

(気の毒だ)

とおもったが、それ以上は思わない。人生は闘争以上にありえぬという哲学を、戦国うまれの藤左はうまれながらにして身につけている。

赤土村の中条左内の隠れ家にころがりこみ韮《にら》がゆにありついた。

あちこちで猫の鳴き声がした。

「ここでも猫を獲っている」

と、藤左はつぶやいた。おううに対する赤座刑部の熱心の異常さがわかるようであった。

「どういうわけだ」

中条左内は、まだ事情がわからない。

「こうだ」

と、藤左は、赤座刑部が、おううの家もろともに彼女の大事な外法仏を焼いてしまった一件からくわしく話した。

「刑部が、おううに惚れたのか」

「だからこの猫さわぎさ」

「馬鹿だな、赤座も」

と、中条左内には、女に惚れる男の物狂おしさが理解できないらしい。

「赤座刑部といえば、牢人ながらも上方ではひびいた名士だ。もすこしましな男かと思ったが、そんな物狂いな男か」

「すぐれた男ほど、そんなものさ。諸芸に秀でるということは物事に執念がつよいということだ。女に惚れた場合、とほうもない惚れ方をする」

と、藤左はいった。

「藤左、おぬし、おううに惚れていたのではないのか」

「惚れていた」

藤左は、赤い顔をした。

「しかし赤座刑部ほど、灰神楽《はいかぐら》のたつようなはでな惚れ方のできぬたちだ。女が膝へもたれてくれれば抱いてもいい、という惚れかたの男だな、おれは。執着がうすい」

「赤座刑部がうらやましいか」

「いかにも」

藤左は、女を盗られた男の悲痛な表情を、おどけて作ってみせた。

「うらやましい。女にくるい惚れができる、というのは生きものとしての幸福の一つだ」

「しかし欠点でもあるな」

「さよう、赤座刑部は、われわれの前にむきだしの腸《はらわた》をみせたことになる」

「あるものだな」

「なにがだ」

「どんな男にも弱身がだよ。この城は赤座のその弱身からおちることになるだろう」

と、中条左内は、この伊達領に忍び入って以来はじめてといっていいほどの明るい笑顔をみせた。ほとんど絶望的にさえ思えたこの帝釈城の奪取計画にとって、これは最大の朗報といえるのではあるまいか。

「とにかくもはや村びとと約束した期日もさしせまっている。早く城を陥《おと》さねばならぬ」

と、藤左はさすがにあせりはじめている。

藤左にとって、思わぬことのみがおこる。

その翌未明のことだ。黒橋村ににわかに城方の人数が来て、

「すぐさま家をひきはらって二ノ丸の普請小屋に移れ」

とふれてまわった。

「女どもは村に残れ。十四歳以上の男どもはすべて山（二ノ丸）へ」

というのである。

赤座刑部の指令であった。

理由は、男どもを全員山上の普請小屋で起居させることによって、労働力の効率をあげようというのが第一であり、第二の理由は、万一の暴動をふせぐためである。

（黒橋村は、一揆をおこすかもしれぬ）

というおそれを、赤座刑部はもっている。

その防止の手段はたった一つしかない。

男を山上で隔離し、女子どもを村に残す。

「もし山上で一揆をおこせば、山麓の村に残っている女子どもはことごとく殺す」

という旨を、赤座刑部は黒橋村の村民にそれとなく流しはじめている。

人質である。

そのうわさが、赤土村の中条左内の隠れ家に潜伏している藤左の耳にはいったのは、黒橋村の男どもが山上に追いあげられた日の午後であった。

「赤座は、やる」

と、中条左内は、赤座の辣腕《らつわん》に戦慄するような声を出した。

「藤左、城を取る一件はいよいよ遠ざかってゆくようだな」

「物は考えようだ。知恵をつかう者にとっては世のわざわいはことごとく福に見えるものだ」

「おぬしは気楽でいい」

左内は、笑った。そんな藤左を、左内はたまらなく好きであるらしい。

その夜、車藤左は日没後、忍び装束に身をかため、空堀下《からぼりした》の崖を這いのぼって本丸と二ノ丸の間の屋根にとりついた。

(黒橋村の彦蔵に会いたい)

と、藤左は思い、樹木の影から影へと移りつつ二ノ丸の普請小屋をめざして走りはじめた。

彦蔵。

殺された与吉の兄である。

藤左が身の危険をかえりみず、与吉の命を救おうとしたことを彦蔵はひどく感謝している。

「あのひとのためなら、おれはどんなことでもする」

と彦蔵がいっているのを、藤左はおううからきいたことがある。

(いまは彦蔵しか頼る者がない)

藤左は思った。この城が手にはいるかはいらぬかは彦蔵がにぎっている、といっていい。

藤左は、普請小屋のそばに忍びこみ、物陰にひそんで彦蔵が手洗いに出てくるのを根気よく待った。

夜半、彦蔵が出てきた。

「彦蔵、おれだ、藤左だ」

と、小声でいった。

彦蔵は百姓に似あわず大胆な男であった。物陰にしゃがんでいる忍び装束の男が藤左であることを確かめると、自分から近づいてきた。

藤左は、

(まず、この彦蔵からだまさねばならぬ)

と思い、口早にいった。

「この築城がおわると、黒橋村の男どもはことごとく殺される」

築城にはよくある話だ。当然、まえまえから黒橋村の村民のあいだにもそういう疑念がささやかれていた。

「確かなことだ。城方の士分の者が話しているのをおれは聞いた」

「ど、どうすればよろしいのでございます」

「いまから言う」

藤左は、自分の構想を話した。

「寅《とら》の日の夜を期して、黒橋村の女子どもをいっせいに上杉領へ逃がしてしまう」

「そ、そんなことができますか」

「できる。舟の手はずは上杉家でやらせることになっている」

いい加減なことをいった。上杉家にそんなことを連絡してあるわけではない。が、なんとか中条左内をして直江山城守に連絡させねばならないであろう。

「その寅の日の夜、村の女どもが立ちのくと同時にこの普請小屋の城方を殺してわれらは二ノ丸に立てこもる」

「あとは？」

「本丸と対戦するのだ。三ノ丸の赤土村の人数は中条左内がひきいて立ちあがる。城はかならず陥《お》ちる。陥ちるとともにみないっせいに上杉領に立ち退くのだ」

「できるでしょうか」

「疑ってはならん。ここまで来た以上は、わしもさきの成功を信ずるほかない。やらねば城の仕あがりとともにお前たちは殺されてしまう。ちょうど与吉のように」

藤左はそういった。

彦蔵は決心をしたようである。

「しかし彦蔵、いまの構想はまだ村びとには言ってくれるな。言ってよいことは、村びとがやがて皆殺しになるということと、上杉百万の援軍が背後に控えているという二つの事がらだけだ」

恐怖と救いを同時に与えるのである。集団を動かすにはこれしかないであろう。

「彦蔵、たのむ」

藤左は、この若い百姓の手をにぎった。

「村びとの心を、お前のこの手でつかんでおいてくれ」

「やってみます」

「みます、ではない。お前は村のためにやらねばならぬし、お前ならきっとやれる」

「年寄りはともかく、若い連中はわしの言うことをよくきいてくれますから」

彦蔵は子どものころから村の餓鬼《がき》大将で、大人になってからも若い連中から、口きき役として立てられている。藤左のために一揆の副大将になれる男であろう。

「お前だけが頼りだ」

藤左は手をつよく握ったあと、闇にまぎれた。山を降りた。

村に出現している。

五兵衛の家の裏口に忍び入り、なかの様子をうかがうと、家人は寝入っているらしい。

藤左は、忍びやかに戸をたたき、

「おうう」と、戸のすきまから声を送った。

おううは、異様にめざとい。

(なんだろう)

と、思ったときは、はねおきて土間の草履《ぞうり》をはいていた。赤座刑部かしら——と歩きつつおもった。

裏口へゆき、戸板ごしに、

「どなた？」

と小声でいうと、車藤左だ、という声がもどってきた。

おううは、おどりあがりたいほどのよろこびを覚えた。藤左は生きている、とは信じていたが、いまその肉声をありありときいた。

「入れてくれ」

「だめよ。ここは伯父の家だから」

いつ、赤座刑部がやってくるかもしれない家なのだ。

「私が出る——」

おううは手燭を消し、戸をそっと繰りあけ、外の闇へ飛びだしたときは、真暗ななかで藤左の腕の中に抱きすくめられていた。

妙な仲だった。まるで夫婦のように息のかよいあったところがあるくせに、ふたりは、かってこんな姿勢をとったことがない。

「あなた、生きていたの」

「おれはどういうものか、死ねぬようにできている」

「よかった」

吐く息とともに、おううは言った。両掌で触れている藤左の胸がひどく温かい。

そのとき表の路を、夜警のための番士十数人が通ってゆく気配がした。

「ここはあぶないわ」

「どうすればいい」

「裏の桑畑へ」

ふたりは、露をふんで歩いた。運のわるいことに月が昇りはじめた。

「影が、みえるわ」

ひくい姿勢をとった。やがて桑畑のなかにはいると、あぜとあぜの間に身を横たえ、たがいに相手に唇をつけて会話を始めた。おううがそうしろ、といったのである。

「こうせねば、声が洩れるのよ」

それほどの用心をせねばならぬほど、城方の警戒人数がおびただしく村にはいりこんでいる。

「おうう、赤座刑部に猫を獲らせているそうだな」

「くすぐったい」

耳に息がかかるのである。おううは身をちぢめてしまった。

「獲らせているわ」

と、事情をくわしく話した。こんどは藤左がくすぐったくなる番だった。

「舐《な》めたげるわ」

と、おううは藤左の耳に舌を押しつけ、ついには唇で咬《か》んだ。

「よせ」

藤左は言いながら、おもわずおううを抱きよせてしまった。

「だめ」

おううは体が、やわらかい。どういう抵抗もせず、ただ口だけでやさしくいった。

「巫女なのよ、私は」

むすめでなくなってしまえば、巫女としての通力を失ってしまう、とおううは堅く信じている。


藤左は、夜明けを怖れるようにして黒橋村を去り赤土村にもどった。

「おううに会った」

と、昨夜の一件を中条左内に話した。聞きおわってから中条左内は猪首《いくび》をのばしてきて、

「やはり、おううは赤座のおんなになっていたか」

といった。

「わからぬ」と、藤左は首をひねった。「娘のくせに、謎のようなところが多い女だ。おれ

はあの娘は男を知っているとのみ思っていたが、どうやらちがうらしい」

「生娘か、まさか」

「さよう、まさか生娘と思えぬ。しかし生娘としか思えぬふしもある」

「赤座刑部との間は、どうだ。赤座のおんなになってしまえば、もはやおううはあてにならぬぞ。われわれの敵にまわるかもしれぬ。されば、もはやこの城取りの企ては瓦解となる。——藤左」

「なんだ」

「おぬし、男としてはからっきし女に能のない男とみえる。おううの体を、なぜ自分のものにしておかなんだ」

左内は怒気をふくみ、さらにいった。

「おれは、そういう仲になっている、と思っていた。ちがったのか」

「おれは、おううとは寝ていない」

「なぜだ」

「そこが、おれのだめなところだ」

と、藤左はまじめにいった。

藤左は、希有の仕事師である。仕事というものはひとから機能をひきだし、機能としてのみひとを見、その機能を仕事の目的にのみ集中的に使用することだと藤左は信じている。

そういうことでおううに接近し、その村巫女としての機能を十分にこの城を取る計画に生かしてきたつもりである。

が、おううは巫女というだけではない。

女でもある。

——そのおううの「おんな」をなぜ利用せぬ。

と中条左内は言うのだ。女は、男に抱かれた以上、身も心も随順し、男の野望のためにどんなことでも辞さぬ、あのおううの気象ならなおさらそうだろう、と中条左内はいうのである。

「おぬしは、それをぬかっている」

最大のぬかりだ、というのである。

「おううは赤座のものになる。いや、すでになっているかもしれない。されば大事は去ったぞ」

「おれには、おううのおんなは利用できぬ」

「律義な」

「そう、律義かもしれん。しかし、男としては赤座刑部のほうがはるかにすさまじいな」

刑部には一途《いちず》なところがある。敵方かもしれぬ女に惚れるというのもそうだが、その女のために猫を百匹とらえるというのも、常軌を逸している。

刑部にはそんな魅力がある。

「おううは、このままでは身も心も刑部のものになるかもしれぬ」

そんな予感がする。藤左はおううを利用しようとしたが、刑部にはそんな不純なところがない。その一途さが、ついに女の心を執《と》るだろう。

中条左内と輪違屋満次郎が受けもっているこの赤土村は、ほとんど奇跡的なほどの順調さで、かれらふたりの掌握下にあった。

「おれのほうは、安心なのさ」

と、左内はいつも言っていた。

そこへゆくと、藤左が受けもつ黒橋村にはどこか不安がある。

理由がある。

赤土村には、源蔵という顔役がいて、これが村年寄を兼ねている。この源蔵にそむく者は一人もなく、村の運営はすべて源蔵にまかせられている。

「その源蔵が、欲に目がくらんだのさ」

と、左内は内情をいった。

左内は最初、源蔵に、例の行李の有り金をあたえ、それを源蔵の手で分配させてあるし、さらに成功したあとは上杉家から莫大な恩賞があるということも源蔵に言いふくめている。

要するに、左内が潜伏しているこの家のあるじの源蔵一人をおさえておけば、諸事うまくゆく、という村なのである。

それに、城取り計画における赤土村の役割は、黒橋村のそれとちがって軽微なものだった。源蔵にとっては、まる儲《もう》けといっていい。

その日の午後、藤左がひと寝入りしたあと、その源蔵が、血相をかえてやってきた。

(こんな男か)

と、藤左ははじめて源蔵を見て、意外な思いがした。最初、どうせ欲のふかい奸悪《かんあく》なやつだろうと想像していたのだが、意外に実直そうな、痩せた四十男だった。

「旦那衆、あぶねえ。城方の人数がこっちへ来る」

というのである。

これには、左内も藤左も、それに平素おっとりした満次郎さえも顔色をかえて狼狽した。

「城方が?」

いままで赤土村だけは、かれらにとって安全な村だった。

「なにをしにくる」

「そこまではわからねえよ。槍、弓、鉄砲をもっているところをみれば、どうせ物見遊山にくるわけじゃあんめえ」

逃げてくれ、と源蔵はいった。

百姓の装束も用意してくれている。

「どこへ逃げるのだ」

「山だ。案内の者をつける」

三人は大いそぎで装束を変え、刀その他の道具はこもに包んで荷造りし、糧食ももたずに村をとびだした。

山へはいった。

帝釈山である。間道を通って谷へ降り、何度かのぼりくだりして、「観音洞」と村びとがいっている小さな洞窟へかれらは案内された。

夜、村びとがきて、食糧をはこび入れてくれた。村の様子をきくと、城方の人数の来着は、三人への捜索ではない、という。

村の住居の取りこわしである。この村は三ノ丸予定地とされていたから、最初から人家の取りこわしがあることはわかっていたが、こう早く赤座がやるとは思わなかった。要するに三人は、巣を追われたのである。

山中の観音洞に逃げこんだとき、さすがに大様《おおよう》な人柄の中条左内も、手ひどい敗北感におち入ったらしい。

「藤左、もうだめだな」

と、何度もいった。

「こんな小人数で、城を陥すなどははじめから無理だった。上杉領へ逃げよう。このまま獣《けもの》のように山中に追いこまれながら死んでは、武士の死にざまとしてみじめすぎる」

「おや」

藤左は、そんな左内の悲嘆ぶりにむしろおどろいたらしい。

「城攻めはたったいまからはじまろうとするんだぜ。もうあきらめるなどは、気が早すぎる」

(この男は鈍感なのだ)

と、左内は藤左の顔をはじめてみるような気持で、おもわずながめた。洞穴に月の光がさしこんでいる。

月光に照らされている藤左の半顔が、ひどくにぶいものにみえた。

「藤左、おぬしはどうかしている。もうきれいさっぱりと見きりをつけろ」

「まだ見切らぬ」

「にぶいのだ」

と、つい中条左内は言ってしまった。藤左もさすがに侮辱されたと思ったらしい。が、すぐ微笑して、

「左内、いくさに勝つ大将というのは、どういうことか知っているか」

「知恵ある者が勝つわけじゃ」

と、左内はいった。

「そう。が、それだけではいかん」

「知恵のうえに勇がいる」

「そう。しかし、それだけでもいくさというものは勝てないな」

「どういうことだ」

「鈍い、ということが要るのさ。知と勇だけでは条件にならぬ。鈍さがなければ」

「おぬしのようにか」

「ああ、おれのようにだ。惨憺《さんたん》たる状況のなかで鋭敏すぎる者はいちはやく敗北感をもつものだ。敗北感をもった瞬間から事実上の敗北がはじまる。自分が浮き足だつ」

「いまの場合、敗北は事実だ」

「事実だろう。しかしそれを〝敗北〟と感ずるのは自分の心だ。おなじ事実でも勝利と感ずることができる」

「これを」と、左内は驚いた。

「勝利と思えるのか、おぬしは」

「思えるとも」

そこへ、赤土村から人が駆けこんできて、思わぬ変事を知らせた。

「源蔵が村を逃げた」

という。三人とも、仰天した。源蔵の家から、おびただしい永楽銭が出てきたのを城方に見つけられ、追及された。口べたの源蔵は弁明するよりも足のほうが早かった。闇に姿をくらましてしまったという。

「最悪の事態だ」

という意味のことを、左内はいった。

藤左は、左内を見て笑った。

「これからさ」

そんなことを言いあっているうちに、村を脱走した源蔵が、泣きっ面《つら》でとびこんできた。

「いいところへきた」

と藤左は、源蔵が言いだそうとした愚痴をそんな言葉でおさえた。

「すぐ会津若松へ行ってくれ」

「旦那」

「大いそぎだ」

と、源蔵の返事もまたずに直江山城守への手紙を書き、満次郎がもっていた油紙でくるくると巻き、源蔵の下帯に巻きこませた。

「会津若松へつくとほうびをくだされるはずだ。夜も寝ずに走ってくれ。走れるかね」

「旦那、しかし」

「源蔵、金儲けは命を賭けなきゃできないもんだ」

押し出されるようにして源蔵は出た。

源蔵に託した手紙というのは、北山川の対岸に隠密裏に舟五十艘と人数を出しておいてもらいたい、という内容だった。黒橋村の女子どもを上杉領へひきとるための手配りである。

が、源蔵の使いはむだになった。

その夜が明けはじめたころ、この観音洞に奇妙な人物がたずねてきたのである。

猿まなこをもった小柄な男で、樵夫《きこり》の風体をしている。足音もなく洞窟のなかにはいってきて、

「中条殿、車殿はおわすか」

といった。

藤左も左内も起きた。たしかめると、直江山城守が使っている伊賀者で小六という男だった。

藤左がさきに若松へ差し立てた百姓家の息子がぶじ山城守のもとに到着したという。そのため自分が連絡にきたのだ、とまわらぬ舌でいった。

よくみると歯のぬけた六十がらみの老人だった。

「この川むこうの山にはすでに上杉家の人数三百がきております」

と、この小六は意外な吉報をもたらしてくれた。その人数は山城守が配慮したもので、左

内と藤左が自由につかっていいという。

「小舟はあるかね」

「百ぱいばかりもございましょう」

「そいつはいい」

と、藤左は、黒橋村の女子どもをのせて上杉領にひきとる一件を話した。

「これが成功するかせぬかが、この城がとれるかとれぬかのかぎになる」

「で、いつ？」

「夜陰ということだけは言える。しかし日も刻限もまだわからぬ。こちらから花火で合図するゆえ、毎日、日暮れから夜あけまで合図を見守っていてほしい」

いっさいの打ちあわせができたあと、小六は懐《ふところ》から濡れた油紙包みをさしだした。

「不用心なことをなさる」

と、藤左にいった。

きくと、源蔵らしい男が川を泳ぎ渡ろうとしていたところを番卒に撃たれた、という。小六はすばやく死骸にとりつき懐中をあらためるとこんなものが出てきた、というのである。

本丸に、伊達家の本営から派遣されている目付遠藤三四郎がいる。

つねに家来三人をつれて、黙々と工事場を巡視している。

城普請の監督ではない。

それは赤座刑部の仕事である。

遠藤三四郎の仕事は、赤座刑部の非曲、もしくは功績を、伊達政宗の代理人としてとくと検分するにあった。普請場に落ちている木屑ひとひらにも赤座刑部の行跡を見ぬきつくそうという目で、この男は毎日歩いていた。

緻密《ちみつ》な頭脳をもち、それにふさわしい顔つきをもっている。冷厳そのものといった顔つきで、たえて微笑というものをもらしたことがない。

感情の制御のきく意思的な性格らしい。物事を感情で判断せず、ひたすらに自分の頭脳を信頼し、その頭脳の命ずるままに言動しようという男であるようだった。

この日の夕、遠藤三四郎は、赤座刑部についている与力の一人をよび、

「刑部殿に茶を馳走したい。本丸までご足労ありたいと伝えてくれぬか」

といった。

めずらしいこともあるもの、というふうな顔で与力の武士は去った。遠藤三四郎と赤座刑部は仲がわるく、ふたりが五分以上会話をしている光景を見たことがないのである。

(伊達家に御ためよろしき男ではない)

と、遠藤は赤座を最初からみていた。

いかに技能があるといっても、気心も知れぬ西国の牢人が伊達家の家臣組織のなかにはい

ってくるということは、遠藤のような譜代《ふだい》の家柄の者からみれば好ましいことではなかった。

(他国者はいかぬ)

ということは、感情ではない。遠藤の場合明確な論理で裏打ちされている。大名の家の強さというのは結局は秩序と結束の強靭《きょうじん》さということである。秩序と結束というのは、それぞれの家臣の家が、伊達家に対して因縁と歴史をもっている、それが基盤であらねばならぬと思っていた。

そこへ、伊達家とはなんの因縁もない赤座刑部が、単に築城と軍略という技能だけをもちこんできて、仕官しようとしている。この城の築城が成ればすくなくとも千石以上で召しかかえられるであろう。

(秩序をみだすもとだ)

と、遠藤はおもっていた。

遠藤家は伊達郡八丁目西の出で三四郎の大伯父六郎基信《もとのぶ》は伊達家の宿老として先代輝宗《てるむね》につかえ、輝宗が非業に死んだときはその場を離れず殉死《じゅんし》した。いま遠藤家の本家は文七郎宗《むね》信《のぶ》という者が当主だが、これほど御家に功労の家でも、その石高は二千石である。

分家の三四郎にいたっては、わずか三百石であった。

(上方では、新規に家来を召しかかえるばあい、その器量の次第では思わぬ高禄にて取り立てられるということがはやっているそうだが、奥州伊達家はさような乱階はあってはならぬ。

譜代功名の家来を落胆させ、やがては秩序をみだし、お家が崩れ去るもとになる)

そう信じていた。

茶室というようなものではないが、目付の遠藤三四郎が使っている部屋の一つに、炉が切ってある。

赤座は、そこへ招じられた。

「なんの御用かな」

と、赤座はすわるなり、そういった。この伊達家からの目付をこのましい存在だとは思っていない。

「貴殿は上方でのお暮らしが長かったゆえ、茶がお好きでござろう。田舎ぶりの点前《てまえ》ながら一服さしあげたいと存じ」

言いながら遠藤三四郎は、田舎ぶりどころかあざやかな点前で茶をたて、赤座刑部にすすめた。

四半刻ばかり、さりげない時間が流れたが、やがて遠藤は、

「常陸佐竹家牢人とやら称する車藤左、あれをいつまでお飼いなされるおつもりかな」

と、意地のわるい目で赤座をみた。

「飼う？　どういうことだ」

「いや、失言した。あの者はまだ貴殿の手でつかまらずに黒橋村に潜伏しているらしい。あまりの悠長なことゆえ、貴殿が放ち飼いになされている虎かと疑ってみたりした」

「やくたいもない」

「いつ、首になさる」

遠藤三四郎は、底光りのする目で、赤座刑部を見た。が、すぐ言葉をかえて、

「さきほど、大崎の伊達丹波殿から使いの者がきた。四五日中に兵一千をひきいてこの城におはいりなさるという」

「心得た。まだ普請は半ばを出たところであるが、夜を日についで仕事をいそがせれば士卒の寝泊まりの場所ぐらいはなんとかなろう」

「上方では、徳川内府どのが諸侯に軍令をくだし、いよいよ上杉征伐に参られるとのことでござるぞ」

「ほう」

予期したところだ。ただ期日がうわさよりも意外に早いというだけのことである。

「それも心得た、普請をいそがせよう」

「さて、常陸牢人と称する上杉家の間者のことだ、そう、車藤左」

言いながら、遠藤は赤座刑部から目を離さなかった。うわさがある。遠藤はそれを耳にしている。

――赤座刑部は上杉家に内通しているのではないか。

ということだ。さきに捕まった車藤左を切りほどいたのはほかならぬ赤座刑部だということがひそかにささやかれているし、目撃者まである。

「じつは城内で悪いうわさがある。刑部殿お手前は車藤左としめしあわせ、上杉家に通じているということだ。すでに禄一万石が約束されている、とまでまことしやかに言う者がある。――いや」

と、遠藤は手をふった。

「わしは信じてはおらぬ。しかし、さようなうわさがあるということだけは貴殿も知っておいてもらいたい」

藤左が、村びとをつかって城内にまきちらしているうわさが、いよいよ生き動きはじめたらしい。

(身の破滅を呼ぶのではないか)

とおもいながら、赤座刑部はおううと忍び会いをつづけている。

この男の立場上、会う場所も選ばねばならなかったし、刻限も夜でなければならなかった。いつも黒橋村の裏山で会った。橅《ぶな》、樅《もみ》、樫《かし》の多い雑木山で、中腹に、「山椒平《さんしょうだいら》」という小さなくぼ地がある。この日の夕刻、赤座刑部は小者をおううのもとに使いにやり、「戌《い》ノ刻《こく》、例の場所で」という切り紙を手渡させた。

この夜、刑部がその場所で待っていると、おううが小さなたいまつを持ってやってきた。

「おううか」

「そうです」

相変わらず、ちぎって捨てるような、そっけない返事である。そのくせ変に女くさいなまなましさがにおっていて、いつもながら赤座刑部の情念を物狂おしくさせた。

「これへ来い」

といったが、いつものようにおううは、刑部の手のとどかぬあたりで腰をおろした。まだ刑部は、おううの体までを手に入れていない。それが約束であった。猫の外法仏ができあがれば刑部のものになる、というのがおううとの約束なのである。

(くだらぬ約束をおれは守っている)

と刑部は自分のふがいなさを思うのだが、相手はただの娘ではない。村巫女としての権威とほこりと神秘をもつ娘だ、と刑部はおもい、そう思うことが、一方で情念を掻き立て、一方でうかつに手を出すことを制御している。

「あす、猫が百匹そろう」

「もう?」

「大崎のほうまでひとをやって狩りあつめてきた、猫をどこに置く」

と、刑部はつばをのんだ。猫がそろうことによって、この娘を手に入れることができるであろう。体の慄《ふる》えるような思いである。

(可愛い男だ)

と、そんな刑部を、おううもそう思わざるを得ない。赤座刑部といえば牢人ながら、この城の普請中はこのあたりの最高権力者ではないか。それが、まるで村の若者のような無邪気さでおううの口車に乗っているのである。

「どこに置く」

「八幡様の境内に」

と、おううは断定的な口調でいった。巫女の口調はつねに断定的でなければいけない。とまどっては、相手に権威をうたがわせることになるだろう。

「八幡大明神の宝前でなければいけないのです」

「そんなものか」

「大きな檻をつくって入れておいてください」

「そうしておく」

「刑部様」

おううは、絶句した。赤座刑部の人柄のよさにうたれたのである。

「あなたは、いいおひとですね」

思わず身を投げだしかける衝動をあやうくおさえた。藤左への思慕とは別に、赤座への愛情が、はっきりと芽ばえた。

その夜、偶然、車藤左はおううに会うべく五兵衛の家の裏口まで忍んできたが、気配をうかがっても、おううはいない。

(村巫女め、どこへ行ったか)

藤左は小鼻のまわりを掻きながら思案をしてみたが、おううが帰るまで待つしかなかった。用は、黒橋村の女子どもを、どういう工夫で上杉領へ退避させるか、という相談だった。もはや事の成否はおううにかかっている。

藤左は、裏口を離れた。

裏山に登ってみようと思った。裏山から星空の下を眺望すれば、あるいは上杉領になにかの変化があらわれているかもしれぬ。

偶然とは、馬鹿げている。

その裏山の登り口で、笹のなかから飛びおりて地上に立ったのは赤座刑部だった。たいまつを持っている。

(あいつ、刑部ではないか)

と藤左はその影を見つめていたが、やがてその刑部らしい影が、藤左のひそんでいるそばを通りぬけようとした。

ぱっ
と藤左が寝ころんだまま反射的に抜刀したのが、この冒険ずきな若者の不覚だった。それよりもすばやく赤座刑部の影が跳躍し、抜刀し、藤左の刀をはねあげ、たいまつの火を近づけた。

「なんだ、車藤左か」

と、赤座刑部は予期していたような声をあげた。ひどく親しげな声音である。

「胆力はあるが、兵法を知らぬ。おぬしの腕では闇討ち一つできまいよ」

と、赤座刑部はいった。

(そのとおりだ)

と、藤左は思いつつ、一方全身の感覚を耳にあつめ、赤座の声の裏を聞きとろうとした。奇妙なことに、赤座刑部の音声には、敵意というものが感じられないのである。

「ちょうどいいところで会った」

と、赤座は、畑にたいまつを逆さまに突きさして揉み消し、闇をつくった。

(なんのために?)

藤左は、不審に思った。たいまつを消したのは他人の目を怖れるためだが、赤座刑部には怖れねばならぬ理由があるのか。

「藤左、おぬしにはこれで二度恩を売った。以前、牢から逃がしてやった一件と、たったいまのこの始末とだ」

「待ってくれ、牢からおれを？」

愕然《がくぜん》とした。あのときたれが自分を解き放ったかということが気になっていたが、まさかこの赤座刑部とは思い至らなかった。

「本当か」

「おれは牢人だよ」

牢人で技術を売って生きている、伊達家にも上杉家にも、本来の恩讐はない、だからおぬしをたすけた、という意味のことを言った。

「伊達家は譜代衆が無用に威張る家で、どうも住みづらい。そこへいくと対岸の上杉家は牢人や外様を優遇している」

「上杉家に鞍替《くらが》えするつもりか」

「条件《はなし》の次第ではだ」

筆者いう。戦国の世は一面からみれば牢人の世である。

応仁《おうにん》の乱以後、大名の治乱興亡がはなはだしく、一将滅べば牢人がちまたにあふれ、一将興《おこ》ればかれらが吸収される。

が、戦国も時を経るにしたがって技能のある牢人が優遇されるようになった。

技能の最高のものは、天下の政情に洞察力があって軍事・外交に堪能、という軍略家の能力である。その代表的なものは織田家に召しかかえられた美濃牢人明智光秀、すこし時代がさがって大坂城の傭兵《ようへい》隊長になった真田幸村、後藤又兵衛などがある。

これにつぐ格は、百以上の隊を指揮できる実戦指揮官としての能力者である。塙《ばん》団右衛門などがそうであろう。

剣や槍の熟練者の牢人もいる。いわば歩卒のわざだけにこれはもっとも格がひくく、召しかかえられる場合の禄もひくかった。宮本武蔵などがその好例であろう。

いずれにせよ、この時代、器量と志ある牢人はひろく天下を周遊し、自分の目で主人をえらび、これはと思う大名に仕えた。気に入らねばすぐ主家を退転した。

「七たび牢人しなければ一人前の武士とはいえない」

とさえいわれた。

ところが、能力ある牢人を大いに優遇する傾向のあるのは、畿内《きだい》を中心に、山陽道、東海道の大名がおもで、九州、関東、東北、といったところはその点で遅れている。ことに東北がもっとも遅れている、といっていい。

権力交代の地から離れすぎているせいか、技能を尊重し大胆に他国者を家臣団にとり入れてゆくことに、臆病であった。それよりもむしろ鎌倉の武家組織のように、家の子郎党という譜代重恩の家士を尊重し、血縁でむすばれた主従関係で運営されている。

赤座刑部のことだ。

この西国牢人が、伊達家の家風に絶望しはじめているのは、そういうことであろう。自分の技量を、政宗という英雄の庇護《ひご》のもとでのばそうとした。ところが、意外に支障が多い。目付の遠藤三四郎の猜疑《さいぎ》ぶかい態度がそうである。

「上杉家に通じているのではないかというわさがある」

といわれたとき、この男の不満はほとんど爆発しようとした。

が、技能者は不敵なものだ。自分の技能へのほこりがあっても、主家への忠節心はうすい。

「伊達家が自分の技能を尊重してくれないとすれば上杉家はどうであろう。上杉家は開放的で、能力ある牢人には召しかかえ早々に城主や城主格にしているというではないか」

そういう川むこうからの風聞をきき、むしろ上杉に自分を売ろうと思いはじめた。ところがその橋渡しになってくれる者がない。

(車藤左はどうか)

軍略家らしく赤座刑部は、敵国の間者を逆に利用しようとした。

(二股をかけようというのか)

藤左は、赤座の意中がやっとわかった。

「心得た」

とのみいった。が、上杉家に話をつけてやるとは確約しない。車藤左にも関東ふうな保守的武士気質が残っている。赤座刑部の、上方ふうな渡り奉公人の性根がすきではなかった。

しかしこの場合、そういう感情は出せない。ことさらに親しみをみせ、

「武士にも、土地によってさまざまなかたぎがあるものだな」

といった。

「車藤左は常州だな」

「奥州ほどではなくても、箱根から東だから古風な気質が残っている」

「鎌倉ふうの」

「それに、佐竹家だからな。日本の大名のなかでは最古の家系だ。箱根の西のほうにむらがり出ている出来星大名とはちがう。気ままに退転したおれなんざ、古風の佐竹家の家中にあってはとびぬけた変わりだね。そのおれが、おぬしに驚いている」

赤座刑部の、徹底した自己中心主義の考えかたこそ、美濃、尾張、近江、伊勢、山城、摂津、播州あたりの先進地のものらしい。

「驚くことはない。あきんどが物を売るがごとく、武士も技能《わざ》と命を売っている。自分のすきな相手に売るのが当然なことだろう」

「まあ当然は当然だが」

が、そうは割りきれぬあたりに武士というもののかたぎがあると藤左は思うのだが、箱根

から西の赤座刑部にはそういう感覚がないらしい。

「あきんどのいう取引きと心得てもらえばよいのだ。上杉家に話をつけてくれぬか」

「一万石か」

と、藤左も真剣になってきた。

「よく見てくれた。その辺ならばわしの体面もそこなわれずに済む」

「しかし」

藤左は、赤座刑部を見た。

(この男は、一万石の代償になにを上杉家に持ちこむつもりか)

その意味のことを、藤左は遠まわしにきいてみた。

赤座は、とっくに刀をおさめてじっと腕組みしている。やがて、

「車藤左。申しておくが、わしは伊達家を裏切り、この城を焼いて上杉家に駆けこむ、それでもって一万石を得る、などと申すような愚行はせぬぞ」

「ほう」

意外な思いがした。今様の精神ならそのくらいのことはしかねぬと思ったのだ。

「この身一つで行くだけだ。赤座刑部の器量で一万石を拝領する。裏切りで一万石をもらえば、わしの名がすたる」

そんな道徳らしい。自分の技能に誇りをもつ以上、そういうことになるであろう。

それだけに藤左は赤座刑部をみごとだと思い、同時にやれやれとも思った。帝釈城はやはり自分の才覚一つで陥《おと》さねばならぬようであった。

# 炎上

その夜、観音洞では輪違屋満次郎がほとんど口もきかずにすわりつづけていた。

中条左内が一睡して目をさますと、満次郎はまだすわっている。

「どうした」

左内は満次郎のほうへ猪首をねじむけた。

「はあ?」

「どうした、というのだ」

「いえ、怖《こわ》くなっているのでございますよ」

「怖く?」

「へい。中条様、あたしはいままでだまって車様と中条様について参りましたが、このままでは自滅でございますな」

「満次郎、逃げるつもりか」

「まあ、それも考えてみました。が、逃げだしても山をくだるかくだらないうちに城方につかまってしまいましょう。あれこれと考えましたが、わが身のたすかる工夫は一つしかございませぬ」

「どういう工夫だ」

「中条様の寝首を掻いて城方に駆けこみ、訴えすることでございます」

「おいおい」

左内は起きあがった。

「お前、先刻からそういうつもりでおれの寝顔を見おろしていたのか」

「まあさようで」

満次郎は笑いもせずにうなずいた。

「冗談ではない」

左内は薄気味わるそうに自分の首筋をぴしゃぴしゃたたき、

「幾分、やせたかな」

と、別なことをつぶやいた。幾分どころではなく、左内はもともとが肥満体だっただけに人変わりしたほどに痩せはじめている。

「それでも贅肉《ぜいにく》が多うございますな」

「首筋にか」

「はい。斬るのにも骨、携《たずさ》えてゆくのにもさぞ重かろうと思いました」

「おいおい。さような物騒なことは笑いながら言え。お前、顔が正気すぎる」

「正気でございます」

満次郎は、笑わない。

「手前は堺にうまれ、新しい城下の江戸へ出、江戸にもあきたらず、会津若松に店をもとうかと思って、はるばる奥州街道をくだり、さらには伊達様の大崎にはいろうとしたりしました」

「それがどうした」

「世に望みの多い者でございます。このまま車様、中条様のようなやくたいもないお侍衆の物狂いの沙汰にまきこまれて、かような山中に身をほろぼすことを考えますと、居ても立ってもおられなくなりました」

「それでおれを殺そうとしたのか」

「自分を救わねばなりませぬ」

「やはり、お前は町人だな」

「町人でも命は一つでございます。それにこの輪違屋満次郎の志は、中条様や車様などの小侍とはちがって大きうございます。このような小城の一つや二つに興奮して命をすてるにはもったいのうございます」

ぎょろりと、満次郎は目を光らせた。

「頼む、世迷い言はもうよせ」

左内は、人柄のまるい男だ。相手の気持が針のように鋭くなってきても、それを真綿でくるんでしまおうとする心のはたらきをもっていた。

「飢えて寝不足になれば、だれでも人柄にないことを言い出す。輪違屋満次郎といえば春の満月のようにおだやかな男ではないか」

「どういたしまして」

満次郎は表情を変えずにいった。

「おめがね違いでございます。商いのしらべのために、二百里の道を踏み、道中の危険をおかし、たった一人でこんな奥州の山里までやってくるような男でございますよ」

「そうだな」

左内はもてあました。

「それで何かえ、あくまでもおれを殺して駆け込み訴えをしよう、という肚《はら》かえ」

「それを思案しております」

「そいつはあきらめてくれ。おれもまだ寝首だけは掻かれたくない」

「それは中条様のご都合」

「あたりまえだ、おれの都合だ。よせよ」

「さあね」

満次郎は左内の首筋のあたりをじろじろ見たから、さすがの左内も笑ってばかりもいられず、

「おれは侍だぜ。お前は町人。組打ちや物打ちとなればおれのほうが本職だ。寝首を掻こうと思ったってそうはいかない」

「そうでございましょうか」

「別の思案をしろ。無理だ」

「できると思います」

「寝首がか」

左内は腹が立ってきたが、ここで怒気を発すれば人間の関係などは唐茶碗《とうちゃわん》よりももろくこわれてしまうことを、この男は知っている。冗談にしてしまおうと思い、

「まあ、腕角力《ずもう》でも来い」

といって、右腕をさしだした。腕角力をすれば力の相違もわかり、寝首うんぬんなどは空思案にすぎぬことがわかるだろうと思ったのだ。

「腕角力？」

満次郎には、その方法がわからないらしくゆっくりと左内をのぞきこんだ。

「まず寝ころぶんだ」

「こうでございますか」

満次郎はあおむけにひっくりかえった。

「そうじゃない、腹這いだ」

双方、腹這いになり、右腕をあげ、ひじを地につけて手をにぎりあった。

「どうすればよいのでございます」

「倒したほうが勝ちだ」

「こうでございますか」

驚いたことに満次郎は無造作に力を入れ、まるで箸でも倒すように左内の腕をやすやすと倒してしまった。

信じられぬほどの大力である。左内はついに躍起になり、何度もやりなおしたが、そのつどばたばたと倒された。

「お前、そんな馬鹿力だったのか」

「中条様は非力でございますな」

満次郎は気味わるく笑った。

(まったく、気味のわるい男だ)

中条左内は起きあがって、まじまじとこの堺うまれだという輪違屋満次郎の顔を見つめた。

「満次郎、わしの負けだ。お前は強い」

「いいえ、あきんどが腕角力などに強くてもなにもなりませぬ。あきんどに必要なのは、才覚と度胸と、いかな失敗にもくじけぬ性根の三つでございますからな」

「三つが、あきんどのかんどころか」

「さようで」

「侍の大将もかわらぬな」

「諸事、物事は同じでございます。お侍衆だけが、ひとがましいのではございませぬ」

「そのとおりだ」

うなずきながら満次郎を見ると、その満月のような顔が気のせいか戦国風雲の豪傑のようにも見えてきた。

「満次郎、ところで寝首の一件はどうした」

「あきらめました」

「そいつはいい分別をしてくれた。おれもいますこし命があったほうがいい」

安堵した、という顔を作って、左内はもう一寝入りするために、ごろりと横になった。どこまでひょうきんでどこまで本気なのか、中条左内という侍も得体が知れない。

「中条様も、のんきでございますな」

「それだけが取りえだ」

「そのように怠けていて、城が奪れましょうか」

「藤左が働いている」

「なるほど、あのお侍はよくお働きになります。しかし、御才覚は心細いものでございますな」

「お前、なんぞ才覚があるのか」

「ございませんな。しかし、いまとなっては逃げだすよりいっそ城を奪ってしまったほうが命はたすかる、と思いはじめております。寝首をやめたのも、それでございます」

「そうかえ」

　左内は、まじめに聞き入っている。

「いや。満次郎、才覚があるのだろう。この窮状を救う才覚があるなら、藤左にもそう言うから、お前がわれわれの大将になってもかまわぬえ」

「こうとなっては八方ふさがりで才覚なんぞはございませぬよ。才覚なぞは、物事があげ潮に乗っているときに効くもので、物事すべてが裏目裏目に出る退き潮のときには、なんの効もないものでございます。退き潮のときにはじっと身をすくめて時機を待つか、それとも一か八かを賭けて、とほうもないやぶれかぶれの一手に出るしかございませぬ」

「商いなら身をすくめていられるが、戦さではそれが自滅になる。やぶれかぶれの一手とはどういうことだ」

「二ノ丸に火をつけるのでございます」

「おッ、言うわいの」

「さよう、あきんどでもいざとなればやってみねばなりませぬ。手前火術が人様よりも得意でございます。明夜、風の運さえよければ一夜で灰にしてみせましょう。そのかわり、火を発するとともに黒橋村の人夫衆が蜂起《ほうき》するよう、手はずをたのみます」

満次郎はじっとしていられなくなったらしい。荷物をまとめて洞窟から姿を消した。

藤左はその夜、陽が昇るまでのあいだ、死んだ与吉の家で寝た。

与吉の母親もふたりの妹も、当然、藤左に好意的で、藤左のために手足になり、二ノ丸の彦蔵のもとに使いに行ったり、観音洞の左内のもとに走ったりして、役に立ってくれていた。

日が高くなってから、おううが忍んできて納戸の藤左をゆりおこした。

(おううか)

となかば夢うつつで思い、そう思ったとたん、藤左はごく自然におううの腕をひきよせてみた。おううは素直に倒れかかった。

抱かれながらおううは抵抗もせず、かといって愛撫にこたえようともしない。応《こた》えるすべを、まだ知らないのではないか。

(妙な女だ)

ひどく艶っぽいかとおもえば、まるで少女のような青くささがある。

(おれを、兄貴ぐらいにしか思っていないのではないか)

伏見ではずいぶん遊んだはずの藤左は、ちょっと情けない気がした。思いきって、おううの膝に手を入れてみた。

「だめよ」

静かにいった。あらがいはしないが、言葉、態度に、それ以上の威厳があって、藤左にはそれ以上どうすることもできない。妙な女だ。あるいは、この村で、精神の貴族として育てられ、そう遇せられているために、大名の姫君などよりはるかに毅然としたなにかが、おううにはあるのであろう。

「いかんのか」

「おううは巫女だから」

「だめなのかね」

「そうよ」

そのくせ、その肉声が低く、独特の甘さがあって、藤左の劣情をはなはだしく刺激するのである。

「こまったことだ」

「こまったのは、私のほうです。そんなに呑気に寝ていて、だいじょうぶですか」

「なんのことだ」

「あきれた。あなたは、あのお城をとりに行ったんじゃないの」

頼りない、という表情を、薄暗い納戸のなかでおううはした。そういう藤左の、気おい立っているくせにひどく抜けたところもある一種の頼りなさが、おううをここまで藤左に深入りさせた何かであるらしい。

「おれもこまっている」

藤左は、自分がどうやら誇大妄想狂にすぎなかったらしいことを、おううにだけは正直に愚痴った。

頼みにしている対岸の上杉家のほうからなんの合図もなく、黒橋村の子女を退避させる舟を用意した、ということについても一向に連絡がない。

「今夜あたり、川を泳いで上杉領に行ってみようかと思っている」

「何刻《どき》に帰る?」

おううには何か算段があるらしい。


藤左は日が暮れてから黒橋村の裏山にのぼり、尾根を渡って国境いの川を見おろす崖ぷちに出ると、対岸をみた。

闇である。

(直江山城守が人数を出したというのに、その気配もないではないか)

それをたしかめぬ以上、藤左はどうにもならぬ気がした。崖をおりた。

ながい遊泳がはじまった。

力の消耗を避けつつ、ゆるやかに泳ぎわたってゆく。常陸人はゆらい、川泳ぎのうまさで他国に知られている。

藤左は闇のなかで音をたてぬように水を掻きながら、一種のむなしさを感ぜずにはいられない。

(いったい、事が成るのか)

以前、この川を泳ぎ渡ったときも、水中で同じ思いを感じた。水のなかの思案というものは、人間になにかしら自分の営みを虚《むな》しく感じさせるものがあるらしい。

対岸の崖にとりつき、しばらく息を入れたあと、崖の根に沿って瀬を歩き、ようやく砂地へ出た。

そこで上杉方の足軽三人に捕まったときほど、藤左は歓喜したことはない。

が、声だけはにがっぽく、

「物頭のところへ連れてゆけ」

と、要求した。

物頭は、森一つ隔てたむこうの大百姓の家を宿陣にして、兵を待機させていた。

長尾十左衛門という上杉家の支流の者で、二千石を食《は》み、直江山城守に与力衆として属している。

「舟は、川沿いの林の中に、百艘ばかりかくしてあります。貴殿からの合図ありしだい、いっせいに川へおろし、黒橋村の女子どもをひきとりましょう」

と、たのもしげに話してくれた。

「さて、合図はどうなさる」

「さよう」

藤左は考え、たいまつを三本、つづけさまに天に投げあげることによって合図にいたしましょう、といった。

「三本、つづけさまに」

と長尾十左衛門はうなずき、

「ほぼ、いつに相成ります」

「さて、明後日か」

藤左はいったが、自信がない。明後日は、寅《とら》の日である。できれば寅の刻に黒橋村の女どもの総移動を開始したいが、そうはうまくゆくかどうか。

藤左は、事実をつぶさに語り、赤座刑部のことも語った。

「事情、よくわかりました」

長尾十左衛門は入念にうなずいたが、しかし多少心細げでもあった。

「うまくゆきますか」

「ゆく」

藤左は、口だけは威勢よく言い、飯をふるまわれたあとふたたび川岸へ出、水にはいり抜き手を切って河心にまで出たとき、にわかに、前面の帝釈城で火の手があがったのである。

仰天した。

(妙な火だ)

と泳ぎながら藤左は山を見あげ、しだいにいぶかしくなってきた。

勢いがなく、ひどく火の色が陰々滅々としている。

(あれは果たして火か)

疑わしくなった。燃えあがることなく、ただ闇に血を流したように薄赤く天を染めあげている。

炎が、みえない。

河中で藤左がそう思ったと同じことを、黒橋村の上の八幡社の境内にいる赤座刑部も感じていた。

赤座は、境内に百匹の猫を入れた檻をすえて、おううに見せているのである。

猫の声がすさまじい。

「どうだ、おうう」

と、おううに言ったとき、山上から駆けくだってきた足軽の一人が赤座のそばにひざまず

き、

「火でござりまする」

と告げた。赤座はおどろいた。

「どこだ」

「ここからは見えませぬ。山上でございます」

すぐひとを大杉にのぼらせ、火元を見させたがやはり炎はみえず、山上のほうの闇がほの赤い程度だった。

すぐ八方にひとが飛び、やがてそれらがつぎつぎと帰ってきた。

「御本丸はごぶじでございます」

「二ノ丸は」

「ごぶじでございます」

「普請小屋か」

「いいえ、煙もみえませぬ」

「いったい、どこが火事だ」

「峰や谷々を駆けまわって検分いたしましたが、どこにも火気はございませぬ。どういうことでございましょう」

「おれにわかるものか」

「しかし、たしかに火気が山上を赤く染めていた、と言う者が多うございます」

「夢でもみていたのだろう」

赤座刑部は腹立たしくなってきた。このところ、どういうわけか、ささいなことでも気持がいらだって、つい態度がとげとげしくなる。

(眠っていないせいだ)

と、この男は自分でそう解釈している。このところずっと赤座刑部は夜の眠りが浅い。

「おうう」

と、赤座は火事の話題から、猫の話題にもどった。

「外法仏《げぼうとけ》になる猫、この檻のなかから捜しておけ。おれは山中を検分してくる」

赤座は笹の茂った小道をかきわけ、二ノ丸の峰にむかってのぼりはじめた。

赤座の心は、落ちつかない。

実は先々夜、藤左とあのような会話をかわしたあと、この男は抜け目なく上方から連れてきた若党に手紙をもたせ、川むこうの上杉方の隠し陣所に使いにやったのである。藤左一人の橋渡しでは当然、不安に思ったのだ。

使いはまだ戻らない。

赤座刑部が出した上杉方への密使は、その日の明け方になって、本丸の赤座の部屋へもどってきた。

「どうであった」

「はい、首尾よく」

と、懐《ふところ》から油紙につつんだ密書一通をさしだした。赤座はいそぎ披見した。

上杉方の物頭長尾十左衛門の署名のある手紙である。

文面の大意は、

「貴意、了承した。車藤左からも貴意については聞いていたところである。赤座刑部殿と申せば天下にひびいた器量人で、当家の大夫直江山城守の座談にもときどき貴殿のことが出る」

と、赤座をよろこばせるようなことが書かれている。事実、赤座は喜悦した。

(わしの名を、直江山城守などという海内《かいだい》にひびいた人物が知ってくれているのか)

有芸の牢人ほど、おのれの名声に執着をもっている種類の人間はない。当然であろう。主家もなく禄もない身では、世に立つよりどころはおのれの名声一つしかないのである。兵法者にしろ軍学者にしろ、大半はつねに名声に飢えきり、つねにそのことに飢餓感をもちつづけている。

長尾十左衛門は存外人間通らしく、そのへんの呼吸を心得ているらしい。

「さっそく貴意につき、若松なる直江山城守にまで急使を走らせたゆえおっつけ返事が参ろうかと存ずる。おそらく山城守にしても貴殿ほどの士を上杉家に迎えることに大賛成であろう」

文章は、丁重をきわめている。読みすすむにしたがって、確《しか》とは書かれていないが、すでに万石以上の身分を保障しているような匂いのある書きぶりだった。

さらに長尾書簡はいう。

「徳川家康奸謀をいだき、豊臣家の社稷《しゃしょく》を横領せんと企てている。わが上杉家は謙信以来名分なき戦いをなしたことがない。つねに兵を発するや義をもってするのがわが家の家風である。家康の奸詐《かんさ》見るに忍びず、まさに大奸討滅のための義戦の旗をひるがえそうとしている。天下の諸侯、義に感ずる者はことごとく上杉家とともに兵をあげるであろう。されば奸人滅亡は目前の事」

と書き、つづけて、

「貴殿が陣借りなされている伊達家は右の大奸に加担している。義なき者はついに滅ぶ。貴殿いまにして不義の伊達家に力添えすることの不条理にお気づきなされ、ふるって正義の陣に馳せ来たろうとなさる。日本国のために大賀しごくに存ずる」

と、結んでいる。

こういう儒教ふうの大義名分論というのは直江山城守の得意とするところで、いまなお戦国の実利主義が天下を支配しているおりから、いわば先進思想といっていい。

（この末尾のくだりは、いかにも上杉家らしい）

赤座刑部は、上杉家独特のこの観念主義にはなんの興味もないが、とにかく自分がいまやろうとしている裏切りが、単なる裏切りでなく「正義」であるといわれて悪い気持はしなかった。

赤座刑部は、思案した。

（この転身にはみやげがいるのではないか）

そのことである。伊達家から単に上杉家に脱走するだけでは曲がなかろう。仕官するにあたって上杉家に利のある功名をたてて若松城に乗り込む。されば刑部への評価もあがり、処遇もかわってくるのではあるまいか。

赤座刑部はこまごまと思案し、ついに、

（この城を上杉家に進呈しよう）

という結論に立ち至った。どうせ伊達家を裏切るのである。単身脱走しても悪名はまぬがれぬ。しかしながら城ごと上杉家に持ちこめば、話は一変する。これは悪事ではなく軍略になる。

（世間とはそういうものだ）

小悪は悪にすぎない。大悪は政治・軍略、という名でよばれるものだ。世間が受ける印象は、悪人赤座刑部というものではなく、逆に大器量人としての盛名を得るであろう。

（甲州の故武田信玄がそうであった。信玄は若いころ実父を国外に追って政権をうばった男だ。単に実父を殺しただけなら悪人だが、政権をうばい、武田家を相続し、甲州の守護大名となり、士民を撫育し、武威を天下に張ったればこそ信玄は英雄の名をほしいままにした。大悪は大善に通ずるものらしい）

と、赤座刑部は考えた。

（さればおれがこの城を奪る）

が、城内にいるのは、目付遠藤三四郎をはじめすべて伊達家の人数である。よほどの策をもちいなければ城はとれない。

（車藤左をつかうことだ）

論理は自然、そこへゆく。藤左の活動をかげながら支援し、ときには積極的に知恵をさずけ、ついには伊達勢を追って城を奪らしめる。しかし。——

（それでは車藤左の手柄になってしまう）

城を奪ったあと、藤左を、刑部みずから手をくだして斃《たお》すか、それとも他に斃させるか。いずれにせよ藤左をこの地上から消滅させてしまう。しかるあと、上杉家の人数を城に迎え入れる。

（それしかない）

刑部の思案は、それで完結した。あとは行動があるのみである。

赤座刑部は、二ノ丸の峰へのぼってゆく。

二ノ丸にのぼると、番小屋では例の怪火光のうわさでもちきりだった。

「どのあたりで見たのか」

と赤座がきくと、峰の西のほうで見たとか、いやうぐいす谷の樅《もみ》の木のむこうであがったとか、目撃談がことごとくちがう。

「案内しろ」

と、赤座はそとへ出た。目撃者たちがそこだと主張している場所をことごとく踏査してみるつもりだった。

「花火にちがいない」

赤座は、そう見ている。花火ならば打ちあげた場所にさえゆけば煙硝のにおいは嗅げるだろう。夜半になるまで峰にのぼったり谷へおりたりして歩きつづけ、やがて連れている人数からはぐれてしまった。

これが、この男の運命を変えた。

赤座刑部は、執拗な男だ。

歩きやめない。

それに夜半の山中、ただの人間なら物のあやめもつかぬはずだが、赤座の視力は夜行動物のような力をもっているらしい。

赤座には見えるのである。

聴覚、嗅覚も、異常に敏感だった。本来、動物的な肉体の力をもってうまれついているのであろう。

(もう一度、火光が見えるはずだ)

それを期待している。さらには、

(どこかで煙硝のにおいが嗅げぬか)

と、風の味を鼻のなかであじわい分けつつ熊笹を分け、樹間を歩きつづけてゆく。

目的は一つである。

(怪火は、車藤左の仕業に相違ない)

ということであった。赤座は、車藤左を山中の現場でおさえつけ、それを配下とし、自分の手足として動かそうとしていた。

(上杉家で一万石——)

それが、赤座刑部の行動の最終目的であった。

赤座には、動物的な精気がある。この男はつねに滴《したた》るようなあぶらぎった欲望で自分を行動させていた。

本来、欲がつよい。

(おれはそう生まれついている)
赤座は、自分のなかに貪婪《どんらん》ないっぴきのけものが居ることを知っている。
(それがおれを、異常人たらしめている)
欲望の過剰、あくことを知らぬ貪婪さこそ英雄豪傑の条件であろうと赤座刑部は信じ、自分を美化し、つねにその欲望のために動こうとしていた。
(平清盛しかり、斎藤道三《どうさん》しかり、松永弾正しかり、すべておれと同質の英雄たちだ)
赤座刑部は、幼少のころ、山城国乙訓《おとくに》郡あたりの山寺の小僧であった。内典を学び、外典《げてん》を学び、その理解はひとに超絶していた。
十六歳のころ、中庸こそ最高の美徳であると説く礼記《らいき》を読み、たまたまこういう文章が目にふれた。
おごりは長ずべからず
欲はほしいままにすべからず
志は満たすべからず
楽しみはきわむべからず
(なにごとか)
と学問のくだらなさに気づき、書物を投げすて、寺をとびだして世間に出た。
ゆらい彼は礼記のこのくだりとは逆に生きることをもって乱世の処世法とした。

余談がすぎた。

赤座刑部のこの一種熱気を帯びた捜索が、意外な結果をえた。

観音洞を発見したのである。

もはやこのあたりは密林といってよく、樹木が天をおおい、土肌がつねに濡れて乾くときがない。

ふと樹間からひとのささやく声がきこえた。赤座はその声の聞こえるままにまに木の下をくぐりぬけ、洞の入口に立った。

洞のなかから、女の声がきこえてくる。

観音洞には藤左が戻っていた。

(おや?)

と、中条左内と顔を見合わせた。

(洞の入口に、ひとがいるらしい)

双方、目顔でそう語りあい、双方同時に大剣をつかんだ。が、藤左は、

(おれがゆく)

と、左内をおさえた。危険はすべて、藤左の担当だという約束になっている。

藤左は、うまれつき危険の感覚のにぶい男らしい。のそのそと入口まで出て行って、

「たれだえ?」

と、静かにいった。

「ひとがいるなら、おはいり。遠慮のいらぬことだ」

あたりは闇である。

「おれだよ」

闇の茂みのなかから、押しころしたような声がきこえた。声の様子では身をかがめ、万一の用意のために抜き打ちの姿勢をとっているらしい。むろん藤左の目にはみえない。が、危険な場数を好んで踏んできたこの車藤左という男には、皮膚の感覚でありありとみえるらしい。

「藤左、剣をすてろ」

(おや)

赤座刑部の声だった。その声が、ひどく強圧的で、ずしりと底ひびきがした。赤座にすれば、この声に魂胆がこもっている。藤左を配下にしようとしているらしい。

「ああ、捨ててもよいが、用は何かね」

「すこし、話がある」

「話か」

藤左は、がらりと剣をすてた。話に剣はいるまい、とこの放胆な常陸人は、さらりと赤座の言葉を信じた。無用の危険感覚は人間の結びつきをさまたげる、と藤左は思っているし、この場合もそうおもった。

「捨てたよ」

「そちらへ行くが、洞のなかに何人いる」

「おれをふくめて三人だ。ふたりは侍、一人は町人だが、どれもこれも、お前さんからみればとほうもない善人だ。おれをもふくめてこの三人ではとてもこの城はとれまいよ」

「仲間かね」

「ああ、仲間だ」

「女がいるだろう。声がした」

「気のせいだろうな、お前さんの」

と、藤左はくすくす笑いだした。赤座はあの弾機《ばね》のはいったような剛健な体でこの山中にこもりきり、城普請の指図に明け暮れている。女がほしくなって、ついには幻聴を聞いたのだろうと藤左はおかしくなった。

「あれは堺からきた町人で輪違屋満次郎というやつの声さ。そいつは男のくせに女まがいの声をもっている」

赤座は、藤左のいかにも人懐っこい声調子に安堵し、それにさそわれ、剣を鞘におさめて立ちあがり、洞のなかにはいった。

左内も満次郎も仰天した。

なるほど赤座刑部という男の野心についてはすでに藤左からきいている。それにしてもこの城の、普請の総元締めが、自分たち城取り仲間の前にのこのこあらわれたのである。

「これが、おぬしの一味徒党かね」

と、赤座刑部は、油断なく、しかし将領らしい大度な微笑をみせて見まわした。

「藤左」

赤座は呼びすてにしている。

頭ごなしに大将株をうばおうとする魂胆がみえすいていた。

(城を奪ることが目的なのだ。赤座刑部が大将であってもかまわない。むしろここでそう確約しよう)

藤左はそう思い、

「赤座殿、貴殿には器量がある。われらの頭目としていただき、われらは貴殿の与力、郎従のつもりでいたいがどうか」

「結構だ」

「されば、引きあわせよう。これは上杉家の馬回役にて中条左内」

「わしは赤座刑部」

と、赤座はかるく頭をさげた。

「こちらは堺うまれのあきんどで輪違屋の満次郎、小間物、白粉《おしろい》などを売るが、ひとつ侍にもない能がある。花火、煙硝の術に長じている」

「ああ、あの怪火は、そちか」

「さようで」

輪違屋は、不愛想なつらつきでうなずき、しかし頭だけはひくく垂れた。

「なぜあのようなことをしていた」

「調整した煙硝をためしていたので」

「なぜためす」

「二ノ丸か本丸かを、一時に焼きはらってしまおうと思っておりましたので」

赤座はだまった。寝返りはうったものの、自分が苦心をかさねて築きつつあるこの小城を、一炬《いっきょ》のもとに焼きあげてしまうということの話題は、あまり、快くないらしい。

「車藤左か中条左内がそれを命じたのか」

「いえ、勝手に」

「勝手ばらばらにそちらは動いているのか」

「へい、まあ」

「勝手気ままに動くのは、結局は上杉家に不忠になることだぞ」

裏切り者ほど、忠義、不忠義などという道徳論をもち出したがるものだ。

「いえ、あたしはべつに上杉家の家来ではございませんので」

「ふむ？」

赤座は妙な顔をした。

「いやいや、赤座殿、待った」

と、車藤左は話題をうばい、そもそもこの城取り党結成のいきさつから話した。

藤左の言おうとしている眼目は、「要するに、おたがい、生きる一生をおもしろくしようというのではじめたわけさ。べつに、三人、上杉家から命ぜられてこんなことをしているわけではない」

「すると利益だけで結びついた仲か」

「いや、そうでもない」

「ふむ？」

赤座には、この三人のそういう酔狂さがわからないらしい。

「妙な連中だな」

「さよう、妙な連中さ。あんたがこの仲間にはいるとすれば、あんただけが正気、ということになるな。なにしろ成功すれば一万石以上、という魂胆は、あんただけだよ」

# 急変

赤座が、輪違屋満次郎を連れて観音洞から去ったあと、中条左内は、

「藤左、世にあんないやな感じのする男はふたりとあるまいな」

と、こぼした。

「それでおぬし、正気であの男を頭《かしら》にするのか」

「する。おれは赤座に仕える。大将株のおれが赤座に仕える以上、自然左内、おぬしもあいつの配下になるわけだ」

「へーえ」

「左内、そう感情をむき出すな。仕事をする場合、自分は人間にあらず、道具だと思え」

「道具？」

「鋤、鍬と同じ道具だ。もともと仕事というものは人間を道具にするものだ。道具になりきらねば、城をとるという大仕事は成就せんぞ」

「赤座も道具か」

「ああ、りっぱな道具だ。裏切り、というすさまじい機能をもった道具だ。満次郎は火術をする道具。つまりいま、裏切り道具が、火術道具を連れて行ったわけだ」

「お前はなんの道具だ」

「いつもいっている。危険仕事をうけおう道具だ。つまり刀だな」

「おれは?」

「金という道具」

「ことごとく情けないものだ。みんな人間ではない」

「これが仕事というものさ」

仕事とは本来非人間なものだ、と車藤左はいった。その仕事に必要な機能をそれぞれの人間からひきだし、組織化し、人間を機能だけで使い、動かしてゆく。

「人間どもがもっともよき道具になりきったときに仕事は成就するのだ」

「情けない」

「左内、道具に化けろ。道具が泣いたり情けながったりしているうちは、化けぞこないの道具だ。城をとりおわればもとの人間にもどっていいさ」

「早く人間に戻りたいものだ」

「もどるどころか」

藤左は、別なことをいった。

「わるくゆけばあすか、明後日《あさって》、死骸になるかもしれないぜ」

明後日、城は未完成ながら大崎の本城から伊達勢がこの帝釈城にはいってくるのである。その伊達勢入城の前夜、つまりあすの夜、藤左ら城取り仲間はいっせいに活動を開始する、という手はずを、いま赤座刑部と取りきめたのである。藤左が「人間にもどるどころか、わるくゆけば死骸になりはてる」という意味は、あすの夜のことをいっている。

「なんの、そいつはかまわぬさ。死骸になることこそ人間らしい」

と、中条左内はにぶい表情でいった。

ふたりは、洞内で日暮れを待った。

その間、おううが忍んできたり、二ノ丸の普請小屋から人夫頭の彦蔵がやってきたりして、

「明夜」

という正念場《しょうねんば》のうちあわせをした。


目付の遠藤三四郎はその日、朝から家来三人をつれて、ほうぼう工事場をまわった。

(明後日には、大崎の御本城から人数がやってくる。人数が果たして収容できるか)

というのが、巡視の目的であった。

本丸から降り、まず三ノ丸の普請場をまわった。

赤座刑部が、本丸と二ノ丸の突貫工事に重点をおいているため、この三ノ丸方面の工事が

もっとも遅れている。

それにしても遅い。

「なんだ、まだ堀の掘鑿《くっさく》さえおわっていないのか」

と、三ノ丸普請役人の外島十兵衛という者をつかまえて、遠藤は苦情をいった。

「掘りあげた赤土に、草がはえはじめているではないか」

掘りあげた土に草がはえるというのは普請役人の恥辱のようなもので、それだけ仕事のはかどりがおそい証拠である。

「赤座殿が三ノ丸の普請には冷淡で」

と、外島十兵衛がこぼした。人夫の割りあてなども三ノ丸はすくないという。

「いざ敵襲のばあい、三ノ丸などはまず焼きはらわれてしまう。いわば焼きはらわれるために三ノ丸はあるのだ」

というのが、赤座刑部の理論である。赤座にいわせればこういう辺境の小型城塞のばあい、敵襲を受ければ味方の本軍の到着までの二日間を維持するだけでいい。だから三ノ丸での平地戦などは無用のことで、むしろ味方が三ノ丸をみずから焼きはらい、さっさと山上の本丸、二ノ丸にのぼって籠城戦をやればよい。そのため工事なども遅れてもいいのだ、というのである。

「赤座刑部の言うことももっともだが、それにしてもひどすぎるではないか」

堀はまだ半分程度。

防戦用の柵だけはさすがに早く工事をおわっていて、それも三重に結いめぐらし、堂々たる景観をなしている。

「しかし柵だけでは馬防ぎはできぬぞ。堀ができあがらねば簡単に破られてしまう」

「手前もそう思いますが」

と、外島十兵衛はいった。

「しかし赤座殿は堀を掘る人夫を、この三日前から作事（建築）方にまわされてしまったのでなんともなりませぬ」

「作事方とはなんだ」

「あれでございます」

と、外島十兵衛は、そのあたりに槌音も騒がしく建ちはじめている急造の長屋、小屋を指さした。

「大崎から御人数が参るそうでござりまするな。その御人数を収容するための作事でございます」

（なるほど赤座の指図ももっともだ）

と、遠藤は一応は理解しながらも、感情ではなっとくできなかった。

が、外島十兵衛の前で赤座の悪口をいうわけにはいかない。その感情を、

「人夫が怠けているのだろう」

という罵声にこめた。そうののしると、感情が自分でも意外なほど激してきた。

事件をおこす男というのは、最初におこすべき感情がある。

(けしからぬ)

目付遠藤三四郎は、だらだらと働いている人夫の群れを、血走った目でながめわたし、

(斬る——)

と、覚悟した。あとは斬るべき人間をさがすだけのことである。

現場を案内する外島十兵衛にも、その気配が感じられたらしい。

(いかん、遠藤殿の気をそらさねば)

とおもい、

「なにしろ、人夫どもが仕事に気を入れぬのもむりはございませぬ」

といった。

「なぜかね」

遠藤は、懸命に感情をおさえているらしくぶきみなほど静かな声でいった。

「三ノ丸は旧赤土村の土地でござりまするからな」

「いかにもさよう」

「人夫は、赤土村の百姓どもでございます」

「そのとおり」

「その人夫、つまり旧赤土村の百姓どもは、自分の家をたたきつぶし、自分の田畑を埋める仕事をさせられているのでございます」

「賃銀、米などをあたえてある」

「いや」

もどかしそうに外島十兵衛はいった。

「人間の感情は、銀や米を与えた、というだけでおさまるものではありませぬ。自分が先祖からひきついだ家屋敷をこわし、自分が丹精した田畑をつぶす仕事が、はたしてうれしいものでございましょうか」

「十兵衛、そちは何を言おうとしているのかね」

「大きな声では申せませぬが、赤座刑部殿は上方第一の軍法上手というふれこみでございましたが、軍法のうち最も肝要なるは人心をつかみ、ひとを動かすということでございます。この使い方では、まるでその逆ではございませぬか。それがしならば」

と、外島はいった。

「黒橋村の人夫をここの三ノ丸に使って村潰しをさせ、赤土村の人夫は本丸、二ノ丸で使うが至当、と存じます。その点、赤座殿は用兵を誤りましたな」

現場の責任ではない、ということを、外島十兵衛は遠藤にさとってほしいのである。うわさでは、赤座と遠藤は不仲であるというではないか。

が、遠藤は、その言葉に乗らなかった。そこは目付としての職能は心得ている。

「人の悪口は申されるな」

と、かるくおさえ、目だけはその会話とは別に人夫のほうに走っている。

二ノ柵のそばに、十人ばかりの人夫が休息している。

足を投げだして寝そべり、そのぶざまさは生理的に不快をそそるほどだった。

その一人が、女人夫をしきりとからかっており、それが遠藤の感情を刺激した。

遠藤は無言で近づき、馬鞭をすて、刀の柄《つか》に手をかけるなり、抜き打ちに斬った。

あたりに霧のように血しぶきが舞いたち、首が七八間むこうまで飛んだ。

斬られた男は、赤土村の円蔵という若者だったことが、遠藤三四郎の立場を、より不幸にした。

円蔵は、陽気で世話好きな男だったから村でも評判がよかった。その円蔵が、罪もなく骸《むくろ》になりはてている。

「聞け。夫役《ふえき》に懈怠《げたい》があるとこのとおりであるぞ」

と、遠藤は血刀をおさめながら、現場一同に申し渡した。

が、みな、わざと遠藤の顔を見ようともせず、さまざまな姿勢のまま沈黙している。それが遠藤の癇《かん》にさわった。

「いまの言葉、聞こえたか」

と、叫んだ。が、赤土村の百姓どもは、そっぽをむいてだまったままであった。

(まずいことになった)

と、この現場の普請役人外島十兵衛は、どういう姿勢をとってよいかわからずに身をすくませている。

昔、といってもさほど以前ではないが、織田信長が上洛して将軍義昭《よしあき》に献上するための邸館を造営したころ、工事がなかなかはかどらない。信長は現場を視察し、労働態度のわるい人夫のもとに近寄るなり、太刀を一閃して首を刎《は》ねた。これがために現場の風規は粛然となり、大いに普請がはかどったという話がある。

有名な話で、当節、武士たる者は一種の知恵としてだれでもそれを知っている。

(遠藤様はそれを見ならわれたに相違ない)

が、当時、天下の副将軍ともいうべき存在だった信長にしてはじめてできることだ。信長という、人夫にとって雲の上の貴人なればこそ粛然ともし、その話が逸話になったのである。遠藤三四郎ふぜいが、この片田舎の築城工事でそれを用うべきではない。

(すこし、気勢《きお》いすぎられたようだ)

ひやりとする冷たさが、この三ノ丸現場一帯の空気を占め、遠藤と外島とが、みじめなほどに浮きあがった。

遠藤は神経の細《こま》い男だ。その空気をありありと感じとった。しかしいまさら、顔を笑《え》みくずして人夫一同の機嫌をとるわけにはいかないではないか。

逆に出た。

「外島十兵衛、一同に返事をさせい」

「どのような返事を、でございますか」

「知れたことを。ただいまわしが訓戒した言葉に対し、一同地に膝をついて、ごもっともでござりまする、以後気をつけまする、と言わせればよいのじゃ」

「普請中は」

と、外島はこまった。

「殿様がいらっしゃらぬかぎり、作法会釈はせずともよい、というのがしきたりでござるゆえ、さような土下座はさせられませぬ」

「させよ」

遠藤三四郎は、もはや彼自身が屈辱を感じはじめている。一同に土下座させる以外、自分をこのみじめさから救い出す手がなかった。

「させよ」

と、さらに目付遠藤三四郎はいった。

現場役人の外島十兵衛はこまったが、目付の無理は通さねばならない。

「さればさようにはからいまする。しばしこれにてお待ちを」

と遠藤をその場で待たせ、自分は小走りに走って百姓の群れのなかにはいり、赤土村年寄りの長兵衛という者のそばにゆき、

「長兵衛、申されるとおりにせよ」

とささやいた。

長兵衛は、返事もせず、仏頂面《ぶっちょうづら》を空にむけている。温厚な老人だが、いまの遠藤の行状にはよほど腹が立っているらしい。

「な、さようにせよ。一同土下座をして、かしこまりました、と申しあげるだけですむことだ」

「さようなあほうなことができますかい」

長兵衛は、これも小声で、しかし声を慄わせながらいった。

「考えてもみなされ、なんの悪いことをしたわけでもない円蔵をこの場で殺され、それでなおかつ、ご訓戒身にしみてござりまする、と土下座できますかよ」

「それを申すな」

「いや、申さねばなりませぬ。円蔵の女房もあれにおります。あの樅《もみ》の木の下にて身を地に投げて泣いておるのが円蔵の女房でございます。せがれもひとりある。老父もいる。そればかりか、円蔵の弟、叔父、いとこ、またいとこ、などという係累が、この場でうようよと働

いておりまする。それらの心根はどうであろう。その心根を無視してこの長兵衛が、村の者一同遠藤様に土下座せよ、と申されますか。いかがでございます」

「そのとおりだ」

と、外島十兵衛は小鼻に卑屈なしわをよせ、泣きそうな顔でいった。

「わしにはその気持がわかっている。しかし、あの方を窮地に追いこむな」

「何とおおせられました」

「あの方は、追いつめられて崖のはしまで来た手負い猪《じし》とおなじことだ。これ以上追いつめると、かえって牙をむきなおして勢子《せこ》のほうにむかってくるぞ」

外島は、遠藤の立場と心理をそんな例で説明したのだが、被害をうけた百姓どもにはわからない。

「何をおおせある。遠藤様が手負い猪とはたわけたことを。殺されたのは当方じゃ。遠藤様こそ、土下座をしてわれらにおあやまりなされ。さよう、そうなされと伝えてくだされ」

「理不尽な。武士が百姓にさようなことができるかよ」

「されば、われら一同、いずれが理か、いずれが非か、これより大崎（伊達家の本城）まで行って黒白を相つけましょう」

一揆である。

外島十兵衛は戦慄した。

「長兵衛、年がいもないことを申すな。百姓が徒党を組むことは大罪中の大罪ということを存じておろう」

長兵衛は、沈黙した。

気まずい時間が流れた。

最もむざんなのは、加害者であり、土下座を命じた遠藤三四郎であった。百姓の無言抵抗にあって、去ることもできない。

(この場で去れば、上《かみ》の威をうしなう)

かといって百姓どもの白眼のなかで立ちつくしているのは、どういうものであろう。つらかった。

いっそ百姓どもの群れから頓狂者がおどり出て、

「鬼ッ」

とかなんとかわめきつつ遠藤三四郎に打ちかかってくれるとよい。遠藤はそれを大喝してそれを斬りすて、さっさと立ちのけばよいのである。

要するに、退《ひ》くシオがない。

(うまい退きぎわはないか)

考えた。が、よい思案もなかった。

(こういうとき、たくみにひきぎわが作れるのが人間の器量というものだ。おれにはその器

量がない）

自己への嫌悪をもふくめて、遠藤三四郎は目にふれるすべてを憎悪した。

（下役人の外島十兵衛がわるいのだ）

外島が、機転がきかない。

この下役人さえ気はしのきく男なら、遠藤のつらい立場がすくわれるのである。

たとえば気のきいた男なら、百姓が土下座せずとも大喝一声百姓どもをどなりつけ、

——追って沙汰をするぞ。

などと口頭でおどし、遠藤の体面を立て、遠藤に対してみずから地に片膝でもつけて、

——この不始末はそれがしの不始末でござりまする。遠藤様になりかわり百姓どもを重々
折檻《せっかん》いたしまするゆえ、まずはこの場をおひきとりくださりまし。さ、こちらへ。

などと、さっさと遠藤を百姓どもの見えぬ場所までつれてゆくであろう。

が、現実の外島十兵衛はちがう。

無能そのものの顔をぶらさげてうろうろするのみである。

そう思うと、外島十兵衛への憎悪が、にわかにつのってきた。

第一、遠藤の視野のなかにある外島十兵衛の態度はなんであろう。

（あいつ——）

村年寄りの長兵衛に小腰をかがめんばかりにしてあやまっている様子ではないか。

（ふらちにも、下《しも》におもねっている）

　上におもねるよりも弊害が大きい。役人としては最も始末にわるい型である、と、遠藤はみた。

（さらにおれの悪口をいっておるのではないか）

　とさえ、外島の物腰、表情は、そうとることもできた。長兵衛をなだめる会話までが聞こえてきそうであった。

　――な、長いものには巻かれろという。目付にはなんとも口ごたえできぬ。

　そこまで想像したとき、遠藤三四郎は、

「外島ッ」

　と、叫んでしまっていた。

　思わぬことを、外島に対し口走りそうであった。遠藤は自制をうしなっていた。

　外島十兵衛は狼狽して駆けてきた。

「なんの御用でございましょう」

　見あげた目が負け犬のように卑屈で、それが遠藤の嗜虐心《しぎゃくしん》をいよいよあおった。

「あの老人に何を申していた」

「いえ、なにも」

「何も申さずにあれほどの長ばなしをしておったのか。そちはわしを愚弄するのか」

「め、めっそうもない」

「さればなぜ、土下座をさせぬ。百姓どもはわが下知をきかぬばかりか、わしを取りまいて不穏の気勢を秘めている」

「い、いや、さようではござりませぬ」

「抗弁するか」

遠藤は、叫んだ。

「わしは目付である。目付といえば合戦のばあいは軍監。軍監と申せばお屋形様の御名代であり、その言葉は殿様のお言葉である。そちがわしの下知を用いぬことはすなわちお屋形様に対してむほんの心を抱くとみられてもしようがない」

「むほん」

外島十兵衛は仰天した。自分のような卑賤の小役人がむほんとはなにごとであろう。

「遠藤様、なにをおおせられます」

「申すな。そちのこの一件、ありのままに大崎(伊達家の本城)に言上《ごんじょう》し、しかるべき御沙汰を乞《こ》うつもりだ。上《かみ》に御慈悲があれば切腹、しかしながらまずまず打ち首までは覚悟せねばなるまい」

「打ち首……」

外島十兵衛は、さすがにそこまでいわれて卑屈の態度をすてた。やぶれかぶれの声で、

「武士にむかって打ち首とはなんとしたことを申されますぞ」

切腹は名誉、打ち首は恥辱、ということになっている。廉恥心の病的なばかりにつよいこの時代の武士のことだ。外島も例外でない。これには、遠藤も持てあますほどに錯乱した。

が、あとにはひけない。

「とにかく、大崎に言上するわ。それまで身を慎んで沙汰を待っておれ」

遠藤は去った。

外島十兵衛は、その直後、大崎の城下に若党を走らせて妻子の脱走をはからせた。妻子を、上杉領に逃げこませるのである。そのあと、むろん自分も逃亡する。

そういう算段であった。恐怖が、この男を機敏な行動へ駆りたてた。

(上杉領へ。世は広いのだ。上杉領を経て大坂へ走り、そこでしかるべき伝手《つて》をもとめてしかるべき大名に仕える)

三ノ丸で働いている赤土村の連中は、現場役人外島十兵衛の悲運の現場を、ありありと見てとっている。

「外島様、川むこうへお逃げなされませ」

と、耳打ちする者もある。

が、外島は、青い顔で返事もしなかった。すでに手を打っているのだ。その秘密を、百姓に知らせることはない。

遠藤は、山上の本丸に帰った。

そのあと、思わぬ異変がおこった。


異変とは、こうである。

遠藤が本丸に戻ったとき、遠藤の家来一人と若党一人が、旅支度をととのえて待っていた。

「どこへゆく」

と、不審をもった。

「お忘れになりましたか。大崎までお使いに参りまする。殿が昨夜、大崎まで手紙をもってゆけとお命じなされたではござりませぬか」

（ああ）

それを忘れていた。十日に一度、遠藤は大崎の伊達兵部という家老まで、城普請の進行に関する連絡便を出している。このふたりは、その仕事でゆく。

「行け」

遠藤は、なにもかもむしょうに腹立たしく、あごをしゃくった。

「では参りまする」

と、家来が一礼し、若党が挟み箱をかつぎ、本丸を降りて行った。

（外島十兵衛のやつ）

不快はそのことである。

(三ノ丸の普請を懈怠《げたい》しているうえに、わしに生涯の恥をかかせおった)

かといってあの三ノ丸の普請現場で遠藤が宣告したように、

——大崎に言上してくれる。

などということは、毛頭実行する気はなかった。目付の権威をたもつうえで、あのときはああおどさざるを得なかった。

(効果はあるだろう。外島はまれにみる小心者だ。謀反、切腹、打ち首、などというひびきのつよい言葉でおどしておけば、夜も眠れぬにちがいない)

外島がおれの言葉に戦慄しているであろう、と想像することだけで、遠藤はやっと自分の胸をしずめている。

が、人間というものは、遠藤がおもうほどに単純なものではない。

遠藤のあのときのおどしは、遠藤の目のとどかぬ場所で、さまざまなかたちで連鎖し、いくつもの波紋をひろげはじめていた。

まず。——

手紙をもった家来と若党が本丸を出発したのは、陽の傾く刻限である。

赤土村を出て半里ばかりゆくと、広野、という地名の原がある。

その原にさしかかったころは、すでに夕闇が濃くなっていた。

雑木林がある。

その林のなかを通ったとき、樹間からいきなり竹槍がのびた。

遠藤の家来が絶叫して脇腹をおさえ、若党が仰天して挟み箱をほうり出した。その若党も、躍りかかった影に、一刀で斬り伏せられている。

死体のそばに立ったのは、柿色の麻布で顔をつつんだ小柄の武士である。外島十兵衛であった。

挟み箱のなかをあらため、書類をうばって懐に入れると、あわてて去った。外島は、その書類が遠藤の自分に関する報告書だと信じていた。

他に仲間はいない。


「広野の雑木林で、ひとが殺された」

といううわさは、電雷のように走り、その日の日没までに本丸、二ノ丸、三ノ丸の普請場にひろがった。

「殺されたのはただびとではない。目付遠藤三四郎のご家来ふたりで、しかも大崎へゆく公用の途中であった」

うわさは、正確すぎるほど正確だった。なにしろふたりの使者が殺された直後、普請場の下役人が人夫十数人をひきいて通りかかっている。その連中が、ことごとく目撃した。

このうわさは、この日の夜八時ごろ、観音洞にいた車藤左のもとにもたらされた。報告者は赤土村の三次という若者である。中条左内が密偵として使っている。

「おもしろくなったな」

藤左は、胸がおどるほどの思いで、このうわさをきいた。かねがね、

(大事というものは、いかに綿密な計画をたてても、成功するものではない。むこうから何がしかの破綻が出て来ねばならぬ。その破綻を機敏に巧妙につかまえて当方の目的に逆用してこそ、事は成功するのだ)

といういわば「事をなす原理」というようなものを藤左は考えていた。

(このうわさこそ、むこうからころがりこんできた破綻ではないか)

「もっと話せ。とにかくおもしろい」

「いや、おもしろいどころではないんで」

と、三次という若者は、慄え声でいった。

「あのふたりを殺した下手人の疑いを、三ノ丸で働いている赤土村の連中にかけられております」

「お前の村の者に?」

「へい」

「なんだ、お前の村の連中が殺《や》ったのではないのか」

「旦那までそんなことを」

「しかし、そうとしか思えまい？」

藤左は、この日の昼、三ノ丸普請場でおこった事件をきいている。赤土村の若者がひとり、目付の遠藤三四郎に斬り殺された。遠藤は人を斬ったうえ、現場の村の衆に、

——土下座をせよ。

といったという。村の衆は無言の反抗をし、みなそっぽをむいた。遠藤は激怒し、

——一揆をおこす気か。大崎に報告する。

といきまいたというが、赤土村の連中にとって大崎に報告されればとほうもない弾圧が来る。見せしめに何人かは殺されねばなるまい。

「それを怖れて、大崎へゆく使者を殺したのではないか。しかも道具は竹槍だというぞ」

「旦那、ちがいます」

と、三次がいったが、その声は弱々しくなっている。三次もまた、

(ひょっとすると村の衆のだれかが？)

という疑問をもっているのであろう。

「わしまでそう思うようでは、城方が赤土村を疑うのは当然だろう。三次、こうなっては赤土村を救う道は一つしかないぞ」

「どんな？」

「一揆だ」

と、車藤左はいった。

「どうだ、このさい、今夜にでも赤土村は一揆をおこしてしまえ」

「だ、旦那」

「こわいのか」

と、車藤左は、ひとのわるい目をした。ゆらい、政治も革命も城取りも悪人のわざである。

「こわがらんでもよいぞ。一揆をおこして城に火をかけ、そのまま上杉領へ走りこむだけでいいのだ」

「しかし」

「も、くそもあるか。いまから赤土村にもどって一揆をおこす支度をしろ。一揆大将として中条左内をさしつかわす。城に火をかけるのは、おれの手もとで、輪違屋満次郎という火付けの名人にやらせる。今夜、火をかける」

「しかし」

「三次、ためらうな」

と、藤左は、大きな目をむいた。藤左の目はそれを剝《む》き出すと常人にない異様な光を帯びる。その目に見られているうちに三次は奇妙にもその気になり、ふらりと立ちあがった。

「すべて、中条左内の下知に従え。左内のいうとおり動いておれば、なにもかもうまくゆく」

「どうも、ひざが」

ふるえるらしい。三次は、ふらふらと歩きだし、洞窟を出た。そのあとを、中条左内が追って出た。

「輪違屋」

と、こんどは藤左は満次郎をよび、

「二ノ丸を燃やしてしまえ」

と、陽気に弾《はず》みをつけていった。こういうときの命令は、竹の伐《き》り口のようにすっきりとしていなければならない。すこしでもあいまいなところがあったり、陰気な口調で言っては、被命令者の満次郎の行動がにぶる。

「いますぐだ。おれといっしょにゆこう」

藤左はくるくると身支度をととのえ、洞窟を出た。

「ひどい闇だ」

ふたりは手さぐりしながら山の中を歩きはじめた。

小一時間ほどして、二ノ丸の普請小屋の前にたどりつき、黒橋村の人夫をつかまえ、

「おれだ、藤左だ。一大事がおきた。彦蔵はいるか」

彦蔵は、横死を遂げた与吉の兄で、藤左のためには命を捨ててもいい、といっている男で

ある。

藤左と満次郎は、杉木立のなかにひそんでいる。やがて彦蔵が出てきた。

「彦蔵、えらいことになった。今夜、赤土村の連中が一揆をおこす」

(彦蔵までだますとは、おれは悪人だな)

とおもいながら、さらに低い声で、

「この二ノ丸にいる黒橋村の連中も、いっせいに立ちあがれ。一揆大将はおれ、副大将はお前だ」

「しかし麓の村にいる女子どもは?」

「大丈夫」

と、藤左はいった。すでに対岸に上杉家の物頭長尾十左衛門が人数をひきいて舟艇を用意して待機している。こちらから合図しだいでいっせいに舟を出すはずだ、と藤左はいった。

そのときから、車藤左の韋駄天《いだてん》のような活動がはじまった。

彦蔵と満次郎に二ノ丸放火のことを命じおわるや、真暗な山道をころがるようにして、麓の黒橋村へかけくだり、五兵衛の留守宅に駆けこんで、おううに会った。

「おうう、今夜、夜明けまでに村中の女子どもを対岸へ逃がしてしまえ」

「舟の用意は?」

おううはかえって落ちついている。

「すぐできる」

と、手はずを教えた。裏の山上で対岸にむかい、たいまつを三度投げると舟の群れがこちらへ漕ぎ寄せることになっている、と藤左はいった。

「合図は、私がやるの？」

「たれかにやらせてくれ。なにぶんの人手不足だ」

「だいたい何刻ごろ？」

「そうさな、あと四半刻（半時間）かもしれんし、一刻（二時間）かもしれん」

「頼りない」

「さよう、われながらそう思っている。実は二ノ丸で、いま火の手があがるはずだ。彦蔵と満次郎が二ノ丸に火をかける」

「それで？」

「そう、その火炎を見ればすぐ裏山へかけのぼって対岸へたいまつの合図をしてもらう」

「だって、川岸の番所をどうするのです。番手《ばんて》（番士・番卒）の衆が女どもを通しはしませんよ」

「そうだろう」

と、藤左も頼りない。

「どうするの？」

「哀れだが、わしが二ノ丸炎上とともに川岸の番所に斬りこんでみな殺しにしてしまう」

「大丈夫？」

「まあ大丈夫だろう。ところで、例の百匹の猫はどうしたかね」

「檻？」

おううは、いった。

「二ノ丸に置いてあるわ。だけど、よさそうな猫がいなかったから、まだ外法仏《げぼうとけ》にする猫を選んでない」

「わしにくれるかね」

「どうぞ」

おううがうなずくと、藤左をその場に残して出て行った。村中の女どもに伝えにゆくのだろう。

藤左はその間、五兵衛の女房に頼んで湯漬けを用意してもらい、三椀つづけさまに掻きこんだときに、表が騒然となった。

人がわめき、足音をたてて駆けてゆく。

（満次郎め、やったか）

藤左は椀を投げすてると、路上にとび出し人々とともに駆けた。

山が、燃えている。

(すこし、早かったかな)

そうだろう。おううはまだ村中に連絡に行っている最中で、裏山から対岸へ合図をするようなゆとりがない。

(おれも、粗漏《そろう》な男だ)

藤左は、やみくもに走った。

もっとも、藤左の狼狽はほんのわずかのあいだのことだ。

(こう、走っていて、何になるか)

と、すぐ自分の愚かさに気づいた。行動をせねばならぬ。

(巧緻《こうち》なつもりだった城取りの計画も、ことごとく食いちがってしまっている。おれの計画なんざ、大穴のいくつもあいた投網のようなものだ)

もはや「計画」にない臨機の行動をすべきであろう。

藤左の足は、川岸の番所にむかって宙を飛んでいた。目的は番手の衆をことごとく斬ろうとしている。が、よく考えてみると、いま、おううが上杉方へ合図もしていないときに斬ってもどうにもなるまい。

(いかにもどうにもならん)

いまいちばんの急務は、炎上している二ノ丸の山上に行って、黒橋村の人大の指揮をとることだった。

（が、川岸の番所の衆を斬っておかねば、後刻、黒橋村の女子どもが川を渡ろうとしたとき、みな殺しになるのではあるまいか）

そのとおりであろう。しかし川岸の番所で手間どっているあいだに、二ノ丸山上の男どもはどうなるか。

（これまたみな殺しになるかもしれぬ）

山上の男どもを見殺しにするか。

山麓の女どもを見殺しにするか。

（どちらを見殺しにしても、城はとれぬ）

しかし藤左の身は一つである。

（どうすればよいか）

よい思案はない。

が、藤左は決断すべきだった。山麓の女子どものほうは、おううの機知と度胸にまかしておくしかない、と思った。

藤左は、弾丸のような勢いで、大手門から山道を駆けのぼりはじめた。まわりを、足軽衆ものぼってゆく。

藤左に気がつかない。ひとりが駆けながら、

「おめえ、たれだ」

と、邪気のない声で話しかけてきた。藤左は駆けながら右腕をのばし、無言でその男の首に腕を巻きつけ、ひきずるようにしてのぼった。

ほどなく、足軽は死骸になった。

(南無頓証菩提《とんしようぼだい》)

藤左はすばやく道わきの叢《くさむら》に死骸をひきずりこみ、装束をぬがせてわが身につけた。

さらに駆けた。

やがて二ノ丸の山上に出ると、あたりは炎で昼のようにあかるい。火のもとに、城方の人数があつまり騒いでおり、そのなかに大声で消火を指揮している赤座刑部や遠藤三四郎の姿もあった。

(なんてえ、こった)

藤左の計画は、ここでも裏目に出ている。

最初、二ノ丸に火の手をあげて、すぐ二ノ丸と本丸の間の柵を遮断し、黒橋村百姓どもによる二ノ丸籠城を考えていたのだ。ところがいまはそれどころではない。城方の連中がほとんど二ノ丸にはいり込んでしまっているではないか。

(ことごとく失敗かな)

藤左は、暗がりに身をひそめながら思った。

火勢はいよいよ猛《たけ》って、二ノ丸の櫓《やぐら》だけでなく武者走りまで燃えはじめた。

その炎のあかりのなかで、藤左は、人足姿の輪違屋満次郎を見た。

(あいつ、豪胆な)

満次郎は、立ちさわぐ人の群れのなかにまじりながら、悠然と腕組をして火炎をながめている。

——火の出来映えはどうか。

と、画工が、自分の作品の仕上がりをじっと眺めているような格好である。

(町人だが、あの男が、われわれの仲間でいちばん器量も度胸もある)

藤左は立ちあがり、城方の衆に怪しまれぬよう、群れとともに動きながら、しだいに満次郎に近づいた。

「満次郎」

と、小声でよびかけると、満月のように屈託のなさそうなこの男の顔が、ふりむいた。

「どうです」

というふうに、満次郎は、炎へあごをしゃくった。

「結構だ」

というふうに、藤左もうなずいた。

そのあと藤左は満次郎をさそって物陰へつれてゆき、

「本丸も、やれるかね」

「さあ、どんなものでしょう。この人出じゃちょっと」

「城方の連中は、みなこの火事で二ノ丸に集まっている。本丸で仕事はしやすかろう」

「さあ」

「なあに、火をつけなくてもいいんだ。花火を五六発、打ちあげてくれれば、城方の連中は素破《すわ》こそ、と狼狽して本丸のほうにゆくだろう」

「やってみますか」

「やればすぐこっちへ戻って来いよ。二ノ丸と本丸の柵を閉じてしまうから」

「人を三人、くれますな」

「彦蔵に言おう」

藤左は、炎のかげから彦蔵をさがし出してその旨を言うと、彦蔵はすぐ気のきいた男を二人、満次郎につけてくれた。

「ところで彦蔵、二ノ丸の普請小屋に、例の猫をとったときのまたたびが残っているそうだが」

「ありますよ」

「ついでに、そいつも本丸へ持たせてやって、ばらまかせておいてくれ」

「ようがす」

「さらに」

と、藤左はいった。

「本丸に花火があがれば、城の衆は大部分そっちへ飛んでゆくだろう。そのすきに柵をおろして二ノ丸は孤立する。二ノ丸に残った城衆のうちに、手ごわいのはわしが斃す。足軽はみなで斃せ。そのことを、耳から耳へと伝えておいてほしい」

と言いおわると、藤左は離れようとした。

「どこへおいでなさる」

「いま一度、麓へおりる」

藤左は、半刻でもどる、と言いすてて闇へ消えた。

藤左は山を駆けおりて黒橋村の村道を走り、五兵衛の留守宅に駆けこむと、五兵衛の女房が、

「おううはいませんよ」

と、小鼻にしわを寄せ、つめたく言った。

「おや、そうかい」

「おううは、村中上杉領へ逃散《ちょうさん》するんだとかなんとか言って、みなをそそのかせているようですけど、村の者はそうは簡単に動きませんよ」

「動かねば城の衆に殺されるだけさ」

と、藤左は、事情を話した。が、五兵衛の女房は、そうたやすくは乗って来ない。

「あんた、上杉様の間者でしょう？　ご自分に都合のいいことばかりいって」

「まあ、おううにまかせておけ、死にたくなければ」

言いすてて藤左は表へとびだした。山上の火明かりで道が薄暮のように明るい。

（どうも、うまくゆかん）

駆けだそうとしたところへ、いきなり長槍がぎらりと胸もとで光った。あやうく身をひいたが、前後左右をかこまれてしまっている。

（斬りぬけられるか）

と、身を低くして相手の人数をかぞえてみた。七人である。

ぱっと、藤左は飛びあがって前面の敵を斬り倒し、その血しぶきをとびこえて川岸の番所のほうへ駆けだした。

「川岸へ逃げる」

と、口々にわめいて追ってきた。追手にすれば藤左の意図がわからない。川岸へゆけば逃げ場を失って絶体絶命におち入るだけではないか。

藤左は、番小屋にとびこんだ。

飛びこむなり、番卒の一人を斬り、一人を逃がした。

藤左は槍をうばい、番卒の死骸を背負い、川岸へ走るなり、ざぶりと投げこんだ。

「あっ、川へ飛びこんだ」

と、追手が叫んだとき、藤左はすでに背後にまわっていた。背後から声も立てずにふたりを突き伏せ、はじめて口をきいた。

「おれは車藤左だ」

見まわすと、残った四人には、侍がいない。すべて足軽装束の連中である。

「すでに山上の本丸も二ノ丸も上杉勢に攻めとられた。いずれ明け方までに三万の大軍が川を渡ってこの麓にやってくる。城は落城、伊達方は四散、残っているのはお前たち川岸の番所の衆だけだ。命が惜しくば」

と、藤左は、声を落とした。

「逃げろ」

足軽はすでに臆していたのだろう。「逃げろ」と藤左が言ったとき、もう足音だけを残して闇に消えていた。

(ひとつ、事が済んだ)

藤左は大手門にむかって駆け出すと、闇のなかから、人影が飛びだしてきた。

「おッ」

と、刀をふりあげたとき、刀下におううがうずくまっている。

「私よ」

と、この女は、相変わらず落ちついていた。

「すこし、うろたえた」

と、藤左はおううの落ちつきぶりにわが身が恥ずかしくなりながら、助け起こした。

「川岸の番所は、もうひとはおらん。黒橋村の女子どもがひきあげるとなれば、いまだ」

「そう」

おううは、落ちついている。

「早く裏山へあがって、例のたいまつの合図をしたほうがよかろう」

「もう、しているころよ」

おううは、言った。別な女を、裏山へ駆けのぼらせているらしい。

(この女のほうが、おれより大将の器量がある)

と、藤左はわが身が情けなくもある。

「車さん、事が大きすぎたわね」

「この城取りがか」

「ええ」

おううも、自信がなくなりはじめているようだ。彼女は村中駆けまわって説きつけたが、女どもはそう軽々しく動かないらしい。

「女どもは、全部上杉領に移るだろうな」

「私は移るけど」

「おいおい、お前ひとりじゃだめだぜ」

と、藤左は、あわてた。

「みなはどうだ」

「亭主持ちの女なんて、別ね」

問題はそれらしい。娘のおううからみれば事は簡単だと最初は思ったし、みなも一応はなっとくしてくれたが、いざ村を捨てて逃げる、という段になると、

――山の上に亭主や息子がいる。

ということで、腰があがらないらしい。亭主や息子をすてて村を逃げる、ということが女どもにはできない様子だ。

「二ノ丸にいる亭主や息子も、あとで逃げるんだぜ」

「それは言ったわよ」

だが、村の女どもにすれば、亭主が家をまとめて逃げる、という形態でなければちょっと腰があがらないのであろう。

「妙なものね」

「笑っていてはこまる。それで、どうなのだ。みなが村を逃散《ちょうさん》してくれるのか」

「わからない」

「山上では、一揆がおころうとしている。早く逃げないと、女子どもは伊達勢に殺されてしまうぞ」

「半分ぐらいは、逃げるでしょう」

「とにかくその半分を、この川岸へ集めてくれ。半分逃げればあとの半分は引きずられて逃げだすものだ」

「あ」

おううもそれに気づいたらしい。あわてて駆け出して行った。

そのあとを、闇から飛びだしてきた人影が、槍の穂をきらめかせて追った。

藤左はその影に追いすがって、背後から頸部めがけて叩っ斬った。

十分である。

ころがったその男にとどめを刺し、刺しおわると大手門にむかって駆けた。

藤左が山上に駆けのぼると、すでに騒ぎがはじまっていた。

本丸が燃えはじめている。

(輪違屋満次郎め、でかした。花火をあげるより火を掛けるほうがはるかにいい)

本丸の火を見て、赤座刑部、遠藤三四郎らはあわて、いそいで二ノ丸の人数を本丸にむかって駆けさせ、藤左が山上に登りついたときは、すでに人数が本丸に去ったあとだった。

「彦蔵、彦蔵」

と、藤左が駆けて彦蔵を見つけた。

「柵は閉じたか」

二ノ丸と本丸を遮断する柵である。彦蔵ははげしく首をふった。

「まだ、なんで」

と、その理由は口ではいわず、まわりを指さした。

城方の人数が、ぜんぶ本丸に行ったわけではない。まだ二ノ丸に三十人ばかりの士卒が残っている。

「わかった。みなにこう伝えろ」

と、藤左はいった。士分が四五人だからそれは自分が片づける。あとの足軽は黒橋村の百姓二百人で片づけろ、というのだ。

「しかるのち、一揆のむしろ旗をあげる」

「麓の女子どもは？」

彦蔵にも、老母と嫁と子どもがふたりいる。それが気になっている以上、おいそれと一揆をあげる気にはなれないのであろう。

「大丈夫だ」

と、藤左はうそをついた。

「いま、上杉領へ退去した。村中ことごとくだ。おれがこの目で見とどけてきた」

「本当でございますか」

「おれが嘘をついたことがあるか」

言いながら、

(悪人の仕事だな)

と、心の片すみで思った。

彦蔵は駆けて行って、おもだった者に藤左が言った一件を伝えた。その連中はすばやく二百人の人夫に同じ言葉をささやき、囁きは短時間で全員にひろがった。

二ノ丸の火は、衰えはじめている。闇が、深くなった。

(おや)

と、藤左は立ちすくんだ。火のむこうで、異常な音響がきこえはじめたのだ。

(地崩れでもおこるのか)

地が唸《うな》りはじめた、としか思えない。どよめくような音である。

この異音は、二ノ丸に残留している城方の者にも、当然きこえた。

「火の、むこうらしい」

と、かれらは、口々に言い騒いだが、さすがに気味がわるいのか、すぐに音響のきこえる方向に動こうとしない。

(猫だ)

と藤左がとっさに気づいたとき、この男は矢のように飛び出していた。猫の群れが、檻に入れられている。ざっと百匹はいるだろう。その百匹が、おそらく本丸の火のなかに投じられたまたたびのにおいに興奮してさわぎはじめたのであろう。

藤左は、猫の檻に飛んで行った。

火が、そばで燃えている。檻の前にかがんでふたをあけた。

どっと猫の群れが飛びだした。方向は一つである。まるで毛皮の洪水が奔流しはじめたように本丸にむかって駆けてゆく。

藤左はすぐそばにいた黒橋村の若者をつかまえ、「猫が、本丸の方角へ逃げた、と十度、わめけ」と命じた。

若者は駆けまわってそれを喚いた。

二ノ丸に残留している三十人ばかりの士卒も、その叫び声をきいた。

なるほど、猫の群れがゆく。ことごとくが一つ方角に走っている。

「捕えろ」

と、闇のなかで叫ぶ者があった。車藤左である。

「赤座様が大事に飼いならしてござった猫だぞ。いっぴきでも捕えろ」

と、藤左も黒いかたまりになって猫のあとを追った。それにつられて十人ばかりの足軽が、ばらばらと走った。

二ノ丸の峰から駆けくだると、馬の背のような尾根にさしかかる。そのさしかかるほんの手前に柵がある。

柵の門は、まだあいている。

藤左は、十人ばかりの足軽衆を先にやらせ、そのあとゆっくりと内側から門を閉め、かんぬきをかけた。

かけおわったとき、藤左の挙動を怪しんだ士分の者四人が門ぎわまで駆けてきて、

「うぬは何者だ」

と、叫んだ。そのときはその声をくぐって車藤左は槍をうばい、たちまち一人を突き伏せ、さらに槍をまわして一人を足払いに掛けた。

生きている。

無残ながら、上から拝み突きに突き殺し、さらに一人の槍を避けた。

「うぬは、上杉家の間者か」

「似たようなものだ」

藤左は、頭脳よりも体を働かせることに長《た》けているらしい。欣喜《きんき》するように跳ねまわり、駆けちがい、折り敷き、さらにとびあがりつつ敵を追いこめ、一閃、急所をめがけて突きだした。

敵は右脇の具足のあきどころをつらぬかれ声もなく倒れた。

「彦蔵、彦蔵、いまこそ喚け」

と、藤左は駆けながら叫んだ。

彦蔵に聞こえた。

「よう候」

と大きく藤左に返事し、例の一揆宣言を大声で呼ばわり、用意のむしろ旗をひるがえした。

「一揆の大将は車藤左、軍監は黒橋村彦蔵」

と最後にわめきおさめると、二ノ丸のあちこちに群がっていた村びとが、応《おう》、応、応、と矢声をあげてそれに応じた。

「士分はことごとく討ち取ったぞ。伊達家の足軽衆にいう。いまなら谷へでも落ちて逃げうせることもゆるす。五つかぞえあげるうちに谷へ落ちよ」

と、藤左はよくとおる声で叫んだ。

藤左は、いまのところ策のことごとくが当たらなかったが、この策だけはあたった。足軽はみな槍を捨て、先をあらそって逃げ崩れ、谷へ飛びこんだ。

これが、午後十一時すぎである。

藤左は百姓どもに獲物を持たせ、本丸に通じる東ノ柵と大手門に通じる西ノ柵をとざし、兵糧をつかわせた。

本丸では、赤座と遠藤がいる。

火は大事に至らぬまえに消しとめたが二ノ丸の異変を知って愕然とした。

「一揆か」

赤座刑部は、すぐ手の者を掻きあつめ柵にむかって押し出そうとした。

「むだだろう」

と、目付の遠藤三四郎はいった。

「この夜陰、こちらから押し出すのは一揆の手に乗るようなものだ。むしろ今夜は柵のこちらの手前でさかんに篝火《かがりび》を焚き、一晩中、鉄砲を射ちに射って百姓どもをねむらさずに置き、夜があけてから臨機に策を立てるほうがよい」

そのほうが、当を得ている。

が、赤座刑部にすれば、この一揆は車藤左に出しぬかれたようなものだ。

(あれほどまでに締盟《ていめい》したのに、おれを出しぬいて事を挙げた)

様子を見にゆかねばならぬ。それには柵に近づく必要がある。

「わしは行く」

ひどく焦った顔でいった。

「赤座殿、それよりも打たねばならぬ手があるですな。麓の女子どもはどうなっています」

「ふむ?」

胸中複雑だから、顔色が冴えない。

「赤座殿、私は大崎から差し遣わされている目付の身だが、お手前はこの築城に関しては奉行として采配をとることをゆるされている。であるのに、ただうろたえなさるばかりで、これをどう鎮めるかの方策を樹《た》てようとはなされぬ」

「うろたえてはおらぬ」

「されば策は一つではないか。二ノ丸山上の百姓どもは、女子どもを麓の村に残している。それをことごとく縛りあげて、この本丸の山上に登らせ、柵の手前に据えおき、一揆をやめねば女や子どもを斬り殺す、と言えばそれまでではござらぬか」

そのとおりである、と赤座は思った。そのためにこそ黒橋村の女子どもを人質と考え、川岸の番所に監視させてあったのだ。

「いかが」

と、遠藤は問いかさねた。

刺すような目で、赤座の表情の裏を見ぬこうとしているようだ。

赤座刑部は、かねがねそういう遠藤の目つきを腹にすえかねている。その感情が、この火急の場で妙なぐあいに爆発した。

「貴殿は拙者に下知をなさるのか」

「いや、下知ではない」

遠藤はいよいよ落ちつきはじめた。

「自分の役目を果たそうとしているだけのことである。拙者は目付。目付はお屋形様のお代官として貴殿を督励するにある」

「聞いておれば、なかなか軍略に明るい。そこまで差し出口をなさるのなら、この山上は貴殿にまかせよう」

と、赤座刑部はふてくされて言った。

「思うがままに下知をなされよ。拙者は一手をひきいて麓へくだる。女子どもを村から追い出し、この本丸へつれてくる」

赤座は言いすてて去った。

あとで遠藤は、舌を打った。

(渡り者め)

信頼はできない。渡り者は、おのれ一個の名誉や功名を考えるのみで、伊達家そのものがどうなろうとも意にもとめていないのだ。自分一個があるだけ、御家などは眼中にない。

「与十郎」

と、遠藤は家来の一人をよんだ。

「赤座刑部は黒橋村へゆく。あとをつけて十分に監視せよ」

さらに与力の士のなかからふたりを選び、この騒動を大崎に急報せしむべく出発させた。

(大したことはない)

遠藤は自分にそう言いきかせていた。この騒動はあくまでも築城奉行である赤座刑部の責任であって、目付である自分の責任ではない。

(騒ぐ必要はない)

と見ている。いまの急使が大崎へつけば、大崎からの急援部隊があすの午後までに到着する。そうなれば、猫の額《ひたい》ほどに狭い二ノ丸に籠城している一揆など、ひと踏みに踏みつぶされてしまう。

(騒動そのものはそれで済む。あとは赤座刑部の落ち度が追及されるだけだ。わしとしてはあの男の落ち度のあれこれを集めておくだけでよい)

遠藤は、武者としてよりもお役目暮らしが長く、役人根性が身にしみついている。

(山上の下知は、赤座の責任だ)

と思い、目付の自分が指揮をとらねばならぬ理由はいっさいないと思ったが、それでもこのまま捨てておくわけにはゆかないので、柵の手前まで人数だけは出しておいた。

その人数が柵の手前に陣取ったときは、十二時をすぎている。

一方、柵の内側にいる車藤左は、百姓たちを十隊にわけて二隊だけを起こしてある。

「車様、城方の人数がきましたぜ」

と、副大将格の彦蔵がいった。

「ああ、きたか」

と、藤左は、柵のほうに歩み寄った。

尾根を渡ってくるたいまつの列が一筋につづき盛んな軍容である。

(五十人はいる)

と、藤左は目分量ではかり、彦蔵のほうにふりむいて、

「おそらくおどしの鉄砲を射ちかけてくる。なあにあたるものではないから、みんなに寝ていろと言え」

彦蔵は走った。

果然、闇のなかに火縄がちらちらとみえはじめ、轟然《ごうぜん》と銃声がおこった。

弾が、藤左のそばをかすめて飛んだ。

二度目の銃弾にほおをかすめられたとき、藤左は、

(鉄砲が要る)

と、反射的に思った。藤左の思考法はつねに即物的で、反射的発想が多い。行動力がありあまりすぎているこの男は、そのぶんだけ緻密な思考力に欠けているのだろう。

(鉄砲がなければ、この二ノ丸は自滅のほかない)

と思った。

そこで彦蔵を招きよせ、

「ちょっと鉄砲を獲《と》ってくる」

と言いすてると、もう歩きだしていた。思考と行動が同時に発する男らしい。

「あぶのうございますよ」

と彦蔵があとを追い、制止しようとした。この場合、車藤左という大将を討死させてしまったら、黒橋村はどうなるか。伊達家のために大量虐殺されてしまうだろう。

「お命が」

と、藤左の腰にすがりついたが、藤左という男は、いったん欲しいと思ったら矢も盾もたまらなくなるたちらしい。この帝釈城からしてそうである。奪《と》ってやる、とこの男が高言し、走りだしたために事態はここまで来てしまったのだ。

「まあ、案ずるな」

と彦蔵の手をもぎ放ち、藤左はいきなり谷底をめがけて降りはじめた。

柵を通らずにむこう側へ出るにはそれしかない。いったん谷へ降り、谷底を這いつつ、ふたたびよじのぼって敵側に出るのである。

藤左は、崖をおりはじめた。降りること自体が危険をともなう崖だった。ときに草木もはえぬ一枚岩が壁のようにそそり立っている。

途中で、

（くだらぬことをした）

と、後悔しはじめた。足場もない。これでは降りることができても、登ることができないのではないか。

(存外な岩山だな)

と、あきれた。かろうじて崖の途中の岩棚《いわだな》をみつけて、そこへ足を置くべく、岩角をつかみながら身を右へ右へと寄せて行った。

その藤左に、妙な運命が待っていた。

その岩棚に、ひとがいる。

猿のようにうずくまって、近づいてくる藤左の身動きをじっと見ていた。

トン
と、藤左は岩棚に両足を置いたとき、その足もとから人影が湧きあがり、みるみる成長して人間のかたちをとった。

「あッ」

と、さすがに豪胆なこの常陸人も、このときばかりは肝をつぶした。刀をぬこうにも、背に手をまわす自由さえないほどこの岩棚はせまい。

「旦那」

と、その男が、おどろいたことに親しげな声をかけてきたのである。藤左は息を詰めた。

「あっしですよ、蜻蛉《とんぼ》六《ろく》でございます」

と、この小男はいった。

(蜻蛉六?)

とっさに思いだせなかった。が、その影を凝視するうちに、はっとした。影は、せいぜい四尺六七寸しかない。

「お前か」

と、藤左は小さい声を出した。

蜻蛉六は、会津を発して酸ノ川の上流に分け入ったとき、山中で最初にひろった例の小男である。若いくせに老人のような顔をしていた。

(たしか、一人山賊だと威張っておった)

報酬をきめるとき、この男は「帝釈山に二十度も登ったことがある」といったので、藤左は銭を七つかみもくれてやった。それが、いよいよ伊達領に潜入するというどたん場になって逃亡してしまったのである。

「あのせつは」

と、蜻蛉六も、さすがに悪そうにいった。

「お前、逃げたな」

藤左は、感情の底に根のない男で、からりとした笑い声でいった。蜻蛉六にはそれがひどく救いになった。

急に明るい声で、

「旦那に申しわけがねえと思い、なにかお役に立つつもりで来たんです」

「殊勝な男だ。それで、くれてやった銭はいくらだったかな」

「最後にちょうだいしたのは七つかみなんで」

「そのぶんだけ働け」

と、藤左は、ことさらに明るい調子でいった。聞くと、二日前からこの帝釈山に潜入して様子をうかがっていたという。

「なぜこの岩棚にいる」

「旦那の二ノ丸まで這い登ろうと思い、ここまで」

よじ登ったところ、頭上から降りてくる人影に驚いて身をすくめていたのだという。

「それがおれだったのか」

「へい」

蜻蛉六は懐かしそうに笑った。

(ひょっとすると事は成功するかもしれんぞ)

と藤左が思ったのは、蜻蛉六との偶然のめぐりあいをよほど幸運と見たからだ。蜻蛉六は崖登りの名人ではないか。

「実はな」

と、藤左は自分の計画を話し、

「三つのことを手伝え」といった。

「三つと申しやすと？」

「まず第一に、わしを押しあげて敵の背後に出られるようにすることだ」

「そいつはお安いこった。つぎは？」

「わしは鉄砲を奪う。奪いやすいように敵の篝火《かがりび》に水を掛けることだ」

「へい」

これにには一思案がいるだろう。水は谷底にしかない。容器も工夫せねばならない。

「三つ目は？」

「わしの奪った鉄砲を二ノ丸に運んでくれることだ。三梃は奪る。弾ぐすりも火縄もともどもにだ」

「承知しやした」

ふたりは行動を開始した。

藤左は、技術の信奉者だ。蜻蛉六は、藤左の信頼を裏切らなかった。

かれを、崖の上へ押しあげてくれた。

「つぎの一件、たのむ」

と、藤左は尾根の笹のなかに伏せながら、小声でいった。

つぎの一件とは、谷間から水を汲んできて敵の銃隊の中央にある篝火を消すことである。

「承知しやした」

蜻蛉六は、闇に消えた。藤左は、蜻蛉六がこれほど頼もしく見えたことはない。

(くだらぬ人間でも、技術《わざ》でもって立っている姿はみごとなものだ)

この技術は、山賊稼ぎをしている蜻蛉六にとってはなんでもないことだった。

蜻蛉六は、息をひそめて銃隊の背後に忍び寄り、そこに古い秣桶《まぐさおけ》がころがっているのを見つけると、急に立ちあがり、

「水を汲んでくる」

と、桶を手にさげた。

あまりにもさりげない様子だったので、みなふりむきもしなかった。

蜻蛉六は、わざとはでな音を立てながら笹を掻きわけ、崖に消えた。

二十分ばかりして、ふたたびその笹の茂みに這いあがってきたときは、水を満たした桶を持っている。

さりげなく、篝火に近づき、いきなり水を掛けた。

闇になった。

銃隊は騒ぎだしたが、そのときは蜻蛉六は崖の中腹にとりついて、頭上のさわぎを心静かに聞いている。

一方、藤左。

闇になった、と見たと同時に、地を蹴って足軽たちのなかに飛びこんだ。荒仕事はこの男の分担だし、十分の技術はある。

沈黙のまま、活動した。

一人の首を締め、絶息させてから、腰の火の縄や弾ぐすりを奪い、鉄砲を茂みにほうり出した。足軽は声もあげない。

藤左の仕事が早い。

早ければひとに気づかれぬものだ。あっというまに、三人分の鉄砲と付属品を奪い去って後方にさがり、その三梃をかかえて、崖へ身を沈めはじめた。

「旦那」

というふうに、蜻蛉六は藤左の足に手を触れた。ここにいる、という合図である。

「頼む」

とは声を出して言わなかったが、重い三梃の鉄砲をだまって蜻蛉六に渡した。

蜻蛉六はそれを背にくくりつけ付属品は腰に巻き、ずるずると崖をおりて行った。

(これでよし)

と思ったとき、敵はいっせいにたいまつをつけ尾根を明るくしながら、捜索をはじめた。

藤左は、あわてて草をつかみ崖にぶらさがった。

足場がない。

下は、二十丈《じょう》ばかりの谷である。
夢中で足を泳がせていたが、やがて岩角をみつけ、用心ぶかく降りはじめた。

転々

二ノ丸に這いあがった藤左は、

(すでに勝った)

と、胸中のよろこびを包み隠せない。鉄砲は手にはいり、一揆は完全に成立した。

「鉄砲を、前へ前へ」

と大声で下知しつつ、柵の根方まで三梃の鉄砲を前進させ、轟々《ごうごう》と射たせた。

飛道具の験《げん》はあった。尾根にいる敵の寄せ手はこのため一町ばかり退き、むやみやたらと鉄砲を射ちだした。

「それでいい」

藤左は、後退した敵を見て満足した。鉄砲はそのためにこそ用いたのだ。敵を柵のそばまで寄せておくのは、何にしてもまずい。

「満次郎、赤土村の左内に旗上げを知らせる花火をあげろ」

と、かねての合図どおりの花火を二発、つづけさまにあげさせた。

（左内は、動きだしたろう）

といままで真暗だった藤左の城取りの構図に、灯がひとつともった。赤土村の中条左内は、山上の花火を見て、おそらく本丸の牽制に動きだすだろう。

（さて黒橋村のおううのほうだが、うまく対岸への退去が成功したか）

その点が、わからない。かといってこの一揆勢から、麓へ偵察者を出すこともできなかった。なにしろ、「全員退去した」と、藤左はうそをいって山上の夫や息子を旗上げに踏み切らせている。いまさら、「見て来い」などとはいえないし、万一おううが退去に失敗している場合、それが山上にわかれば一揆は総崩れになってしまう。

（どうする）

と、藤左は思案した。藤左自身が山を駆けくだればよいのだが、そうなれば、山上は戦闘指揮者をうしない、これまた崩れ去るだろう。

（一人では、やはり無理だったか）

冷汗《ひやあせ》の流れる思いがした。能力のある指揮者が、もう一人おればどれだけよいか、藤左は腰骨の付け根が鳴るほどにあせった。

（そう。赤座刑部がいる）

思いきって赤座という存在をこの場で使う以外に手がない。使おうと思った。赤座が要求するなら、全指揮権をゆずってもいい。

(赤座はどこにいるか)

連絡のつけようがない。赤座は敵陣にいるのだ。赤座と連絡するためには、赤座のまもっている敵陣そのものを斬り崩す以外に手がないだろう。

(敵陣に斬りこんでやる)

藤左の着想は、つねに直線的である。すぐ本丸への攻撃準備にとりかかった。

それには、むこう麓の赤土村の大将の中条左内と連繋《れんけい》を保たねばならない。

「蜻蛉六、赤土村まで行けるか」

と、足もとにうずくまっている小男にいったとき、前面の本丸に動揺がおこった。

本丸の灯の群れが動きだした。

しかも、こちらへ向かってくるのではなく、赤土村への道を下りはじめているのである。

左内は、藤左が蜻蛉六を走らせるまでもなく、呼応して一揆の旗をあげたのだ。

藤左は、赤座刑部をさがすために、本丸急襲を決意した。

さっそく彦蔵に作戦計画を話し、百姓たちをいっせいにたたすよう命じた。

「はて、できますかな」

彦蔵は、さすがに渋った。百姓は臆病で命のやりとりにはなれていない。

「無理か」

「へい、鬨《とき》を作って城方を声でおびやかすくらいはできますが」

「無理かな？」

藤左も、いったん決意したものの自信はない。百姓を使って斬りこんでも、崩れ立ってしまえば収拾がつかなくなる。一回の敗戦ですべてを失うことになるだろう。

「さればやめる」

藤左は次善の策を考えた。すぐ思いつき、その場に蜻蛉六を呼んだ。

藤左は矢立を抜いて赤座刑部への手紙を書き、

「蜻蛉六、なんとか、敵地に忍びこんで、これを赤座に渡してくれぬか」

と頼んだ。蜻蛉六は露骨にいやがった。仕事が危険すぎる、というのである。

「あっしは崖登り、谷渡りだけでやとわれているンで」

「頼む」

藤左はなだめつすかしつして、やっと蜻蛉六を出発させることができた。

ところが蜻蛉六が出発した直後、赤座刑部の小者が百姓に偽装して二ノ丸に忍びこみ、藤左のもとにあらわれたのである。

（蜻蛉六は、むだだったかな）

と、とっさに思ったが、次のことを聞いてさらに驚いた。

赤座刑部は、本丸にはいない。

麓の、黒橋村にいる、というのである。人数を百人ほど率いている、という。

「赤座は、黒橋村に？」

藤左は青ざめた、といっていい。すぐ小者を物陰に連れてゆき、

「赤座の手紙を読む前に、お前に黒橋村のことをききたい。黒橋村の女子どもはぶじに上杉領へ退去したか」

「それが」

退去していないらしい。退去に失敗したのであろう。藤左はせきこんで、

「早くいえ。それが、どうした」

「刑部様のお手紙を読んでいただけばわかるはずでございます」

藤左は手紙を読んだ。

脅迫文といっていい。

赤座の手紙によると、黒橋村の女子どもは、上杉領への退去を渋っているうちに時機を失し、赤座指揮の兵に捕えられた。このためことごとく縄付きになり八幡宮の境内に収容されているという。むろん、おううの運命も右と同様であった。人質である。

（それで？）

と、読みすすむと、赤座は藤左に八幡宮まで出て来いという。藤左は、ぼんやり顔をあげた。

その藤左から小者は文殻《ふみがら》を奪うようにして取りあげると、闇に消えた。

(赤座はなにか企らんでいる)

本丸の南側に、栃《とち》の大木が枝を南に張っている。城普請にあたって栃だけを切り残したのは、栃の木には実がなるからであろう。栃の実を搗《つ》いて団子にすれば、十分籠城のさいの糧食になる。

その木影がくろぐろと地に落ちているのは、月が昇ったためである。

(おかしいな)

と、先刻から、目付の遠藤三四郎は、この栃の木の影を見つめていた。

遠藤は、本丸の門前にいる。先刻の不審火はさいわい消しとめて大事に至らなかったが、それでもなお油断はならない。

「鉄砲をかせ。火縄をつけてだ」

と、そばの足軽にいった。足軽は装薬《そうやく》し、火縄をつけ遠藤に渡した。

栃の木の木影が動いた。とたんに遠藤の手もとに白煙が立ち、轟音がおこった。遠藤は鉄砲をすてて歩きだした。

栃の木の根方にゆくと黒い影が一つ、地に盛りあがっている。ひとである。頭を撃ちぬかれて即死していた。

「見なれぬ男でござりまするな」

と、遠藤の手の者がたいまつを近づけていった。

死体は蜻蛉六である。

「衣服をあらためてみよ」

遠藤が命ずるより早く、三四人が死体から衣服を剝ぎとっていたが、やがて一通の手紙らしいものを見つけた。

遠藤は、それをひろげた。差出人の署名は「藤」とある。あて名は、ない。が、文中「刑部殿のお下知、待つべく候」

という文章があることをみれば、赤座刑部にあてたものであることは確実だった。

「この一件、たれにも口外するな」

と、遠藤はその場の者にいったが、陣地内でのこの種の口止めは守られるはずがない。ほんの十分後には、

「赤座殿が、敵に内通なされているそうな」

と、恐怖をもってささやかれつづけ、ほどなく足軽小者のはしばしにまで知られるはめになった。当然陣中に動揺がおこった。蜻蛉六は死体になってから、敵陣に途方もない衝撃をあたえたといっていい。

「赤座刑部は、麓の黒橋村にいるはずだな、まちがいはないな」

と、遠藤は左右にきいた。そのはずでござりまする、と、どの男もうなずいた。

「されば内通しているはずがない。一揆勢の調略である」

と、遠藤はことさら大声でいった。城方の動揺を鎮めるためであった。

「一揆勢の反間苦肉の策だろう。もし内通しているなら、一揆も赤座が黒橋村にいることを知っているはずだ。わざわざ本丸に使いを寄越すはずがない」

言いながら、自分の言葉を最も信じていないのは遠藤三四郎自身であった。

かれはひそかに腹心の者二十人を選び、いますぐ黒橋村へ行って赤座刑部を討ち取るように命じた。

このため本丸の守備兵力は、いよいよ分散した。しかし遠藤にとって一揆よりも赤座の寝返りのほうがおそろしい。

刺客たちは、本丸の峰をくだった。


帝釈山山麓の赤座刑部の「陣」にも月が照らしている。もはや陣といっていい。この八幡社の境内は黒橋村の街道からやや高所にあり、周囲は杉木立でかこまれ、さらにその杉木立を竹柵で結びつけて城壁のようにしている。

その竹柵のなかに、両手を縛りあげた黒橋村の女子どもたちを収容しており、赤座の手の者が警戒していた。

（この人質を握っているかぎりは）

と赤座は思っている。この人質の群れを握っているかぎり、赤座は、いまの情勢では最も強い立場にあるといっていい。

第一に、二ノ丸山上の車藤左をはじめ黒橋衆に対しては強迫力がある。「わが言うままにならぬと女子どもを斬る」といえば、山上の黒橋衆は自由になるであろう。

第二に、本丸の遠藤らに対しても、「上杉領へ逃亡しようとした女子どもをおさえた」といえば功名抜群である。

第三に、大崎の伊達家に対しても、同様の理由をのべれば、ほめられこそすれ、問題になることはない。この場合、「適切な処置であった」といっていい。

第四に、対岸の上杉領に寝返る場合も、赤座刑部はみごとな申しひらきをすることができる。

「いちはやく人質を保護して、山上の二ノ丸の一揆に後顧の憂いをなからしめた」というわけである。

（おれは、軍師だ）

赤座はほとんど自分に惚れぼれしてしまうほどの楽しい心境になっている。この混沌とした情勢のなかで、すべての鍵《かぎ》をにぎっているのは赤座刑部ということになるではないか。

藤左は、山道を降りた。

やがて八幡宮の境内の入口に立ち、ちょっと思案したが、すぐ肚をきめ、なかへはいろうとした。たちまち赤座の手の者に捕われた。

「無体はするな」

と眉をしかめたが、べつに抵抗はしなかった。両刀をとりあげられ、社殿の前の赤座刑部の前にひきだされたが、縄だけは打たれていない。

「刑部、これはこまる」

と、藤左は自分の腰をたたいて、「なぜ刀をとりあげる」という意味のことをいった。

「すぐ返す」

赤座は藤左の前にしゃがみ、親しげに笑ってみせた。

「用談に刀は無用と思い、あずかった。無礼の仕打ちがあったとすれば、あやまる」

「お互い、味方同士のことだ」

と、藤左はいった。この男は意外なほどの単純さがあって、半ば以上、そう信じはじめていた。赤座刑部もうなずき、

「そう味方同士だ」

と、声を落としていった。藤左はその赤座の言葉がおわらぬうちに、

「山上の一揆を下知してくれ。わしはそれを頼みにきた」

と、誠意を顔にあらわしていった。こうなった以上、赤座刑部を大将に仰がねば、黒橋村

の一揆衆や女子どもを救う手だてがない。

「頼む。刑部、おぬしの手の者になる」

と、藤左は頭をさげた。

「あっははは」

赤座刑部は笑いだした。藤左が頭をさげて、手の者になるといったことが、よほど気に入ったらしい。

「藤左、そのほうがこの城を取ろうとした気宇は大いに買う。しかし、その器量ではちょっと仕事が大きすぎると思うたが、果たせるかな、頭をさげたか」

「面目ない」

「されば、わしがすべてを宰領《さいりょう》しよう。じつはな」

赤座が急に声をひそめた。

「上杉方に使いを送ってある。帝釈城は、この赤座刑部が奪いとり、のしを付けて上杉中納言殿に進上すると」

(そこまで踏み切ったか)

藤左はさすがに戦慄する思いだった。赤座と上杉家との橋渡しは、藤左や左内がつとめてきたのだが、もはや赤座にとっては藤左らの存在は無用になったのである。

(こいつ、おれを殺すかもしれぬ)

と藤左が直感したのはこのときだった。藤左と左内を亡き者にして手柄を独り占めにして城もろとも上杉家に転がりこむつもりかもしれない。

（そうと知れた）

渡り者だ。そのくらいの策略、奸知がなければ、いままで世を渡って来れなかったであろう。

（しかし、おれとしてはどうする）

城は陥《お》ちる。むしろ赤座にまかせきったほうが、確実に城は陥ちるだろう。

（しかし、おれと左内の命がなくなる）

これはくだらぬ。中条左内はともかく、上杉家家来でもない藤左が、こういう辺境で人知れずに枯骨に化してしまうというのは、果たして楽しいことであるかどうか。

（ばかげている）

まったく、馬鹿げている。武士とは自己顕示欲のつよいものだ。功名の餓鬼《がき》といっていい。藤左も幼少のころからそのようにして育てられてきたから、「人知れず朽ち果てる」などということは思ってもみたことがない。

（しかし）

と、藤左は思い直すのだ。

（その料簡では大事はできぬな）

この仕事は、戦場の功名ではない。一番乗りや一番槍の花やかな戦場の功名とちがい、もともとが、組織の妙と力を用いなくては事の成らぬ仕事である。その仕事にみずから口火を切り、みずから采配をとり、左内や満次郎、おうう、蜻蛉六、それに黒橋村の衆をひきずりこみ、かつ、かれらを生死の危険に直面させている。そのときに、かんじんの藤左ひとりが武士の顕揚欲にとらわれ、わが名の揚がることに固執し、「人知れずの死」を厭《いと》うようでは、物事は最後の段階で崩れてしまう。

（武士の根性を捨てることだ。つまり、この赤座刑部に殺されてやることだ）

「刑部、すべてをまかせる。おぬしがおれを殺したくなれば殺せ。だまって、うめき声ひとつ立てずに死んでやる」

そのころである。

目付遠藤三四郎が派遣した刑部殺しの刺客二十人は、山道を静々と降りくだって、八幡の境内に近づいていた。

宰領は、大沓掛《だいくつかけ》十郎兵衛という伊達家きっての兵法使いで、腕は白河以北で比類がないといわれている男だ。伊達家での身分はひくく、ほんの三年前までは、政宗の駕籠《かご》舁《かき》だった男である。いまは徒士《かち》で三十俵の扶持米をとっている。ほかに善王寺《ぜんのうじ》喜内《きない》、升沢《ますざわ》六郎、蕪原《かぶはら》新助、田沼長兵衛といっためんめんが、伊達家の内外で名のひびいた者だ。

竹柵の入口まできた。

「わしは大沓掛十郎兵衛だ」

と、出入口に詰めている赤座刑部の手の足軽どもにいった。

「組頭はいるか」

「はい、わたくしが組頭の木内伊兵衛でござりまするが」

「伊兵衛か、おれは大沓掛十郎兵衛だ」

「なんじゃや、十郎兵衛殿か。暗うてわかりませなんだわい」

たがいに懇意の仲である。

「ところで伊兵衛、おぬしらはお家に弓を引き奉る料簡か。なぜむほんにくわわったぞ」

「えッ、むほん——」

伊兵衛らは、赤座刑部の命のまま動いていただけのことで、むほんというような人それたことを仕出かした覚えがない。

「む、むほんなどと。われらはただ、赤座刑部様の手に付き、赤座様のお下知のままにこの黒橋村に駆けくだり、逃散せんとする女子どもをとらえて、この境内に閉じこめておるだけでござりまするが」

「それがむほんだ」

「エイ、わからぬことをおおせある。ただ赤座様のお下知にて」

「その赤座刑部がむほん人だ」

大沓掛十郎兵衛は、足軽どもに事情をくわしく話した。「赤座刑部は一揆に寝返り、城もろとも上杉領に持ち逃げせんとする魂胆、いやさ証拠もある。その証拠は御目付遠藤三四郎様がおさえておられる」といった。

「げッ」

と驚いたのは、組頭である。

「赤座はどこにいる」

「社殿に」

「なにをしている」

「なにやら、得体の知れぬ男と顔を寄せあってしきりと密談なされております。それがどうやら、話にきく車藤左の人相らしゅうございますが」

「それぞ！」

みな、騒然となった。

「足軽というものはしようがないもの。わがいただく大将が寝返り、敵の間者と密談しておって不審とは思わぬのか」

「いや、多少は奇妙なこともあるもの、と思っておりましたが、お歴々のなさることゆえ、それ以上疑いを持ちませなんだ」

「いまより遠藤三四郎様のお下知により、赤座刑部を討ちとる。まずこの境内にいる組頭どもを、赤座に気づかれぬよう、ここへ集めよ」

藤左が急にだまった。首をかしげ、そとの気配をうかがっている様子である。

やがて、「刑部」と小声でいった。

「気がつかないかね、そとの気配が」

「ふむ？」

赤座は、あごをあげ、耳に意識を集中したが、やがて、「なにも聞こえぬが、どうかしたか」とひどく無邪気な顔で藤左を見た。

（この顔にうそはなさそうだ。とすれば、このそとの殺気は、おれを赤座が殺そうとするあれではあるまい）

「刑部よ」

と、藤左は親しみをこめていった。

「おぬしは見かけによらず、楽天的なたちであるらしい。もっとも何事につけ、自信の強すぎる男はその傾向はあるが」

「なにを言いたいのだ」

「おぬしには、手飼いの人数というものがない。この境内にいる人数は、ことごとく伊達家の人数だろう」

「おれが采配をとっている」

「しかし家来ではない。いつ裏切っておぬしを取りこめ、首にせぬともかぎらぬ。おぬしのこの城における弱点はそこだ」

「藤左、何を言いたい」

「気を悪くするな。そとの様子が先刻とはちがい、ばかに静かすぎるではないか。不審におもわぬのか」

「………？」

と、赤座は立って様子を見にゆこうとした。藤左は押しとめた。

「あぶない」

「あぶない？」

「おれに刀を返せ」

「ここにはない」

「されば刀は諦める。ところでこの社殿の出入口は一つか」

「祠《ほこら》はどこの祠でも入口は一つだ。しかし、この祠には神体の裏に神主が出入りするだけの小さなにじり口があるようだ」

「そこから出よう。赤座、逃げろ」

「藤左、たぶらかすのではあるまいな」

「大切なおれの御大将さ」

藤左がにやりと笑ったとき、社殿のきざはしを二三十人の者が揉みあいながら踏みあがってくる物音がした。

「赤座、逃げろ」

「藤左、おぬしはどうする」

「残るさ」

藤左は平然といった。

「ここで斬りふせぐ。おれはもともと仲間の間では危険を請け負う役目だった。おぬしは逃げろ。二ノ丸へ行けば彦蔵という百姓がいっさいを知っているから、おぬしを一揆大将にかつぎあげるだろう。さらには」

と、藤左はいった。

「赤土村に中条左内がいる。左内とうまく連繋を保ってやってくれ」

藤左は、赤座を突きとばした。赤座はころびながら祭壇の陰に走りこんだ。

そのとき藤左の眼前に槍の穂が光った。藤左は渾身《こんしん》の力をこめてそれをひったくり、ずしりと尻餅をついた。その姿を敵方はたいまつの火明かりのなかでとらえた。

(死ぬ)

藤左は、観念した。死ぬだろう。

藤左の本領がはじまった。

手足を動かして戦場を駆けまわることなら、六十余州にこれほどの達人はすくない。一種の超人といっていい。まず、突いて出てきた槍をうばい、足で柄をへし折って短くし、社殿のなかで縦横無尽に戦った。

五六人突き伏せてから、一人から刀をうばい、鞘も奪い、社殿から飛びおりた。

(赤座は逃げたろう)

この防戦の第一の目的は達せられた。

ついで、境内に引きすえられている女どもをどうするかである。

(縄目を切りほどいて逃がしてやろう)

と、単純に判断し、行動に移った。藤左の浅慮といっていい。囚人《めしうど》というものはとらわれているからこそ安全なのだ。切りほどいて逃がせば、殺されるがオチといっていい。が、車藤左という男の思慮はそこまでまわらない。

元来が、そういう型の男だ。考えるよりもまず走っている。

境内は、さほど暗くはない。大きな篝火が三カ所で白煙をあげているからである。

(あの篝火を消さなければ)

でなければ藤左の行動が自由にならない。闇だけが車藤左をまもってくれる唯一の味方である。

が、この男の思慮と行動はいかにも即物的だった。篝火よりも、むしろ火明かりの中でさまざまな肢態で倒れている女や子どものほうから目をそむけることができずつい足がむいた。女子どもの群れのなかに飛びこむや、剣をふるってぱらぱらと縄を切った。その器用さ、神わざのようである。剣のきっさきをきらきら振りまわしながら切ってゆく。それも、走りながらである。

七八人の女が解きほどかれた。その女どもは、どうしてよいのかわからず、茫然としている。

藤左の無思慮が、つぎの行動をさせた。叫んだのである。

「篝火を倒せッ」

解きほどかれた女どもは、やっと行動のめあてを得た。それぞれ、よろめきながら駆け出した。彼女らもまた、篝火を消して闇にまぎれさえすれば自分はたすかると思ったのであろう。

藤左は女どもの群れを駆けぬけて境内のはしで戦っている。そのあいだに七八人の女が、篝火に駆け寄った。木切れで篝火を突き崩した。わっと火の粉が飛び立ったが、そのときは女どもはそれぞれの篝火の場所で、城方の者に突き殺されて絶命してしまった。

「女ども、動くな」

と、城方の者はわめきながら走った。

「動くと、かのように突き殺すぞ」

（しまった）

と、藤左がほぞを嚙んだときは遅かった。女どもの死がはじまった。悲鳴をあげたり動いたりする者に対して、城方の者は容赦なく突き殺しはじめた。

その城方を藤左が殺す。城方は女を殺す。意味もない修羅場が、はじまった。

意味もない修羅場といえば、山上もそうである。

本丸に陣取っていた目付の遠藤三四郎は、月の昇った機会に、戦術を変えた。

（この明るさならば）

と、二ノ丸襲撃の自信を持ったのである。

それまでは、この男は大崎から伊達の本軍が朝に到着するものとみて、攻撃をいっさいひかえていた。闇夜での戦闘は、多人数のほうに損害が多いからである。

ところが、月が昇った。

しかし、満月ではないから月明とまではゆかない。ゆかないが、策はある。この月光に他のたいまつを加えれば襲撃は可能かもしれない。

遠藤は、決断した。

そこで、本丸に集められるだけの兵をあつめて百人足らずの人数を得た。

全員に、たいまつを二本ずつ持たせ、足軽のはしばしに至るまで作戦の意図を呑みこませてから尾根へくだった。

尾根を渡った。駆けた。

火の列である。その火の列が二ノ丸の柵から五十間の手前まできたとき、二一人の銃隊と二十人の弓隊に陣を布《し》かせた。

その他の者に、

「身を挺して柵のきわまで進み、どんどんたいまつを投げこむのだ。行け」

と、命じた。火を敵の柵内に投げこんで射撃の目標を明瞭にするためである。

その投火隊を、遠藤は白刃をふるって督励指揮しながら柵の手前まで進ませた。投げた。

無数といっていいほどのたいまつが火の筋を夜空に曳《ひ》きながら柵内へ飛んだ。

その間、一揆側から鉄砲を射ちかけてきたが、わずか三梃の鉄砲ではほとんど威力を発揮しない。

「退がれ」

と、遠藤は投火隊をさがらせ、銃隊と弓隊を前に出し、苛烈な射撃を加えた。

柵内ではばたばたと百姓たちが倒れてゆくのが、遠藤の目にもはっきり見えた。

「柵を押し倒せ」

と、遠藤は次の行動に移った。

一方、柵内である。

このころになって赤座刑部がやっと山道を駆けあがって、二ノ丸のなかにたどりついた。

「彦蔵はおるか、彦蔵」

と、赤座は銃弾の飛んでくるなかを駆けまわった。

「彦蔵、彦蔵」

叫ぶが、たれも答えない。百姓どもは、みな木の根方、草の茂みにかくれていて、かろうじて銃弾からわが身をまもっている。

彦蔵は、死んでいた。

この一揆の指揮者が銃弾にこめかみを貫かれて即死した、ということは、赤座だけでなく一揆の百姓たちもまだ気づいていない。

赤座は、狂ったように叫びはじめた。

狂わざるをえない。この一揆衆が赤座を受け入れなければ、天地のどこにも赤座刑部を容れてくれる場がないのである。

赤座は、すさまじい孤独のなかにある。

一方、藤左は、剣をふるって駆けまわっている。駆けまわったところでどうなるというめどもなかったが、とにかく体だけが夢中で動いた。動きまわる以外に、藤左がすべきことがない。この「運動」の果てに、はたして城がとれるのかどうか。

手あたりしだいに斬り、突いた。返り血で、手も首すじもべとべとしてきた。

その間も、女どもは殺されてゆく。叫喚と悲鳴があちこちでおこり、それを聞くごとに藤左は闇を駆けその加害者を襲った。

「おうう——」

何度か、その名を叫んでいる。もう声が涸《か》れるばかりである。

「おうう。どこだ、どこにいる」

と、藤左は叫びながら駆け、かつ人を斬った。が、応答がない。

「おうう、声をあげろ」

いさえすれば命を捨ててもおううを救いたい。が、いなかった。

そのとき、珍事がおこった。真暗な樹林や崖から、素早い物体が、幾十となくあらわれ境内を駆けまわりはじめたのである。

(猫だ——)

藤左はおどろいた。猫どもは、暗い地上を四方八方に走り、走らぬ猫は異様な声で鳴きあげた。そこここで鳴いた。やがてはその鳴き声が四方でおこり、闇のなかに猫の群れが潮のように満ちはじめたような錯覚をおぼえた。

異臭がする。またたびのにおいである。

「あッ、おううが」

と、藤左は錯乱した頭のなかでそれを直感した。おううの仕業にちがいない。

おううが、篝火のなかにまたたびを仕込んだのであろう。その匂いにおびきよせられて山中にいる例の猫百匹が、峰を降り、谷を越えて、この樹林のなかの境内にあつまってきたものらしい。

（おううの仕業とすれば、おううはこの境内のどこかにいる）

すくなくとも生きてこの闇に息づいていることは確かだった。

「おうう――」

叫んだが、答えはなかった。そのかわりに猫が、のど笛を天にあげて、そこここで鳴き応じた。まるでおううが、幾十匹の猫に化したがごとくであった。

またたびに狂う猫どもは、妙な奇効を藤左のために示しはじめた。城方の人数が、はげしく動揺しはじめたのである。

気味がわるい、ということもある。足にまつわられ、ほおをかすめて跳躍されたりして悲鳴をあげる者もあった。

（おううは、呪術を使っているのか）

と、たねがわかっているはずの藤左でさえ一種の戦慄をおぼえた。

城方の者は、指揮する士分の者を藤左に斬られているため、動揺がはげしい。まとめる者がいない。

麓にむかって逃げはじめた。街道へ出るつもりであろう。

藤左はそのすきに女どもに互いに縄を解きあうことを教え、「二ノ丸へゆく」とひと言残して山上へ駆けのぼりはじめた。

二ノ丸の山上では。

赤座は、もはや狂い猫のように闇の地上を駆けまわっていた。

「彦蔵」と何度も叫び、その姿を求めた。

彦蔵を見つけて、その了解のもとに一揆の大将になる以外、赤座刑部が地上に存在する場所がもはやない。

その赤座の姿を、草木や番小屋、普請小屋、二ノ丸櫓などの焼けあとに身をひそめている黒橋村の一揆男は、すべて注視しつづけている。

(赤座様ではないか)

それが、不可解であった。かれらは赤座刑部の変心を知らなかったから、当然、自分たちとの新しい関係を知るよしもない。

(われわれを討ちにきた)

としか、考える材料がなかった。赤座刑部はこの帝釈城の普請奉行で、城方のいわば総帥なのである。

(敵——)

であった。敵の首領である。

一揆としては赤座の首を討って取るべきであった。しかし一揆にすればすでに彦蔵をうしない、頼む車藤左はどこに雲がくれしたか、行方もわからない。

士気が落ち、恐怖が一揆を支配しはじめていた。恐怖にかられ、なすこともなく二ノ丸の広場を駆けまわっている赤座刑部の姿をぼんやり見つめていた。

が、才覚者もいる。

「あれを討たねば」

と、思った。討たねば、赤座によって自分たちがみな殺しになるであろう。才覚者たちは鉄砲を持った者を、叱咤した。

「なぜ射たぬ」

三人の銃手は、仲間にどなられて、はじめて自分のなすべき仕事を見いだした。

「射つのか」

「あたりまえよ、弾はこめたか」

「こめた」

「硝薬《くすり》は？」

「詰めてある。引きがねをひきさえすれば、あの仁《じん》は倒れる」

「斃せ」

三人は、それぞれの場所から、赤座刑部にねらいをつけ、必中を祈りつつ引きがねを引いた。轟然と、銃が震えた。白煙があがり、鉛弾が飛んだ。

「彦蔵」

と叫んだ赤座のあごを、そのうちの一弾が砕き、一弾は首の根をつらぬき、一弾は足もとに土煙りをあげた。

どう、と赤座は倒れた。起きあがろうとしたが、首筋の銃創から血が気管へはいり、二三度むせんだが、やがて動かなくなった。

「死んだ」

と百姓たちがつぶやいたとき、藤左が二ノ丸へたどりついた。

百姓が、藤左のそばにむらがってきた。藤左は事情をきいた。

「死んだか」

藤左は、目をつぶった。が、かれはこの場でも政治家であらねばならなかった。

「でかした。やろうと思えば大将でも倒せることがわかったろう。自信をもつことだ」

が、ともあれ、惨憺《さんたん》たる状況である。一揆は壊滅寸前にあるといっていい。

藤左が柵のほうへ歩きだすと、その袖をひいた男がある。

輪違屋満次郎であった。

「この窮状をどうしなさる。打つ手は、もはやありますまい」

「なんとかする」

「一人の狂人に踊らされた百姓どもがあわれだ。みなおそらく殺されるでしょう」

「狂人とは、たれのことだ」

「ご存知のはずです」

と、満次郎は藤左を指さし、「狂人というほかない」といった。

「しかも世の狂人のなかでもっとも罪深い狂人だ。その第一は狂人に見えない。その第二は人を魅《ひ》きつける魅力をもっている。いま上方で無用の戦さをおこそうとしている石田治部《じぶ》少輔《しょうゆう》（三成）様も、車様と同類の狂人だ。石田のもとに天下の半分が馳せあつまり、そのためふたたび戦国の世がはじまる」

「石田治部少輔、上杉中納言（景勝）は当世まれなる正義の士だ。それがわからぬのは、おぬしが商人だからだ」

「正義の士といえば、車藤左殿も同類。世にこれほど始末にわるいものはない。ときに途方もない大害をもたらす。げんに」と、満次郎は、二ノ丸の広場を見まわし、「ここにいる百姓どもは、あなたの熱情に動かされ、花やかな夢を見させられ、勝つと信じこまされた。しかしその結果あたえられるものは死でしかない」

「満次郎、わかった」

と、藤左はやりきれないような表情で、右手をあげ、おがむまねをした。もう言うな、という意味である。満次郎の言おうとしているところは、藤左自身が気づきはじめていることだった。

「こういう男の」

と、藤左は自分自身を言った。

「どうにもならぬ点だ。なにかしたい、なにか世の中を掻きまわしたい、という性根がうまれながらにある。それに正義の情が結びつけば、にわかに爆発し、こういう惨状になる。わかっている」

「されば、どうなさる」

「こうなっては、対岸の上杉勢に救援を乞《こ》うしかない」

「無理やな」

第一の理由は、対岸の上杉勢といっても長尾十左衛門が指揮する千足らずの人数で、城攻めには兵力不足である。それに天下の乱がまだはじまっていない以上、上杉勢は伊達領に公式に侵入することはできない。

「あの上杉勢は、黒橋村から逃げてくる女子どもを収容する、というだけで出没している人数ですぞ。救援には来てくれますまい」

「わかっている」

藤左は、満次郎の手をにぎった。

「そのことはわかっているが、万に一つの期待を賭けて、満次郎、ここを脱け出して対岸へ渡ってくれぬか。たのむ」

押し問答のすえ、藤左は満次郎をこの二ノ丸から去らせた。すくなくとも満次郎一人は生きのび得るだろう。


寄手《よせて》の遠藤三四郎には、柵内でおこっている一揆の内部事情はわからない。

(よほど強勢らしい)

当然なことながら一揆の実力を過大に見、攻撃方法も滑稽なほどの用心をかさねている。

最初、幾十となくたいまつを投げ入れて、それをもって敵の二ノ丸郭《くるわ》内《ない》の地上に点々と火を燃えあがらせ、射撃用の照明とし、何段かの一斉射撃を試みてみた。

が、様子がわからない。

この間、二ノ丸柵内では一揆の副大将の彦蔵がこの弾丸で命を奪われ、やや間をおいて赤座刑部が一揆側の狙撃で斃れた。こういう敵情も、むろん遠藤にはわからない。

(静まっている——)

にわかに柵内が静かになったことを、遠藤は怪しんだ。敵の策であるとみた。遠藤の最初の作戦では射撃で敵を制圧しつつ、柵を押し倒すことであったが、この第二段目の作戦を、一時手控えした。

「しばらく撃ち方をやめい。様子をみる」

と、全員に鳴りをひそめさせた。

車藤左が二ノ丸にのぼってきたのは、ちょうどその時間にあたる。

赤座の死を知り、かつ満次郎を脱出させ、さらに一揆勢をまとめて気勢を盛りかえすべく組織を立てなおそうとした。

柵外の遠藤にはわからない。

この男は、そろそろじれてきた。

(寄せるか、待つか)

に、決断を迷っていたとき、遠藤にとって最大の朗報が到着した。

大崎の使番《つかいばん》が、麓の三ノ丸の一揆勢のなかを突破して本丸にのぼり、遠藤をさがしもとめつつ、この尾根へやってきたのである。

「おお、西郷十次郎ではないか」

と、その使番に抱きつくようにした。使番は二百石のりっぱな士分ながら、事態が事態であるために百姓ふうに身をやつしていた。

「半刻待て」

と、使番はいった。

「大崎から援軍がくる。人数は、先発のものとあわせて五千人だ」

「五千」

「五千なら、一揆はつぶせる。心得た」

遠藤は、べっと唾をはいた。

「それまで、持ちこたえられるか」

「いや、わからぬ。一揆のほうから押し寄せてくれば支えられるかどうか」

「その場合はこの尾根をひいて本丸に籠《こも》ればよい。半刻ぐらい支えられるはずだ」

「おぬしの指図は受けぬ。それくらいのことは先刻わかっている」

「相変わらずなことだ」

使番は、遠藤の狷介《けんかい》な性格にへきえきして後方へさがった。

そのとき、遠藤は新しい決意をした。

(援軍がくるまでに先制して攻撃をしかけ、せめて十や二十の首を獲っておかねば、後日の物笑いになるのではないか)

攻撃を決意した。

「柵を、くずせ」

遠藤は、飛びあがって叫び、同時に射撃を再開させた。

城方が本腰の攻勢に出た、ということは、二ノ丸柵にいる藤左にもわかった。

(こりゃ、斬りこんでくる)

藤左は一揆兵を指揮し、槍組を柵のまぎわまで進めて伏せさせ、三人の鉄砲組には銃身の焼けるまで射てと命じ、他の者にはつぶてをもって応戦させた。

が、なにぶん根が百姓だ。身動きも機敏でないし、すでにおびえ立っていて、藤左の指揮に従わぬ者もある。

そこへ、柵外から、大音声《だいおんじょう》がきこえてきて、一揆兵を慄えあがらせた。

「大崎から半刻後に人数一万がやってくる」

というのである。

「一揆など、蹴散らされるであろう。このまま戦っておれば女子どもまで殺す」

と、わめいている。

藤左は、「うそだ」と一揆の百姓どもにわめかざるを得なかった。

「あれは調略だ。援軍のくるのはむしろこっちのほうだ。対岸に上杉勢一万がすでに到着している。いまに救いにくる」

言いながら、藤左はみじめだった。こんな弱々しい嘘をつかなければ城が取れぬとは、当初思ってもいなかった。

（よし）

と、この男は決意をした。味方のことよりも、むしろ自分を絶望から救う行動がこのさい必要だった。方法は一つである。

単身、敵地区に乗りこんで行って、敵将遠藤三四郎の首をはねることだ。敵の指揮官を打ちとれば、敵は支離滅裂になるだろう。

（きめた）

と、この山にくわしい百姓二人をよんだ。

「おれを本丸側へ連れてゆけ」

と、谷降り崖登りの介添えを乞うた。たのむ、と藤左はいった。

「いや、ことわる」

と、ふたりの百姓はぞんざいにいった。もう藤左への畏敬の態度は消えていた。百姓らの目からみれば、藤左はすでに失敗者でしかない。

「おらどもは、逃げさせてもらいます。これ以上ここにいれば命があぶない」

「おいッ」

と藤左は思わず声を荒らげたが、百姓たちは冷ややかな笑い声を一つ残して闇のなかに消えてしまった。

（そうだ、おれが間違っている）

百姓どもは集団として動くだけの能力しかもっていない。それ以上の技能や勇気を期待するのは、藤左がまちがっている。

（おれでも谷降りはできる）

藤左はすばやく身を走らせて崖っぷちに迫り、草をつかんでずるりと身をすべらせ、あとは記憶をたどりつつ足場をさがし、岩肌に吸いつきつつ身を移動させた。

存外、うまくいった。

二十分ほどのちに、藤左は柵外の、つまり尾根の一角に手をかけ、力をこめて這いあがった。

登れば遠藤の陣である。

藤左は、影のように身を移動させた。

遠藤三四郎は、兵を柵ぎわに進ませ、風むきを調べてから柵のほうへ声を放った。

「こなたは、遠藤三四郎である」

と、まずいった。

しばらく間を置き、一揆側の気配をたしかめ、さらにいった。

「獲物を捨てよ。柵をひらけ。よく分別せよ、いま手向かいをやめれば、それぞれの一命はたすけてとらせる」

さらには——とこの伊達家の能吏はいった。

「そなたどもをあざむき、騙《たばか》り、無用の手むかいに立ちあがらせたのは上杉家の間者車藤左である。その者を首にせよ」

遠藤はさらにいう。

「聞こえるか。大崎から一万の人数が来るまでの間に藤左を首にしたる者には、莫大の御褒美が差しくだされることを、わしは一命をもって請けあうぞ」

この声は、十分に二ノ丸柵内に届いた。その証拠に、ざわめく声が聞こえた。あきらかに一揆は動揺しはじめたのである。

遠藤は言いおわると、柵を破るため斧《おの》を持った足軽十人を前へ進ませた。

丁《ちょう》、と最初の斧の刃が、柵の木に食い入った。さらに丁、丁、と斧の音が鳴りはじめた。

その破壊作業に対し、一揆側はなんの妨害も加えない。

不気味に静まりかえっている。どうみても遠藤の言葉が意外なほどの効き目をもたらしたとしか思えない。

(無理もない)

樹間でひそんでいる藤左のほうが思った。事態は九分九厘失敗している。百姓たちはこういう退勢に敏感なものだ。

（連中は遠藤の言葉に乗ろうとしている）

とすれば藤左を殺す者は、城方よりも黒橋村の百姓ということになるだろう。

（殺されてやってもよいが）

藤左はおもわず首筋をなでた。この首一つが冒険の償《つぐな》いになるとすればそれでもよい。が、

（遠藤のいうことはうそさ）

藤左は、領主、武士というものがどんなものかを知っている。これほどの反乱をおこした百姓を、単に降伏したということだけで一命を助けるということはありえない。そういう寛大さでは、つい百姓というものは治めきれなくなる。かれらは一人のこらず、草を刈るように薙《な》ぎ殺されてしまうだろう。

（おれは、最後まで望みは捨てぬ）

そのとき、柵が破れた。遠藤は射撃を命じ、二三十発を射ちこんだあと、柵内への突撃を命じた。

が、誰も走らない。一様に腰を落とし、槍をかまえつつ、のろのろと進んだ。

藤左も、そのなかにまじっている。

「えい、突っこまぬか」

と遠藤がわめき、その声がやんだ直後、妙な物音が、湧きあがった。

ばしゃっ、という古池で鯉《こい》がはねたようなそんな音である。

遠藤の首が落ち、藤左は身をさがらせて群れのなかにまじった。妙なものだ。

遠藤の首が落ちたことを城方の者はしばらく気づかなかった。それよりも注意を前方の一揆に奪われていた。

首が落ちた直後、山沢四郎五郎という伊達家でも名のある侍が、手まわりの者十人を一かたまりにして柵内に突入した。みな、そのほうに気をとられていた。

「山沢四郎五郎、一番乗り」

と、この男が叫んだために城方の気勢に弾みがつき、わっと揉みあって柵内にはいった。藤左もはいった。

柵内の一揆の大半は、武器をすてて地にひざまずいた。その他の者は逃げまどい、あるいは身をおどらせて谷へ落ちる者もある。

恭順派の首領は、おううの伯父の五兵衛である。五兵衛は、

「このとおりでございます」

と地に体を投げだして恐れ入った体を作ろうとした。

その周辺で殺戮《さつりく》がはじまった。逃げまどっている者はつぎつぎに串刺《くしざ》しにされ、悲鳴が闇のなかに満ちた。

地にひざまずいた連中には城方は手をつけない。他の動く者を殺した。

闇が、血の匂いで満ちた。

「御容赦を、御容赦を。藤、藤左は、ど、どこへ逃げましたるものか、まだ見つかりませぬ。御、御容赦くださりませ」

と、五兵衛は、伸びあがるようにしてわめいた。五兵衛にすれば一揆の手で藤左の首さえ差し出せば、この殺戮はまぬがれるものと考えていた。そのとき、

「五兵衛、藤左はここにいる」

と叫ぶなり、藤左がおどり出て、山沢四郎五郎の首を水もたまらず切り落とした。

「城方の人数は少ない。みな、槍をひろって立て。さもないとみな殺しにされるぞ」

殺されまいとすれば殺す以外に手がない、と藤左は叫び、叫びつつ剣を槍に替え、二三人を突き伏せた。

「遠藤三四郎はすでに打ち取ったぞ」

と、藤左は敵味方に叫んだ。

この一言は、形勢を一変させた。城方はどっと崩れ立った。柵外へのがれ出ようとした。

「追え、追え」

と藤左は叫んだが、藤左自身が疲労と大小の手傷でもう体が動かなくなっている。地を這いずりまわってわめいた。

が百姓たちには敵を追撃するほどの勇気はない。みな、五兵衛のもとにむらがりはじめた。

その五兵衛は、すでに死骸になっていた。

「死んでいる」

死骸に、城方の槍が一本、突き立てられている。むらがった者の心に、あらためて恐怖がよみがえった。このさき、だれを頼りにすべきか。生き残った者は、十五六人しかいなかった。

「お、おれは逃げる」

と、そのうちの一人がばたばたとかけだした。それが藤左の敗北を決定的にした。かけだした者につられて他の者がいっせいに逃げはじめた。どこへ逃げるつもりなのか。

藤左は、水溜りまで這い、這いながら水をすすりあげた。そのあごのむこうに、百姓の死体がころがっているのを見た。

（おお）

自分の野望と軽率の犠牲である、ということは、藤左は百も知っている。しかし、いまさらどうにもならないではないか。

（どうにもならぬことは、思わぬことだ）

思うと、感傷にのめりこむ。この際、感傷は敗北感につながる。敗北感をもったとたんに敗北が現実化するということを、藤左は知っている。百姓たちを見よ。敗北した、と思ったときに、かれらは恐怖し戦慄し潰走《かいそう》したではないか。

（そういうものだ。おれだけ敗《ま》けたとは思わぬ）

月が、地をあかるくしている。

先刻より夜気が澄みはじめたせいか、月のかがやきが増したようである。

その月光のなかで、藤左は槍を杖に立ちあがった。

人影がない。

敵味方の死体のみがある。

動く者といえば、藤左一人である。妙なものだ、と藤左は思った。

（おれはいま帝釈城の二ノ丸にいる。しかも、一人でいる。とすれば、おれが最初夢想したとおり、ついに城はおれの手で陥ちたではないか）

現実としては正しい。

天地は闃《げき》としてしずまっている。この巨大な空間のなかで動いている者が藤左ひとりであるとすれば、この城はあきらかに藤左のものである。

（陥ちた）

と、藤左は思った。

破れた柵の門を出、尾根に降り、よろめきながら尾根を渡った。本丸へゆくためであった。

本丸を奪らねば、城は完全に陥ちたとはいえない。

（人間の仕事とはこういうものだ）

藤左は、思った。

なるほどこの男は、一人で城を奪ろうという子どもじみた夢想をもった。子どもじみた、どころか、子どものころから夢み続けてきたこの男の理想のようなものだ。

理想、というとひどく哲学じみた響きをもちすぎて、この場合の用語にふさわしくないが、藤左の夢想には哲学の響きはあるようだ。

なぜならば、最初から非実利的な野望であった。城を奪って立身するという目的もなかったし、城を奪ることによって巨万の富を得ようとも思わなかった。ただ城を奪りたかった。ひたすらに奪りたい、と思った。

(男の仕事は、すべてそういうものだ。仕事をするために仕事をするのだ。仕遂げおわって、それがどうだ、ということはない。それが仕事というものだし、人の一生ということであるかもしれん)

藤左は、本丸へ歩いた。

やがて本丸へのぼる石段の下まで来て、本丸を見あげた。

ひとの声が聞こえるようである。

人間の反応というものほど、ときに奇妙で奇怪なものはない。

藤左のこの場合がそうである。

本丸から、敵の話し声がきこえた。当然、藤左はその反応として恐怖と緊張を覚えねばならないであろう。が、この男の反応は、この場合まったくちがっていた。

不快を感じた。

（けしからぬ）

といういきどおりさえ感じた。自分が「占拠」したはずのこの空間に、なお敵がいる。

藤左は、顔をしかめた。

せっかく、かれの胸奥からふつふつと湧いていた甘美な陶酔をさまたげるものであった。

（おれの「完成」を拒否する気か）

そんな気持である。車藤左という風狂人にとって行動そのものが、つねに芸術的陶酔をともなっている。その行動が、いま完結した。とおもったとたんに、そこに敵がいる。

不愉快である。

その顔つきで車藤左は本丸への石段をのぼり、人声のきこえる一隅の櫓《やぐら》へ歩み寄った。

ぐわらりと扉をあけた。

なかに男どもの汗のにおいと菜種油《なたねあぶら》のにおいがこもりそれを嗅いだだけで、藤左はなお不快になった。

男どもは、十二三人いる。組頭らしい武士が兜《かぶと》を膝の前にころがして大あぐらをかき、ほかに徒士《かち》、足軽どもがすみずみにたむろしている。

櫓の間《はざま》から月光がさしこんでいた。

この連中の側からは、土間に立っている藤左がよく見えず、仲間だと思ったらしい。その証拠に「ゴンゾウか」などとゆるんだ声で声をかける者があった。

「そのほうどもはここで何をしている」

と、藤左は、怒気をこめていった。

「なぜ逃げぬ。ほどもなく二ノ丸の一揆が押しよせてくるぞ。一揆ばかりではない。上杉勢一万がすでに川を渡り、黒橋村の大手門のまわりに満ち満ちているぞ」

「えーッ」

頓狂な臆病者がいるものだ。ありったけの声で叫んだから一同は騒然となった。

やや落ちついているのは、組頭らしい男ひとりである。この男は手をのばしてゆるゆると兜をひきよせながら、

「うぬは、何者だ」

といった。藤左は一喝した。

「車藤左だ」

この組頭まで仰天した。この乱の元凶が、事もあろうに目の前にいる。

「みずから軍使としてきた」

と藤左はいった。

「すでに城が陥ちた以上無用の殺生はせぬ。上杉勢がくるまでに逃げろ。この本丸下から間《はざま》

越えに間道がある。そこには一揆勢はおらぬ。すぐ風をくらえ。逃げるのだ」

藤左は息もつかせずに怒鳴り、どなりつづけることによって相手の思考力をねむらせた。

そのあと、藤左はぷい、とそとへ出、にれの木にむかってながながとゆばりをした。

その場に、腰をおろした。

十分ばかり経って櫓へひきかえすと、もうなかには人影はなかった。


藤左の城取りは完成した。

槍が、藤左の手から離れ、からりと地に落ちた。藤左はさまようように歩きだした。樹影を縫いながら歩く。

歩く、といっても、どこへというあてどはない。意識は、半睡の状態にある。肩から力が落ちていた。

（ついに、やった）

という声が、疲労の底で聞こえた。自分がつぶやいたのか、山霊がそれをささやいたのか、藤左にはわからない。

百歩ばかり歩いてから、藤左はあたりを見まわした。同じ櫓のそばに戻ってきている。本丸の樹間をぐるぐるとまわったにすぎないのであろう。

藤左は、本丸を見あげた。

(おれは、この城をとった)

そのまき添えを食って何百人の人間が虫のように死んだが、いまの藤左には、それについての感懐はない。おそらく藤左の生がつづくかぎり、それについては、藤左はほんのわずかしか思わないであろう。

藤左はそういう男として生まれついている。そういう内省の根のふかい男なら、もともとこういう野望は起こさないし、こうまでの異常な行動力を発揮しつづけられなかったであろう。

かれにひきこまれ、かれの野望のために死んだ亡魂どもが、かれのそういう点を責めることはできない。

責められるべきものは、藤左ではない。

神であろう。

なぜならば、神はときどき気まぐれにこういう型の男を地上に生む。人々はその種の男を見ると理性も打算もわすれて礼賛し、熱狂し、ついには乱をおこし、ともどもに破滅してゆく。

月が沈もうとしている。

藤左は歩きだした。

どれほど歩いたか。おそらく藤左の肉体が疲労のはてに動かなくなったのであろう。栃の老樹の下で崩れるように腰をおろした。

頭が、地へ吸いこまれるように垂れた。

(このさき、どうなる)

とは、藤左は思わない。もともとこの型の男の通有性として死への恐怖心のすくない男である。自分の運命がどうなる、ということについて天性、鈍感なようであった。そういう鈍感さが一種の神秘的な印象を人々にあたえ、人々を知らずしらずにひき入れてゆくのかもしれない。

藤左は山上にいる。

この城のぬしである。が、城のぬしである時間が永久につづくとは藤左はおもっていない。いずれ終わるときがくる。

その終わるときは、東天に陽が昇りはじめたときであろう。なぜならば大崎の伊達軍がすでに到着し、山麓の要所要所を十重《とえ》二十重《はたえ》に包囲しはじめているからである。

上杉の援軍は来ない。

決して来ない、ということを、藤左自身、だれよりも知っている。

藤左は、眠った。

栃の木影が藤左の影をかくしていたが、やがて月が沈んだため、輝くものといっては星のみになった。

「城主」が、ねむっている。その城主である時間が、このさきいかに短かろうと、この帝釈山の城主であることにはかわりはない。

伊達勢は、動いている。

夜明け前になって、その動きは活発になり、一隊は中条左内が一揆大将をつとめる赤土村へむかい、一隊は黒橋村をおさえ、さらに一隊三千人は、山上へのあらゆる道をつたってむらがり登りつつあった。

赤土村の攻撃隊は、夜明け前にすでにおどろくべき事態を発見していた。

村に、村びとがいない。

犬のみがいた。鶏もいた。軍勢の気配におどろいてあちこちで羽搏《はばた》いた。が、ひとはいなかった。

この奇跡は、中条左内の周到で機敏な処理能力によって可能になった。

左内は、藤左を、完全には信じていなかったふしがある。この上杉家の直臣は、赤土村の人数をつかって早くから対岸の上杉勢と連絡し、その舟を赤土村に近い岸につけさせ、逐次《ちくじ》、村民を上杉領に送りつけていた。

一方、二ノ丸の藤左の動きを知るために手もとに上杉家の忍び数人を置き、諜報活動を活発にしていた。

そのうちどの忍びからも、

「車様は死んだ模様にございまする」

といってきた。黒橋村側の山麓にある八幡宮の境内で死んだという者もあり、その後二ノ丸で死んだという報《し》らせもある。

「退《ひ》こう」

と、中条左内は決断し、最後の舟でみずからも伊達領を去った。

そのあと大崎から伊達の大部隊が到着し、その支隊が赤土村をかこんだ。

「一揆が消えた」

ということは、伊達軍を狼狽させた。消えた、ということは、かれらにさまざまな憶測をうませた。

すぐ黒橋村の本陣にいる総大将の伊達丹波に急報された。

「容易ならぬ」

という緊張が、本陣を支配した。当然なことながら、全員が上杉領へ輸送された、とはだれも想像しない。

「山に籠《こも》ったのではないか」

という一点に、たれの憶測もかたよった。

されば山には想像以上の人数が籠っているとみてさしつかえない。

「しかし、たいまつ、篝火がみえませぬ」

という者もあったが、そういう異論は一笑に付された。一揆は火を消し、山中で闇と地形を利用して鳴りをひそめつつ伊達軍の登頂攻撃を待っている、としか思えない。

「用心せよ」

という攻撃方針が伊達丹波の手できめられ、ゆるゆると寄せ登ることになった。

やがて、陽が昇った。


話は、これまでである。

このとし慶長五年九月に美濃関ケ原の東西軍の決戦がおこなわれ、午前中は西軍の優勢に終始したが、正午前後、西軍のなかから裏切りが続出し、形勢が一変した。

西軍が負け、東軍が勝った。

会津上杉家の目算がはずれた、といっていい。戦後、当然、勝利者の家康によって取りつぶさるべきであったが、かろうじて家のみは残された。ただし百二十万石をけずられ、米沢に移され、三十万石になった。

この上杉家の封地の縮小にともない、新参の家臣は牢人し、譜代の者も、その家禄を五分の一以下にけずられた。

中条左内はわずか七十石になり、新しい城下の米沢に移った。

「車藤左はどうしたのであろう」

と、左内は思う日が多い。ひそかに伊達家の懇意の者を通じて、あの前後の帝釈城の戦況の始末をきいてみたが、

「車藤左の死体らしいものはなかった」

というのみである。

藤左が仕えていた佐竹家も削封《さくふう》されて秋田に移っていたが、そこへも伝手をたよってしらべてもらった。が、この場合の返答はむしろ伊達家よりも冷たかった。

「さような名の者はわが家に以前にもおらず、こんにちもおりませぬ。なにかのおまちがえでございましょう」

ということであった。石田三成への昵懇《じっこん》の罪をとわれて減封された佐竹家としては、いまや「車藤左」の名はさわられたくない古傷になっている。藤左に関するすべての過去を抹殺せねば、減封どころか、家が取り潰しになるかもしれない。

(世間とはそういうものか)

左内も、思わざるをえない。

翌年の春のことだ。

雨が降りはじめている夕刻、左内の屋敷をひそかに訪れてきた歩き巫女ふうの小柄な女がいる。

「ご存じの者、と申せばおわかりになりましょう」

と取り次ぎの者にいった。

左内が会うと、おううである。

対面したが、どちらもさてという言葉がなく、たがいにだまって目を見つめ合っていたが、やがて左内が、

「負けたな、なにもかも」

といって、涙を落とした。

その涙におううは誘われる様子もなく、ただひとこと、車様はどこに参られたのでございましょう、冥土でございましょうか、といった。左内は、

「わからぬ」

と言い、いままでのいきさつを話し、おううに、あきらめろ、といった。

「ああいう男は、ときに人の世に現われ出て途方もない騒ぎをおこすが、騒ぎの役目を果たすと忽然と消えてゆく。上方の石田三成もその型の男であろう。いま思うと、わしも白昼夢を見たような思いがする。さがすのは所詮はむだよ」

藤左も三成も、歴史が断末魔にもだえているときに現われ、次の歴史がはじまるときにはもういない。「その手の男だ」と左内は聞き取れぬほどの低い声でいった。

## 解説――『城をとる話』と石原裕次郎《いしはらゆうじろう》

松前《まつまえ》　洋一《よういち》
（映像プロデューサー）

はじめて、私が東大阪の司馬家を訪ねたのは、昭和39年（１９６４年）である。夏休みに南紀《なんき》をまわり、そのままの汗臭い格好で玄関にたどりついた。

みどり夫人が、司馬さんのために意を決して、記者生活をやめられた頃であったろうか。お二人に、あれやこれやと涼しいおもてなしをしていただいたのだが、その座談のなかに、司馬さんから映画の話が出た。

39年といえば、日本映画は、次第にテレビに押されて、斜陽《しゃよう》の一途をたどりはじめていた。司馬さんの話題も、おもにテレビとの関係においてであった。私がテレビのプランナーであったこともある。

たとえば、映画は二十世紀のなかでは、いちばんゴージャスな芸術なのだから、映画人はもっとそのことの認識を深めるべきではないか。

安直な量で競えばテレビに勝てる筈《はず》がない。

そのために、日本映画は、これまでのスターシステムやディレクターシステムから脱して、「映画の大衆」そのものの変化を意識したプロデューサーシステムへの転換が必要ではないか。

司馬さんの視点には、さらにアマチュアの発想に大きな期待がよせられていた。既成概念からの別れである。

司馬さんは内外の映画についても、とてもとてもくわしい方であった。

昭和39年とは、新幹線が走ったり、東京オリンピックがあったり、はたまたビートルズ旋風が吹き荒れたりで、日本中は大忙しの年であった。

前置きが長くなった。以下がこの稿《こう》の本番である。同じこの年、大スターの石原裕次郎さんが、熱い思いを抱いて、ひとり司馬家を訪ねている。

みどり夫人の記憶から憶測《おくそく》すると、晩春の夕方であったろう。

裕次郎さんの熱い思いとは、司馬さんに自分の主演する映画の原作を書いてもらうことであった。

日本映画の斜陽化に抗し、スター俳優たちは、メジャー間の協定や束縛から解放されようと、自らの独立プロを設立し、映画の再興に賭けていた。三船プロ37年、石原プロ38年、勝プロ42年の設立であった。

裕次郎さんが、単身、司馬家を訪れ、何が何でも、司馬さんのオリジナル原作を舞台に乾《けん》坤一擲《こんいってき》の勝負に出たのはそうした時代背景があったからである。

「竜馬を演《や》ってもらうんなら、裕ちゃんしかおらんな」と司馬さんは確信をもっていっていらしたことがある。後日、京都まで同乗させていただいたタクシーのなかで私が聞いた話である。

司馬さんは裕次郎さんが好きだった。その裕次郎さんのたっての願いを無下《むげ》に断れるような司馬さんではなかった。

それやこれやで、司馬さんは裕次郎さんのために、映画の原作を書くことになる。後にも先にも、この小説だけである。

原作名『城をとる話』、映画題名『城取り』であった。

ただ、残念なことに、この時点で司馬さんが映画のために協力できたのは何人かの登場人物と短いプロットの構成だけだった。映画の公開と原作の執筆時期を照合するとそういうことになる。人物名や構成のうえで、映画と原作ではいくつかの相違がみられるのである。多分、石原プロか配給の日活側に、何らかの事情で、映画の完成を急ぐ必要があったのだろう。

曲折を経て、石原裕次郎製作・主演『城取り』は完成した。裕次郎さんならではの骨太の娯楽時代劇であり、明るく爽《さわ》やかな大作であった。しかも、裕次郎さんにとっては初の時代劇でもあった。
公開は昭和40年3月6日、裕次郎さんが司馬家を訪問して、ほぼ1年が経っていた。
おもなスタッフ・キャストは以下であった。

**題名**…城取り　（白黒１３４分）
**製作**…石原裕次郎
**原作**…司馬遼太郎
**企画**…中井景《なかいけい》
**監督**…舛田利雄《ますだとしお》
**脚本**…池田一朗《いけだいちろう》・舛田利雄
**音楽**…　黛敏郎《まゆずみとしろう》
**出演**…石原裕次郎・千秋実《ちあきみのる》・近衛十四郎《このえじゅうしろう》・今井健二《いまいけんじ》・中村玉緒《なかむらたまお》・松原智恵子《まつばらちえこ》・芦屋雁之《あしやがんの》助《すけ》・石立鉄男《いしだててつお》・藤原釜足《ふじわらかまたり》・滝沢修《たきざわおさむ》
**配給**…日活

昭和39年裕次郎さんや私がはじめて司馬家を訪問して以来、永い歳月が過ぎた。
平成8年（１９９６年）2月12日、司馬さんは突然亡くなられた。

司馬さんへの追悼映画『梟《ふくろう》の城』を作るため、私は企画プロデューサーとして参加した。監督は篠田正浩《しのだまさひろ》さんである。この映画は平成11年に公開され、その年の「日刊スポーツ映画大賞・石原裕次郎賞」を与えられた。

司馬さんと裕次郎さんの奇縁《きえん》とでもいえるだろうか。

『城をとる話』は、まず「日本経済新聞・夕刊」(昭和40年1月20日～7月12日)に連載され、10月「カッパ・ノベルス」(光文社)として刊行された。

その後37年間、この小説は他の判型などで出版されることがなかった。しかし、まぎれもなく痛快な傑作であり、最近特に幻の名作と噂され、読者や研究者の間で復刊が待ち望まれていた。

そして、今回初の文庫化となる本書だが、元本には次のような司馬遼太郎さんのことばが添えられていた。

――この時代(戦国乱世)の日本人というのは、じつにおもしろい。秩序に束縛されず、束縛されているのは自分自身が考えた自分の美意識だけだからである。

『男はこうありたい』――と発想したその一種の詩想ともいうべきものに、自分の人生そのものをあてはめて、自分の人生そのものを一編数行の詩にしようとした男どもが多い。

それを、この『城をとる話』では車藤左と赤座刑部に象徴してみたかった。

「日本経済新聞・夕刊」一九六五年一月二〇日〜七月一二日連載
「カッパ・ノベルス」（光文社）一九六五年一〇月刊

光文社文庫

長編時代小説

城《しろ》をとる話《はなし》

著　者　司《し》馬《ば》遼《りよう》太《た》郎《ろう》

---

2002年11月20日　初版1刷発行
2002年12月20日　3刷発行

発行者　八木沢一寿
印　刷　慶昌堂印刷
製　本　ナショナル製本

---

発行所　株式会社 光文社
〒112-8011　東京都文京区音羽1-16-6
電話　(03)5395-8149　編集部
8113　販売部
8125　業務部
振替　00160-3-115347

---


ISBN4-334-73399-9　Printed in Japan

**お願い**　光文社文庫をお読みになって、いかがでございましたか。「読後の感想」を編集部あてに、ぜひお送りください。

　このほか光文社文庫では、どんな本をお読みになりましたか。これから、どういう本をご希望ですか。どの本も、誤植がないようつとめていますが、もしお気づきの点がございましたら、お教えください。ご職業、ご年齢などもお書きそえいただければ幸いです。

光文社文庫編集部